Sur l'auteure

Née en 1970 en Californie du Nord, Antonia Crane se lance dans le strip-tease en 1992, et se définit aujourd'hui encore comme une travailleuse du sexe. Activiste, elle est depuis 2018 la fondatrice et directrice de Soldiers of Pole, un mouvement syndical composé de travailleurs et de travailleuses du sexe qui œuvrent pour la syndicalisation et la décriminalisation des leurs. Elle est également scénariste et écrit des articles dans de nombreux magazines, quand elle ne donne pas des cours d'écriture à l'UCLA. *Consumée*, son premier roman, est sorti en 2017 aux États-Unis.

ANTONIA CRANE

CONSUMÉE

Traduit de l'anglais (États-Unis)
par Michael Belano

Postface d'Antonia Crane

10/18

ÉDITIONS TUSITALA

Titre original :
Spent

ISBN 978-2-264-08158-2
Dépôt légal : février 2023

À Rose DeWitt, ma mère,
en hommage à sa force et à sa beauté.

« Ne sous-estimez jamais la rage d'une fille de la campagne. »

Romy Suskin

Les faits narrés dans ce livre ont réellement eu lieu, les personnages ont existé. Toutefois, la plupart des noms et des détails qui auraient permis de les identifier ont été modifiés afin de protéger les individus concernés. Quand ce n'est pas le cas, c'est qu'il était important pour le récit de connaître l'identité de la personne en question. Les noms des lieux, des entreprises et d'autres informations ont parfois été changés pour la même raison, et la chronologie de certains épisodes a été altérée. Les conversations ont été retranscrites de mémoire, et les événements reconstitués d'après mes propres souvenirs en essayant d'en rendre compte avec la plus grande précision possible. Certains dialogues ont été retranscrits mot pour mot. La mémoire est un territoire étrange, dont la justesse est parfois brouillée par le temps et les blessures. J'ai tâché de respecter au mieux les événements et les personnes concernées, tout en dévoilant ce que j'ai ressenti de la façon la plus profonde et la plus juste possible.

PREMIÈRE PARTIE

« Ce qu'elle est sexy. »

1

En cette soirée de Noël, Kara et moi avions rendez-vous avec un client à l'hôtel Four Seasons de Beverly Hills ; le genre d'endroit où l'on imagine Britney Spears et Paris Hilton étaler du foie gras sur des galettes de riz en se bourrant la gueule au champagne Cristal. Pourtant, c'était bien nous qui étions là, pas elles. Un ascenseur aux parois couvertes de miroirs nous a déposées au quatrième étage. On était payées pour faire jouir un vieux aux cheveux grisonnants. Après avoir vérifié que je n'avais pas de rouge à lèvres sur les dents, Kara a toqué à la porte. Un homme de grande taille aux yeux injectés de sang nous a invitées à pénétrer dans sa suite. Sa peau pendait comme ces restes de viande qu'on jette à la poubelle.

— Vous êtes merveilleuses, a-t-il dit. Vous avez des âmes magnifiques. Je sens tellement d'amour. Tellement d'amour…

Il a tendu vers nous ses bras couverts de plaques rouges. *Qu'est-ce qu'il a ? De l'eczéma ?* J'étais en train d'envisager différentes hypothèses quand j'ai remarqué la coupe de fruits dans laquelle s'empilaient des figues et des poires. J'avais le ventre vide. Je ne m'étais même pas brossé les dents. J'ai craché mon chewing-gum sans sucre, éventré une figue et mordu dans sa chair.

Je l'ai serré dans mes bras d'un geste très professionnel. On s'est à peine touchés. Il a expliqué qu'il était avocat. *Comme papa*, j'ai pensé en me tortillant pour échapper à cette étreinte maladroite. On aurait dit une montagne de chair blanche grêlée de minuscules croûtes.

— Ton cadeau de Noël, c'est nous ! ai-je annoncé.

Avant sa mort, la peau bronzée de maman semblait s'être détachée de ses os à cause de la chimio et des radiations. Ses bras musclés avaient fondu. Ses jambes façonnées par des années d'équitation s'étaient ratatinées. J'aurais voulu la serrer dans mes bras, mais ça lui faisait trop mal. Elle a passé des semaines alitée, à grimacer dès que je la frôlais. Je ne pouvais rien faire d'autre que m'allonger à ses côtés à condition de rester immobile. Elle était nourrie par une sonde reliée à son estomac qui passait par un trou dans son flanc. Autour de l'orifice, l'épiderme était rougi, irrité. Parfois, ça s'infectait. Dans ce cas, il fallait aller à l'hôpital pour qu'on lui injecte des antibiotiques. La sonde d'alimentation ressemblait à un aspirateur extraterrestre : un tube en caoutchouc épais, relié à une poche à moitié remplie d'un sirop vitaminé orange tout aussi épais qui s'écoulait dans son corps. Quand la poche était presque vide, une sonnerie de camion-poubelle en marche arrière se déclenchait. À partir du moment où elle a été alimentée via la sonde, elle n'a plus jamais mangé de nourriture solide.

Dans son sommeil, ses cils palpitaient. Ça voulait dire qu'elle était encore en vie.

Quand, après une brève rémission, le cancer a fait

son retour, j'ai dû reprendre le striptease. Chaque fois que je croyais avoir décroché, je finissais inéluctablement par replonger. C'était la cinquième fois. Lorsqu'elles ont le cœur en miettes ou qu'elles souffrent, les filles que je connais se bourrent de sucreries et de cocaïne, ou noient leur chagrin dans le shopping. Moi, je retournais dans les stripclubs, les casinos, les hôtels, et j'offrais mon corps à des inconnus contre de l'argent. Pas mon corps tout entier, seulement certaines parties. Ça m'apaisait de me faire du cash pour être touchée, quelques centaines de dollars suffisaient à me soulager. Peut-être que j'allais pouvoir payer mes traites. Peut-être que j'allais me faire assassiner. Tout ce qui comptait, c'était la sensation que ça me procurait.

J'approchais de la quarantaine, je peinais à payer mon loyer et n'avais aucune perspective d'avenir. Ma copine Kara m'avait contactée sur Facebook après la fermeture du Pleasures, le stripclub dans lequel je bossais. Je l'avais rencontrée quelques années plus tôt à San Francisco, lors d'une fête ; elle trimbalait une guitare dans une pièce où des étagères de livres étaient décorées de guirlandes rouges clignotantes.

En tant que travailleuse du sexe, au fil des années, j'avais croisé des centaines de femmes, et même si je ne me rappelais pas leur nom, je me souvenais des chansons sur lesquelles elles dansaient et de l'odeur de la lotion à la pêche bas de gamme qu'elles se tartinaient sur la peau. Je me souvenais des gouttes de sueur le long de leur échine quand elles sortaient de scène, de la façon dont elles laçaient à la hâte un soutien-gorge en dentelle rose usé jusqu'à la corde. Je me souvenais des mouvements de leur cage thoracique quand elles se cambraient, à genoux. Je gardais en mémoire un grain de beauté sur un menton, des taches de rousseur sur des cuisses. De cette fête, je garde le souvenir du vide dans le bleu des yeux de Kara, de sa voix posée qui répondait « ouais » à toutes mes questions. À l'époque, je ne savais pas qu'elle était une travailleuse du sexe, mais sa colocataire l'était.

En arrivant à la suite, Kara tirait nerveusement sur sa cigarette. Son incisive droite ébréchée ne l'empêchait pas de sourire à pleines dents. Quand, un peu plus tôt, je l'avais retrouvée dans son loft du centre-ville, elle fumait déjà et, obnubilée par sa dent fendue, je m'étais demandé pourquoi elle tenait tant à m'aider. Son air fier m'avait rappelé celui de maman. Je m'étais ouverte à Kara de mes problèmes d'argent.

— Je peux t'aider, avait-elle affirmé en me proposant de passer une annonce pour des massages sur un site d'escorting.

— Je suis pas kiné, avais-je répliqué.

Elle avait promis de m'expliquer le truc du *happy end*[1]. Peu importe la quantité de porno que les mecs consommaient, les ordinateurs n'avaient pas encore remplacé la caresse d'une main. Après avoir pris quelques photos ringardes avec son téléphone, on les avait mises en ligne sur le site en question. Elle avait envoyé un texto à un certain Dennis pour lui proposer un rencard : Dennis, le premier d'une longue série de clients à bénéficier de nos travaux manuels en duo.

Dans l'ascenseur de l'hôtel, nos épaules s'étaient touchées. Elle sentait le tabac. Je mâchais rageusement

1. Action qui consiste à masturber, en fin de séance, le client d'un massage. Aussi appelée : « massage avec finition », *happy ending* ou *happy finish*. (*Toutes les notes sont du traducteur.*)

mon chewing-gum. Les moments où l'on parcourait les couloirs déserts en lisant les numéros de chambre à voix basse m'avaient toujours tendue.

Mon corps épousait les habitudes d'une travailleuse du sexe pendant que celui de ma mère se rabougrissait à cause d'un cancer des voies biliaires.

Lorsqu'elle était sous assistance alimentaire, je faisais souvent un rêve avec la voix de maman sur mon répondeur qui disait : « T'as vu ces courges ? Non seulement elles sont en avance sur la saison, mais elles sont grosses comme des citrouilles ! » Elle parlait jusqu'à ce que le répondeur la coupe, et là, je me réveillais en sursaut.

Dans la suite penthouse beige, je n'ai gardé que mes chaussures, mes bas résille et mon soutien-gorge. Kara préférait être nue. Dennis a enroulé ses longs bras desquamés autour de nous.

— Vous dégagez une énergie si positive, a-t-il sorti.

Des poils grisonnants tapissaient sa poitrine, jaillissaient de ses oreilles. On s'est approchés du matelas *king size* et il s'est allongé sur le dos, baleine échouée sur le sable tendre, ventre à l'air. Les draps blancs étaient soyeux.

— T'es marié ? l'a interrogé Kara.

Elle a fourré un cristal de quartz rose dans sa main gauche. Elle avait une technique avec les hommes mariés. Elle voulait leur apprendre à donner à leur femme des orgasmes démentiels. Elle avait appris ça dans une secte sexuelle en Californie du Nord.

— Ma femme est décédée il y a deux ans.

Il ne donnait pas l'impression d'être triste. Il a fermé les yeux et s'est enfoncé dans l'oreiller à mémoire de forme.

— Vous êtes teeeeellement merveilleuses.

Sa voix s'était réduite à un faible gémissement. Je me suis demandé si sa femme lui manquait. J'avais de la peine pour lui, envie de lui embrasser le cou malgré ses peaux mortes.

— Ça ne vous dérange pas si je baisse la lumière ? j'ai demandé.

Stripteaseuse dans l'âme, je n'allais pas ôter les vêtements qui me restaient sans un brin de mise en scène. J'avais besoin de l'éclairage adéquat. J'ai dégrafé mon soutien-gorge, je l'ai fait tournoyer et l'ai jeté sur le sol avant de rejoindre Kara qui se trouvait à califourchon sur lui. Je me suis placée derrière elle, sur les jambes de Dennis.

— T'as encore trop de vêtements, m'a-t-elle lancé.

Elle se tenait au-dessus de lui et frottait ses paumes sur son torse, l'enduisant d'huile de coco. C'est là que j'ai aperçu ses pieds. Ses gros orteils étaient pourris à l'extrémité, la chair ressemblait à de la viande séchée. Ses voûtes plantaires étaient plates comme des skis et la peau écorchée s'étendait jusqu'à ses mollets. Des ecchymoses rouges rongeaient ses jambes. Il avait des croûtes de la taille de grosses tiques sur les deux chevilles. *Mon Dieu*, j'ai pensé. *La lèpre*.

Kara continuait à l'exciter. Elle lui susurrait des trucs salaces :

— Je te sens comme si tu étais en moi.

Elle a passé ses mains dans le dos et a pointé du doigt les parties de Dennis. C'était le signal pour que je m'y attaque.

— C'est quoi ton fantasme ? lui a-t-elle demandé.

J'ai plongé la main dans le pot d'huile de coco et j'ai oint les plis humides de ses cuisses replètes zébrées de vergetures. J'ai approché mon visage de son entrejambe pour le mettre en condition.

— Je suis enfant et ma prof d'arts plastiques me convoque dans son bureau, a-t-il répondu. Elle m'ordonne de me déshabiller. Elle me prend en photo. Puis elle me demande de me tripoter, et j'entends des filles glousser.

Alors Kara a gloussé. J'ai reculé pour lui masser les mollets en prenant soin d'éviter les plaies ouvertes et les endroits où la peau était pelée. J'ai vu que sa queue était couverte de petites pustules rouges. Ma main visqueuse l'a fermement empoignée.

— Tu vas la sucer ? a-t-il demandé, yeux fermés et bouche ouverte, tel un cadavre.

— C'est que… Vous avez des boutons rouges, on dirait le papillomavirus, j'ai répondu.

— Mon médecin affirme que c'est lié à l'âge. Promis juré. Et j'ai une maladie du sang.

Il nous prenait vraiment pour des putes sans cervelle. Cancer du sang, gangrène, diabète, sida… Ma sympathie envers lui s'évanouissait peu à peu.

Pour les clients, tout ne se résume pas à une simple gaule. Ce qu'ils veulent, c'est dévoiler leurs secrets à une fille nue qui ne s'investira pas dans leur vie. Ne répète à personne que j'aime me prendre des fessées, ou qu'on m'ordonne de ne pas bouger en me glissant un thermomètre dans le cul. Ne répète à personne que je gobe des comprimés de Vicodin en douce alors que mon patron et mon épouse me croient clean, et que mon mariage est un échec auquel je ne parviens pas à mettre fin à cause de ma culpabilité et des gosses. Je renferme leurs secrets tandis que leurs bras se referment sur moi en m'appelant Tess, Candace, Chelsea ou Nicole. L'anonymat, pour eux comme pour moi, fait partie du jeu. Quand nos peaux se touchent, ils veulent se sentir désirés, ils veulent jouir. Puis, une heure plus tard, ils veulent que je les laisse, leur argent et leurs secrets bien à l'abri, enfermés dans mon sac à main.

Avec cet argent, j'aurais rêvé d'offrir des balles de golf à mon père et une carte-cadeau à mon frère, mais je savais qu'il serait englouti par le loyer.

— Les promesses n'engagent que ceux qui y croient, a fait Kara en collant son nez à celui de Dennis.

Elle avait une manière de s'exprimer qui rendait ses répliques même les plus cassantes douces comme des peluches. Dans ma bouche, les mêmes mots auraient castré un homme.

— Vous avez une capote ?

Il a posé la question tout en se caressant la queue. On était là depuis vingt minutes, mais j'avais l'impression que des heures s'étaient écoulées. Je lui ai pétri les couilles, mes aisselles ont commencé à transpirer.

— Non.

Kara fixait les yeux fermés de Dennis. Elle travaillait sur les énergies, jouait les chamanes. Elle a dit que j'y allais un peu fort, et je crois qu'elle avait raison, mais pour moi, ce n'était qu'un boulot alimentaire. Il est sorti de sa transe, a ouvert les yeux.

— Je vous paierai plus. Toutes les deux, a-t-il insisté. Double.

Kara m'a fait signe du menton. Je me suis relevée et j'ai bondi vers la salle de bains qui regorgeait de serviettes pelucheuses, de peignoirs moelleux, de mini-bouteilles d'Évian et d'échantillons de savon qui coûtaient plus cher que ma bagnole.

J'ai essuyé mes mains gluantes sur une serviette ornée du monogramme de l'hôtel et j'ai attrapé deux capotes différentes ; une lubrifiée, l'autre non. Avec une préférence pour la seconde, qui, au moins, ne risquait pas de s'enlever toute seule. Quatre cents dollars. Quasiment la moitié de mon loyer. J'ai déroulé lentement la capote et l'ai enfilée sur son sexe. J'ai plongé dans l'immensité des yeux bleus de Kara et nos langues se sont rencontrées en tournoyant autour du latex. J'ai goûté au plastique aigre avec lequel on fabrique des pneus neufs, des ballons d'anniversaire et des gants chirurgicaux, en me demandant si sa femme avait succombé à la même maladie de sang que lui, et s'ils avaient déjà passé Noël ensemble dans cet hôtel.

2

Petite, j'aimais la terre. Mon jardin était constitué d'une forêt de séquoias humide et moussue. L'été, la brume s'accrochait sur les branches comme des lambeaux de coton effiloché. Quand le soleil la faisait s'évaporer, elle gouttait au bout des branches. Des légions touffues de séquoias s'étendaient le long de la 101 vers le nord en direction d'Arcata, ou vers le sud en direction de Fortuna ; toute une palette de colosses vert foncé qui se balançaient à perte de vue, plantés sur leurs troncs rougeâtres. À l'ombre de ces grands arbres, la nuit tombait rapidement, sans un bruit. Il n'existe pas de silence comme celui qui écrase Humboldt. La colline où je jouais était verte, luxuriante. Comme beaucoup d'enfants, je passais des heures à assembler des cabanes à partir de vieux bouts de bois. Je repérais une souche et j'utilisais des branches pour me construire un abri depuis lequel je pouvais observer les limaces-bananes laisser une trace gluante dans leur sillage. Je cueillais des mûres et des myrtilles, creusais le sol pour arracher les fines carottes du jardin. Je jetais des pierres dans l'étang. À neuf ans, j'étais une princesse indienne qui se cachait des cowboys. Je veillais tout de même à ne pas trop bien me planquer, de façon qu'ils me trouvent, me mettent sur leurs chevaux et m'emportent avec eux. Des prêles des champs bordaient un ruisseau que les rochers aux reflets iridescents faisaient scintiller. Des rais de soleil perçaient à travers les branches mais les arbres ternissaient l'éclat de l'eau, la rendaient orangée, placide.

Seule, je gravissais au galop la colline couverte de lierre jusqu'à une souche verte de mousse et me hissais au sommet. Mes prétendus cow-boys ne montraient jamais le bout de leur nez, alors je dévalais la pente en patins à roulettes jusqu'à la maison, en me prenant pour Olivia Newton-John dans *Grease*, à partir du moment où elle cesse d'être coincée. Je filais si vite que j'avais peur de faire un vol plané, et je finissais affalée dans le lierre mouillé par la bruine. Trempée, je cavalais dans les bois, escaladais la vieille clôture de séquoia en ruine pour atterrir dans une autre cour où la vilaine chèvre du voisin se lançait à mes trousses, ce qui ne m'empêchait pas de chiper leur barque pour pagayer dans leur étang ou de profiter de leur balançoire. Je jouais seule au milieu des arbres impassibles qui veillaient sur moi.

J'étais cernée par les ombres, l'écorce, la mousse. L'océan Pacifique se gonflait, battu par les vents. Au lycée, au cours des rares journées ensoleillées, je séchais les cours et roulais jusqu'à la plage de Samoa pour m'asseoir sur le sable frais. Rares étaient ceux qui se frottaient à l'océan sans combinaison de plongée – tremper un orteil dans l'eau suffisait à me faire glapir. Les mouettes volaient au-dessus de moi et les pélicans construisaient des nids impressionnants au sommet des poteaux électriques. Les caseyeurs étaient à quai. La plage de Samoa sentait le poisson crevé, la merde d'oiseau, la maison.

L'été où maman est morte, j'ai été arrêtée par un flic parce que j'avais franchi la ligne continue pour me garer face à la plage et contempler l'océan. Pendant qu'il me parlait, je ne quittais pas des yeux les vagues qui s'échouaient. J'aurais aimé pouvoir faire abstraction de lui, mais au lieu de ça, j'ai dû fouiller la boîte à gants pour lui présenter mes papiers.

— Vous venez de franchir une ligne continue, a déclaré le flic.

— Je suis du coin. Ma mère est en train de mourir à trois maisons d'ici.

J'ai tendu le bras en direction de chez elle. À présent, je ne saurais plus dire si cet épisode s'est déroulé juste avant ou juste après sa disparition. C'est l'effet que produit la mort sur la mémoire. Avant, après, peu importe. On l'a emmenée dans un grand van, sans ses chaussettes à rayures roses puisque je les avais aux pieds. Le vent me cinglait le visage.

Le flic ne m'a pas mis de contravention :

— Ça ira pour cette fois.

Quand il est parti, j'ai marché jusqu'à l'eau, je me suis assise sur un rondin de bois mouillé et j'ai fixé l'océan. Ce jour-là, j'aurais voulu être ailleurs ; quelque part avec ma mère, à rire en étalant le glaçage au chocolat d'un gâteau qu'elle apporterait à l'une de ses réunions entre femmes. D'une vague subite, la marée a ravagé un barrage de mousse et de branchages avant de marteler le sol de son reflux. Je rêvais de m'asseoir au soleil pour lire des bouquins, grignoter des M&M's, et qu'elle m'attende à la maison quand je rentrerais avec le pick-up.

Sur mon rondin humide, face à l'eau glaciale, je me remémorais ce qu'on m'avait ressassé : j'étais née au cours de la plus sombre nuit de novembre, une nuit sans lune. Maman désirait si fort une fille qu'elle était persuadée que je serais un garçon. Elle n'avait que des prénoms masculins en tête. Anthony. Joel.

Que je sois une fille l'avait sidérée. Elle avait épluché un de ces livres de prénoms des années soixante-dix. Dans ma famille, les choix avaient toujours manqué de piquant : Susan, Jen, Steve, des sonorités qui restaient dans les incisives et dérangeaient à peine la langue. Maman voulait un prénom avec plus de syllabes pour pouvoir le raccourcir. Elle a donc opté pour Antonia, qui signifie trésor inestimable. Tante Lou était atterrée que ma mère ait choisi un prénom italien. Sur les photos prises ce jour-là, elle fronce les sourcils comme un troll, mais sa grimace est éclipsée par le sourire de ma mère, digne d'une pub pour du dentifrice.

Une semaine avant sa mort, maman m'a dit :

— Viens regarder les albums photos avec moi, je suis la dernière à savoir qui sont ces gens.

Nous n'avons jamais eu l'occasion de le faire, et j'ai emporté les albums avec moi à Los Angeles. Elle avait raison. Qui étaient ces bouseux ? Les visages comprimés sous le film collant des pages m'évoquaient une brochette de primates irlandais, français et algonquins aux mains immenses et aux pieds sales, qui passaient sans doute leur temps à tracer des yeux et des bouches dans leurs tartes aux mûres, à creuser des trous dans le sol, à élever des abeilles et à compter leurs sous.

Jamais je ne saurais qui étaient ces gens. Pourtant, sur un Polaroid décoloré, j'étais là moi aussi, fripée, rose et laide. Une petite fille, bien qu'enveloppée dans une couverture bleue.

3

Le jour où il est parti, mon père m'a confié : « Tu seras toujours ma petite fille », et je l'ai suivi sous le porche, les yeux écarquillés. J'avais dix ans et un goût de pourri sur la langue en le regardant marcher jusqu'à sa voiture, puis s'éloigner au volant. Ma bouche était desséchée à force de rester ouverte, mais je ne parvenais pas à pleurer. Je suis restée figée sous le porche un long moment, face à l'allée désertée, pendant que maman sanglotait à côté de moi.

Une minute plus tôt, fière et forte, elle se tenait à l'entrée de la maison, jusqu'à ce que la voiture disparaisse et qu'elle s'effondre brutalement à genoux comme une poupée de chiffon. Mon frère Alan l'a prise dans ses bras, portée dans le salon et déposée sur notre bon vieux canapé marron. Elle y est restée prostrée pendant des heures, en larmes, plus flétrie à chaque seconde. De la salive coulait de sa bouche et trempait le canapé.

Papa s'est installé dans un hôtel miteux de Broadway Street pendant un temps, avant d'emménager avec une rousse bien roulée. Puis il a acheté une maison à une demi-heure de chez nous, dans un patelin qui se résumait à une église, une station-service et une épicerie.

Il a été décidé que je resterais avec maman et que mon frère s'installerait avec lui. Lorsque j'allais lui rendre visite le week-end, je faisais le ménage dans l'épicerie avec un gros balai de branchages en échange de tous les Twix et les Reese's que je voulais. C'était trois ans avant que les filles du cours de danse m'apprennent à me faire vomir.

Alan, mon grand frère joueur de foot et fumeur de joints, me manquait beaucoup. Il ne pensait qu'aux filles et passait son temps à singer les solos de guitare de Mr. Bungle, Slayer ou Iron Maiden. Il connaissait les paroles par cœur et déambulait dans la maison en les braillant à tue-tête. Je l'admirais, même s'il était toujours dans le pétrin pour avoir vendu de l'herbe ou emprunté la voiture de papa sans autorisation. Il prenait des pilules et faisait pousser de la marijuana dans son placard. Petite, je ne comprenais pas de quoi il s'agissait, mais je voyais que mes parents s'en accommodaient joyeusement. À la suite de leur divorce, papa lui a payé un pick-up marron flambant neuf, et après ça, il n'a plus trop traîné dans le coin.

Mon père nous avait quittés juste après que son cabinet s'était fait cambrioler.

— Il a monté ça pour te soustraire ton héritage, affirmait ma mère. Ton père raconte qu'il avait eu le sentiment que quelque chose ne tournait pas rond au bureau, mais il n'aurait jamais été capable de reconnaître un sentiment s'il en avait vu un.

Je n'ai jamais eu le fin mot de l'histoire. Ce que je sais en revanche, c'est que la séparation a laissé maman K.-O.

Il lui a fallu du temps pour s'en remettre. Après des mois de déni, elle a fini par apprivoiser la colère, puis, finalement, la tristesse. Elle s'est mise à boire de plus en plus, ce qui n'a pas aidé, a commencé à fumer des menthols More et s'est noyée dans le boulot et ses associations féminines. Elle me hurlait dessus quand je ne faisais pas attention à elle et me traînait parfois à ses réunions dans lesquelles je m'ennuyais à mourir. Je m'asseyais, écoutais la radio et tentais de retenir toutes les chansons qui passaient sur l'unique station rock de Humboldt.

Papa semblait moins affecté par ces changements. Il avait l'air optimiste, heureux même. Je peinais à le reconnaître. Il avait arrêté de fumer, paraissait plus jeune, plus bronzé.

Un jour, il m'a emmenée assister à un match de foot d'Alan dans une ville à deux heures de route au nord de Humboldt. Les séquoias oscillaient tandis que l'on filait dans la rutilante Datsun 280ZX bleue qu'il venait de s'offrir. Il était en train de m'annoncer qu'il comptait me présenter à Jill, la nouvelle femme avec qui il sortait, quand soudain, au bord de la route, un séquoia a commencé à tomber dans un lugubre craquement. J'ai crié. Il a accéléré, passé les 130 km/h, et on s'est glissés sous le tronc qui nous a manqués de peu. L'arbre gigantesque s'est écrasé sur la route, bloquant la camionnette qui nous suivait. Ses branches ressemblaient à des doigts menaçants. Mon père, ce héros du bitume, avait encore le costume-cravate qu'il portait au tribunal.

— T'as déjà vu un meilleur conducteur ? a-t-il exulté en baissant sa vitre. Avis de tempête, mon cul !

Lorsqu'on a atteint Crescent City, une bourgade à l'extrême nord de la Californie, il y faisait noir comme dans un four : l'électricité était coupée. On est passés devant le Denny's dont les vitrines étaient fissurées. Des morceaux de toiture volaient sur les trottoirs. D'autres séquoias se tordaient à cause du vent et s'aplatissaient sur les toits. Au milieu de la ville ravagée, on est finalement arrivés devant une petite maison bleue. La porte d'entrée s'est ouverte sur une jolie femme mince aux doux yeux bruns qui nous a accueillis d'une voix flûtée, à peine audible à cause du bruit des carillons qui s'agitaient à l'extérieur. On aurait dit un oiseau fragile perdu dans l'œil du cyclone, tenant par la main sa fille de trois ans. Le match d'Alan avait été annulé et il était reparti avec son équipe dans le car, donc il ne restait plus que mon père, ces deux jolies filles sorties de nulle part, et moi.

Un seul restaurant était encore ouvert. Papa, Jill, la petite et moi nous sommes assis dans un carré. J'avais peur que les fenêtres explosent sous la pression du vent. Je me suis collée à mon père, toute tremblante.

— Papa, c'est vrai que tu as cambriolé ton propre cabinet ?

Le vent a frappé le restaurant en sifflant. Les yeux de Jill ont évité les miens quand elle s'est redressée en s'éclaircissant la gorge.

— Qu'est-ce que tu disais ? a repris papa.

Lentement mais sûrement, sa nouvelle petite amie et sa voix flûtée nous éloignaient l'un de l'autre. J'avais l'impression que mes entrailles étaient devenues du chewing-gum fondu.

4

Je devais avoir dix ans quand ma mère a dit que j'étais « sexy » parce que je portais un uniforme. Mon pantalon bleu marine était si serré que je ne pouvais pas me pencher sans retenir ma respiration. Mon chemisier était blanc et rigide, avec un col droit et des boutons en plastique. Je n'avais pas encore besoin de porter des brassières. Sous mon chemisier, j'avais un débardeur blanc sur lequel étaient imprimées des roses bleu foncé. Ma mère a serré ses mains autour de ma taille et étiré ses doigts jusqu'à ce que ses pouces et ses majeurs se rejoignent. Je croyais qu'elle voulait me taquiner, comme quand elle me chatouillait les hanches en imitant le perroquet.

— Mon Dieu ! T'es tellement sexy ! s'est-elle écriée.

J'étais mal à l'aise, sans trop comprendre pourquoi. Elle a appelé mon grand frère.

— Viens voir ce qu'elle est sexy !

— Maman, s'il te plaît…

Alan a sprinté au rez-de-chaussée, walkman sur les oreilles.

Quoi que « sexy » ait pu vouloir dire, ça devait être la pire chose qui soit, comme être bouillie vivante, ou la plus belle, comme gagner une partie de chat perché.

J'avais envie de m'arracher de ses mains pour respirer, mais j'ai retenu mon souffle afin de ne pas perdre son attention. Elle me trouvait sexy, j'avais enfin l'impression d'exister à ses yeux. Ça signifiait qu'elle pouvait encore s'intéresser à moi malgré le départ de papa. Ça signifiait que j'allais pouvoir respirer à nouveau.

— Alan dit que je suis grosse, j'ai fait, et je me suis éloignée d'elle en me tortillant.

— Tu n'es pas grosse, ma chérie, tu es pulpeuse. C'est sexy.

Je n'avais pas envie d'être pulpeuse. Je voulais ressembler à Christie Brinkley, avoir une taille de guêpe et épouser David Bowie. Mon poids m'obsédait, je passais mon temps à pincer mes poignées d'amour. Je haïssais les miroirs. En cours de gym, je comparais mes cuisses à celles des autres filles dont les corps déliés exsudaient la perfection. J'étais tout l'inverse. Grande avec des pieds plats bizarrement longs. Robuste, rustique, toujours vêtue de bleu quand les autres portaient du rose. Héritière des puissantes cuisses de mon père, j'étais trop grasse pour pratiquer la danse classique. Je rêvais d'être maigre, mais le seul régime que je savais être efficace était le divorce : toutes les copines de maman avaient perdu du poids après leur séparation. Or je ne souhaitais pas attendre aussi longtemps.

Je suppliais ma mère de me laisser regarder *Family*, une série qui mettait notamment en scène une ado mal dans sa peau interprétée par Kristy McNichol. Elle était diffusée à dix heures du soir, et j'étais censée être déjà couchée. Presque à mon insu, sans doute à cause du récent divorce de mes parents, Kristy est devenue mon idole au point de m'obséder. J'adorais sa coupe de cheveux et le grain de beauté en pépite de chocolat qu'elle avait au-dessus de la bouche. J'étais folle de son jean pattes d'ef moulant et de sa veste en satin bleu qu'elle gardait ouverte sur un T-shirt de base-ball. Kristy jouait le rôle de Buddy, un garçon manqué qui glandait, jambes dans le vide, sur la balançoire de son jardin ; mais c'était aussi une jeune fille forte aux lèvres brillantes, qui avait des problèmes psychologiques et les dents du bonheur. C'est à elle dans le film *Les Petites Chéries* que je pensais lorsque je me masturbais sur mon oreiller. J'avais lu dans un magazine qu'elle était lesbienne et bipolaire, et il m'avait fallu passer du temps dans un dictionnaire pour comprendre ce que tout ça signifiait. Elle en est devenue encore plus excitante à mes yeux. C'était la plus belle femme du monde, elle avait le plus beau corps de la télévision, de loin. Il ne m'était pas venu à l'esprit de remettre en question ma propre sexualité : ce que je ressentais pour Kristy me semblait normal et n'interférait pas avec mon attirance pour les garçons. Pour moi, ça ne prêtait pas à confusion. Je préférais passer du temps avec mes copines. Je prenais des bains avec elles en utilisant le savon Avon de maman, dormais dans le même lit qu'elles, les complimentais sur leur peau douce, jouais avec leurs cheveux et leur empruntais des vêtements. Jamais le terme « bisexuelle » ne m'avait effleurée, jamais je n'aurais envisagé de l'appliquer à mon cas – du moins, pas encore. La sexualité s'apparentait à une flaque de boue dans laquelle je posais maladroitement la pointe du pied avant de vite la retirer. L'envie de voir les garçons me courir après me consumait, au point que je souffrais dans ma chair de leur indifférence. Mais quand ils me couraient après, je prenais peur, ne décrochais plus un mot et rougissais alors que mon corps s'échauffait. Je rêvais que les garçons me courent après, mais c'étaient les filles que j'avais envie d'embrasser. J'admirais leur force et leur beauté tendre comme mon oreiller. Je voulais qu'elles me confient leurs secrets et qu'elles s'endorment auprès de moi. Je tanguais entre les deux sexes, j'avais besoin des deux. Je ne fuyais pas l'un pour aller me réfugier auprès de l'autre. J'aimais les deux et les rejetais pareillement : deux forces se déchiraient en moi et j'étais encore trop innocente pour en avoir honte.

C'est pendant la pause de pub au milieu d'un épisode de *Family* que j'ai mis mon doigt au fond de la gorge pour la première fois. J'avais lu un article sur la boulimie dans le magazine *Seventeen*. La boulimie était ma chance de devenir mince – en tout cas, d'après les filles du cours de danse. Mes copines pom-pom girls blondes et mormones aux os fluets ne juraient que par ça. Leurs mères ressemblaient toutes à Loni Anderson de la série *WKRP in Cincinnati*. Je me suis enfilé trois litres de glace Rocky Road et un paquet de biscuits fourrés Zingers avant de courir allumer à fond l'eau de la baignoire et de vomir jusqu'à ce que mes phalanges soient couvertes d'ampoules et de morsures. Les grands crocs blanchis de Loni Anderson se riaient de moi quand je suis revenue devant la télévision après m'être rincé la bouche. J'avais envie d'embrasser Kristy. Je me demandais si elle était née avec un corps parfait ou si elle se collait les doigts dans la gorge cinq fois par jour.

À l'époque, j'aimais déjà les secrets. Les miens comme ceux des autres. Ça n'a pas changé. Un bon moyen de garder mes secrets consistait à balancer ceux des autres. J'ai donc appelé les parents de Janine Elm pour les prévenir que leur fille était boulimique et faire diversion.

— Tu as fait ce qu'il fallait, ma chérie, m'a félicitée maman. Elle aurait pu mourir.

Sur ce, elle m'a préparé un sandwich au rosbif que je suis ensuite allée vomir.

Kristy McNichol était sexy, mais la plus sensuelle de toutes, c'était Madonna. Elle se pavanait en bas résille, ses cheveux blonds en pétard, les yeux noirs de mascara. C'était mon idole, j'apprenais toutes ses chansons par cœur.

À quatorze ans, mon petit copain jouait au football dans l'équipe du lycée ; il ressemblait comme deux gouttes d'eau à Sylvester Stallone et j'étais sa pom-pom girl à l'haleine de pizza-vomi. J'avais deux ans de moins que Jeff et j'étais éperdument amoureuse de lui. Je lui avais même fabriqué un cœur en bois que j'avais fixé au poteau électrique devant chez lui pour la Saint-Valentin. Il m'a larguée peu de temps après. J'ai passé le lycée à dégobiller, obnubilée par des canons de beauté hors de ma portée. J'assouvissais et étouffais les envies de mon corps en le saturant avant de le purger.

Les garçons et les hommes ont commencé à me regarder et j'ai alors compris ce qui fonctionnait, ce qui les attirait. Je suis devenue une allumeuse, provocante, prête à monter sur scène à travers tout le pays. J'étais incontestablement une stripteaseuse dans l'âme – dégueulante, enjôleuse, crevant d'envie d'être admirée.

5

Tandis que je me gavais pour mieux vomir, maman a arrêté de manger et s'est mise au volley. Elle est devenue svelte comme un mannequin. Je pouvais voir, à sa manière de se sourire à elle-même quand elle s'examinait dans le miroir et de rouler des hanches quand elle marchait, qu'elle était fière de ses jambes. Sa jupe en polyester marron flottait quelques centimètres au-dessus de ses genoux. Tout le monde la complimentait sur ses jambes magnifiques. Elle n'avait jamais fait de sport, ni même marché plus loin que jusqu'à sa voiture, alors j'avais été surprise de son intérêt pour le volley. Je ne l'avais jamais vue porter de chaussettes, seulement les collants galbants de chez Hanes qui mettaient en valeur ses jambes bien dessinées.

C'est dans l'équipe de volley qu'elle a rencontré Chris, un facteur bien gaulé qu'elle s'est empressée d'installer chez nous après être sortie avec lui quelques mois. Il avait une moustache à la Tom Selleck et portait un minuscule short bleu en tissu-éponge. Il passait son temps à bricoler dans le garage : il fabriquait des étagères, des placards, des canoës. Il se levait à cinq heures du matin pour distribuer le courrier, puis rentrait à la maison et faisait une sieste l'après-midi, de trois à cinq heures. Mieux valait ne pas le réveiller.

Chez nous, au rez-de-chaussée, se trouvait un bar avec des tabourets où Chris et maman engloutissaient un alcool jaune dans lequel nageaient trois glaçons. Maman aimait tourner le sien pour faire tinter les glaçons contre le verre.

Ce son me rappelait le galop des chevaux. Quand elle était ivre, maman parlait de son enfance.

— Mon frère avait tous les droits, râlait-elle. Il pouvait sortir quand il voulait, faire ce qu'il voulait. Moi, je devais avoir des notes parfaites et me farcir le ménage. Et lui faire ses devoirs par-dessus le marché. Mon jour préféré, c'était quand je montais le cheval de Kathy, Bo. Je refusais toujours de repartir, j'aurais aimé rester le brosser et passer le restant de mes jours à le monter. Je ne lui en ai même pas voulu quand il m'a cassé les dents. Je ne désirais rien de plus au monde qu'un cheval.

Je rêvais de lui offrir un cheval ; j'espérais que Chris le ferait.

La nuit où c'est arrivé pour la première fois, j'ai fermé les yeux dans mon lit et les ai écoutés se disputer. La chambre de maman était juste au-dessus de la mienne. J'ai entendu un bruit sourd. J'ai compris que c'était celui de son corps à elle contre la porte de la chambre. Maman n'arrêtait pas de le supplier :

— Arrête, je t'en prie.

Les pas de Chris cognaient lourdement le plafond, comme ceux d'un géant. J'espérais entendre des rires enregistrés, mais ce sont des cris qui ont retenti. Il a balancé des objets qui se sont écrasés sur les murs.

J'imaginais la lampe ou le réveil se briser en mille morceaux.

Dehors, le vent se déchaînait dans les séquoias. Les branches craquaient, cassaient. On aurait dit des os qui se brisaient. Je préférais ces bruits-là à ceux de la maison. J'ai ouvert ma fenêtre et respiré les senteurs humides de la forêt. J'ai songé à m'échapper par la fenêtre, à ramper sur le toit jusqu'à agripper la balançoire en pneu et à me laisser glisser sur le sol en douceur, à la Wonder Woman.

J'ai entendu courir à l'étage, de longues et pesantes enjambées dignes du Bigfoot.

— Si je ne peux pas dormir, personne ne dormira !

Mon frère a allumé toutes les lumières de la maison et monté le son des télévisions à fond. La stéréo s'est mise à jouer « The Gambler » de Kenny Rogers. Je connaissais la chanson sur le bout des doigts vu que ma mère écoutait l'album en boucle dans sa Volvo verte en fumant des menthols. On aimait entonner en chœur « She Believes In Me ». Les yeux grands ouverts dans mon lit, je mimais silencieusement les paroles, mais je retenais mon souffle, sans bouger d'un pouce. Je pensais qu'en restant immobile ils finiraient par se taire.

Maman est apparue à la porte de ma chambre et est venue s'asseoir sur le bord de mon lit. Je ne sais pas trop pourquoi. Elle avait une coupure sur la lèvre qui saignait malgré son Kleenex. Je me suis inquiétée pour son joli sourire.

— Je t'aime, m'a-t-elle déclaré derrière son mouchoir en me caressant la jambe.

Elle était ivre.

Quelques secondes plus tard, elle était repartie. Les lumières, les télévisions, la stéréo se sont éteintes, et mis à part le vent, le calme est revenu. J'étais complètement éveillée, alors j'ai allumé ma petite télé noir et blanc et admiré la plus belle femme que j'avais jamais vue marcher dans une robe blanche grandiose devant des milliers d'invités triés sur le volet. Elle se tenait au côté d'un homme à grand nez. Il portait une veste militaire stricte, ses mains paraissaient délicates. La femme était mince et ses cheveux, coiffés à la mode, étaient d'un blond tendre. La traîne de sa robe s'étirait sur plus de dix mètres. Je les ai regardés s'échanger leurs vœux et s'embrasser avec une élégance toute protocolaire. La femme avait une peau cuivrée. Elle paraissait gentille mais un brin coincée. Je voulais être comme elle. J'ai admiré sa coupe de cheveux. Je n'avais aucune idée de qui ils étaient, jusqu'à ce que les commentateurs expliquent qu'il s'agissait de Lady Diana et du prince Charles.

Le lendemain matin, j'épiais maman tandis qu'elle mettait du fond de teint beige sur son œil au beurre noir et du rouge à lèvres rose brillant sur ses lèvres enflées avant d'aller à son boulot de secrétaire juridique. Je restais à côté d'elle en épelant des mots à voix haute en vue de mon contrôle d'orthographe, tandis qu'elle s'admirait dans le miroir et se vaporisait du parfum Charlie au creux du cou.

— Restaurant ?

Elle a choisi un collier de perles couleur rouge sang et l'a attaché derrière la nuque. Puis elle l'a détaché, lui préférant finalement un collier de quartz avec des perles roses, lavande et blanches.

— R-E-S-T-R-A-N-T.

— Faux.

Elle a fouillé parmi ses boucles d'oreilles pour trouver une paire assortie, en quartz rose. Elle allait me hurler dessus si je ratais encore une fois :

— R-E-S-T-A-R-N-T.

— Res-tau-rant. Trois syllabes. Il te manque une syllabe. Fais un peu attention.

Ses tenues étaient toujours coordonnées. Elle assortissait ses gilets taupe à des chemisiers qu'elle rentrait dans ses bas nylon. Ses ensembles étaient toujours en polyester ; « Comme ça, pas besoin de les repasser », affirmait-elle. Elle était affiliée à de nombreuses associations féminines, participait à de fréquents dîners et présidait l'AAUW, l'« Association américaine des femmes diplômées de l'Université ». Elle était également membre du DAR, les « Filles de la Révolution américaine ». Elle était la trésorière de sa promo et picolait avec les anciennes de sa sororité. Jamais elle n'avait raté un jour de travail. Elle faisait la cuisine et le ménage. Elle était sévère, ordonnée et efficace – comme Lady Di. Son petit ami la cognait et elle était amoureuse de lui. Je l'aimais bien, moi aussi. Il était prévenant et on appréciait les mêmes chansons. Quand on roulait dans sa voiture en chantant à tue-tête au son de la radio, il avait une voix rauque et profonde qui se mariait bien avec la mienne. « C'est l'amour de ma vie », avait l'habitude de répéter maman.

La nuit où les cris de maman sont devenus des hurlements déchirants, j'ai appelé les flics avec mon petit téléphone en plastique jaune, puis je suis sortie par la fenêtre et j'ai grimpé en haut des escaliers en ciment qui bordent la maison. J'ai regardé ma mère rassurer les flics de son ton convaincant de présidente d'associations vêtue de tenues coordonnées.

— Tout va bien.

Les flics ont parlé à voix basse, ont pris des notes sur leur petit calepin avant de repartir, et il n'est plus resté que moi, sous le clair de lune, qui l'espionnais au coin de la maison. Je me sentais coupable. Maman est retournée à l'intérieur, alors j'ai descendu la colline et je suis entrée par le garage dans la maison voisine, celle de ma meilleure amie, Kate. La mère de Kate, Rose, était comme une seconde mère pour moi. Elle était assise dans la cuisine, en train de boire un verre de vin dans la pénombre. Je lui ai raconté les cris.

— Pas de quoi fouetter un chat, a-t-elle rétorqué.

Je ne l'ai pas crue. Elle devait juste vouloir se débarrasser de moi. J'avais école le lendemain. Je suis ressortie, j'ai erré dans les rues de mon patelin au clair de lune, et au lever du soleil, je me suis faufilée par la fenêtre comme si de rien n'était.

6

J'ai perdu ma virginité pendant une panne de courant, dans un chalet près de la Eel River.

À quatorze ans, j'ai découvert l'alcool. Je n'en ai jamais apprécié la saveur, je buvais juste pour l'ivresse. En général, un copain ou une copine organisait une fête, on débarquait en nombre et on vidait la réserve des parents. Je buvais jusqu'à ce que la brûlure de l'alcool fasse fondre ma gorge et que je m'effondre. Les étés étaient frais et brumeux, mais il suffisait de quitter Eureka et de faire une heure de route vers le sud jusqu'à Garberville, la Mecque de la marijuana, pour trouver une météo plus clémente.

La famille de ma copine Kate possédait un chalet d'été dans les collines de Garberville. La première fois que j'y étais allée, je devais avoir sept ans. J'avais été malade à cause des spaghettis de la mère de Kate, mais je crois surtout que j'avais eu très peur d'être si loin de chez moi. C'était la première fois que je dormais chez quelqu'un et ma mère me manquait.

Kate avait une famille nombreuse, notamment deux grandes sœurs que je vénérais. Elles écoutaient le Top 50, avaient des petits copains, savaient préparer des cookies toutes seules et frisaient leurs cheveux comme les filles en couverture de *Seventeen*. Elles tartinaient leurs courbes bronzées d'huile d'amande douce, portaient des bikinis avec des strings roses ou turquoise, s'achetaient des lunettes de soleil hors de prix dans un magasin de Santa Rosa grâce à l'argent gagné en faisant des babysittings. Cerise sur le gâteau, elles faisaient de la danse. J'étais jalouse de la famille de Kate, de ses sœurs et de sa mère qui restait à la maison et cuisinait. Maman préférait les hommes et aimait braver le danger : les chevaux récalcitrants, les cigarettes menthols et les types colériques. La quiétude et la sécurité ne l'intéressaient pas. Or elle m'avait transmis ses penchants et ses envies. Lorsque à mon tour je bravais le danger, je me sentais plus proche d'elle et je la mettais au défi de me protéger : je savais qu'elle aurait tout fait pour, mais qu'elle ne savait pas comment s'y prendre.

Rapidement adoptée par la famille de Kate, j'étais invitée chez eux, à Redway, au lieu de passer l'été dans une minable colonie de vacances. L'endroit ressemblait à un terrain de camping, des balançoires pendaient aux branches des séquoias. Un chemin de terre avec des marches en bois branlantes menait à la Eel River. Dans la voiture, avec Kate et ses sœurs, on chantait des jingles de pub. « *Don't give me that so-so-soda, the same old cola, I wanna rock and roll-a.* » On les répétait en boucle, d'abord la pub pour le soda Shasta, puis celle du Tab Cola avec son refrain « For beautiful people ».

Moi, pour devenir belle, je me faisais vomir deux ou trois fois par jour. Le frottement contre mes dents laissait des traces rouges sur les phalanges de ma main droite. Aujourd'hui encore, là où elles n'ont pas correctement cicatrisé parce que j'arrachais les croûtes, je devine les petites stries blanches. Peu importe le nombre de fois où je me ferais vomir, peu importe le nombre d'heures que je passerais à faire du sport, j'avais compris que je ne serais jamais maigre. Mais ce n'était pas seulement un problème de poids : la boulimie est aussi une question de contrôle, un contrôle que j'étais toujours sur le point de perdre.

Je me faisais vomir après chaque repas et je m'enfilais des quantités d'alcool fort accompagné de Sprite sans sucre. C'était facile de mettre la main sur de l'alcool : au rez-de-chaussée de la maison, le bar était toujours bien fourni. Des voisins y traînaient souvent, bourrés, et jouaient au poker menteur avec moi. Alan était dans le coin lui aussi quand il évitait papa et sa nouvelle famille. Maman et Chris buvaient surtout du whiskey, alors je me servais du rhum ou du gin et dans la bouteille, je remplaçais la quantité de liquide que j'avais bue par de l'eau. Ils n'ont jamais remarqué la différence. Je buvais seule dans le noir, conservant jalousement mes deux secrets, la boulimie et l'alcool.

Au chalet de Kate, je craignais qu'elle m'entende vomir, qu'elle se fâche et me renvoie chez moi. Nos chambres étaient voisines. De peur de me faire repérer, je me faufilais dans la salle de bains quand elle était vide et que la famille de Kate paressait au bord de l'eau. Chez eux, je n'avais que peu d'intimité, alors que chez moi, j'étais souvent seule et il y avait plusieurs salles de bains dans lesquelles je pouvais me planquer, faire couler l'eau et vomir de tout mon cœur. Il n'y avait jamais personne dans les parages.

La télévision était ma meilleure amie. Je connaissais toutes les pubs par cœur. J'étais ravie de mâcher du chewing-gum Freshen-Up qui pétillait dans ma bouche, et je récitais toutes les paroles des chansons de Prince ou Blondie. Chanter, c'était comme prier. La musique était mon porte-parole : Madonna ou Prince exprimaient mes émotions à ma place. J'étais une enfant de MTV, conditionnée par la lubricité négligée de Madonna et son vernis catholique. J'ai étudié ses tubes, tournoyé en écoutant « Burning Up », volé un tas de bracelets en plastique à Woolworth's pour en recouvrir mes avant-bras. Je portais des mitaines en dentelle noire pour dissimuler mes cicatrices. J'étais déterminée à coucher ; jusque-là j'avais seulement embrassé des garçons. Les filles étaient plus faciles à approcher, mais si l'idée m'avait bien traversé l'esprit, je devrais patienter encore quelques années avant d'en embrasser. Puisque ma mère refusait que je sorte avec un garçon avant mes seize ans, j'avais développé un talent pour le mensonge et la dissimulation.

Le temps que j'atteigne les quatorze ans, j'avais déjà réussi à attirer l'attention des garçons, mais je ne savais pas comment l'exploiter. Kate et moi étions allées ensemble à l'école privée catholique jusqu'à la fin du primaire, quand on avait décrété que l'uniforme était craignos. Dans les écoles publiques, il y avait des garçons, des fringues à la mode, des gamins punks et pas de messe obligatoire. Nos parents ont fini par céder à nos supplications. Là-bas, les garçons avec qui je flirtais me pinçaient les fesses et me lançaient des regards de défi. Ils me donnaient de petits coups de coude, m'embrassaient et s'enfuyaient.

Rudy Geraldi était un beau gosse à la peau caramel qui nous faisait toutes rire. J'avais craqué pour lui : grand, mûr, dix-sept ans et toutes ses dents. Avec Kate, Sandy et Jolie, on avait prévu de passer la nuit chez Rudy quand sa famille ne serait pas là. Le jour venu, on a sifflé la vodka de ses parents, écouté de la musique et dansé comme des débiles dans la chaleur de l'été. À force de se pinter, on est devenues bruyantes et ridicules. J'avais l'alcool stupide et téméraire, je beuglais mes musiques de pub et dansais à n'en plus pouvoir en haïssant mon corps. Je me souviens des lits, dehors, là où nous avons dormi. De vieux cadres en ferraille surmontés de matelas rayés qui sentaient le spray antimoustique et la crème solaire. J'avais un short à motif écossais violet et turquoise de petite étudiante sage, ainsi qu'un T-shirt bleu azur Izod.

— Tout va bien ? m'a-t-il demandé.

Langues, lèvres, pas de soutif. Short qui glisse sous mes genoux.

Des lumières floues scintillaient dans le ciel, on se serait cru sous l'eau.

— *You must be my Lucky Star*, ai-je chantonné en singeant Madonna dans un mouvement de pom-pom girl approximatif.

— T'es sûre de toi ? s'est enquis Rudy.

Je me rappelle sa question, pas ma réponse. « Little Red Corvette » de Prince résonnait, quelqu'un avait dû la mettre en boucle avant de s'écrouler de sommeil. Ses cheveux étaient fins et soyeux. Quand il a été sur moi, je me suis sentie rétrécir : enfin, j'étais la fille mince que je rêvais d'être, et les cieux noirs me demandaient : « T'es sûre de toi ? »

Entre la vodka et mes dents rancies par la bile, ma langue devait avoir un goût écœurant. S'il y a eu une douleur, ça n'a été qu'un écho à la pub Shasta, le pop d'une canette, *Je veux un frisson, je veux un wow, je veux ce goût, je le veux maintenant*. La musique s'est tue, les étoiles se sont estompées. Je sens encore les lourds remugles des séquoias humides. Je me suis réveillée assaillie par la migraine. Une bosse de la taille d'une noix avait poussé à l'arrière de mon crâne, j'avais dû me cogner contre la tête de lit. J'ai baissé les yeux. Du sang coulait le long de mes cuisses. Rudy dormait à côté de moi, dos tourné. Les ressorts du matelas me rentraient dans le dos. J'ai mis la main sur mon T-shirt froissé et je l'ai enfilé sur mon corps nu pour aller trouver Kate et Sandy.

— Qu'est-ce qui s'est passé ? s'est inquiétée Sandy à la vue du sang.

— Je crois qu'on l'a fait. Je t'en prie, pas un mot à Kate.

Je me sentais gênée, piteuse, terrifiée. Mon crâne me faisait un mal de chien. J'ai retrouvé mon short sous le lit. Taché de sang. Je suis allée dans la salle de bains et j'ai regardé mes cheveux décolorés tremper dans l'eau des toilettes pendant que je vomissais. Je repensais au Tab Cola, seulement une calorie, destiné aux gens beaux, aux *beautiful people* comme moi. J'ai eu un vertige, je me suis tenue au rebord des toilettes pour éviter de basculer. J'avais mal à la tête. J'avais perdu trop de poids. J'ai rincé mon short imbibé dans le lavabo. Je pouvais toujours vomir, mais je ne pourrais jamais revenir en arrière. J'ai mis la main sur une canette rose de Tab Cola, je l'ai éclusée, et j'ai fait de Rudy mon petit ami jusqu'à ce qu'il ne le soit plus.

DEUXIÈME PARTIE

« Me tuer. »

7

C'est dans un café prisé des hippies et des artistes du quartier d'Old Town, à Eureka, que j'ai fait la connaissance du cultivateur d'orchidées. J'avais quitté le foyer familial, ma mère, mon beau-père et mon père, et à dix-sept ans, je vivais seule. Être serveuse faisait partie des nombreux boulots merdiques que j'avais enchaînés et qui m'avaient menée à un autre boulot merdique : modèle pour artiste. Certains des clients m'engageaient (payée à l'heure, et au noir) pour que je pose nue pendant qu'ils me peignaient ou me dessinaient dans des lofts du quartier. Je me tenais dans le plus simple appareil, assise ou debout, et à la fin, l'argent qui m'était destiné était collecté dans un panier, comme à l'église.

Un homme trapu, courbé en avant comme s'il venait de subir un examen de la prostate, m'a commandé un expresso. Sa tignasse noire tombait devant ses yeux globuleux. Il a repoussé sa mèche.

— T'es ravissante.

— Merci.

Je lui ai servi une tasse de café. Il m'a donné sa carte de visite, sur laquelle j'ai lu : *Cultivateur d'orchidées. Peintre.*

— J'aimerais que tu poses pour moi.

J'ai glissé sa carte dans ma chaussette. Le café était bondé, il y avait la queue jusqu'à dehors. Deux hommes au visage buriné dans des chemises à carreaux se sont installés pour jouer aux échecs. Des commerçants sont repartis avec leur plateau de latte et de muffins, et quatre punks du quartier se sont assis à leur table habituelle.

— Vous pourriez monter la musique ? a demandé celui avec la crête violette.

Je suis passée à l'arrière du bar, j'ai monté le volume de « The Catherine Wheel » de David Byrne. J'ai vidé le pot des pourboires dans la poche avant de mon tablier. Il fallait que j'aille pisser.

J'ai jeté le marc de café à la poubelle, essuyé le comptoir, découpé des morceaux de scone au cassis. J'en ai glissé un dans ma bouche. J'avais besoin de gratter assez d'argent pour me tirer de cette ville de bouseux. Je me sentais seule et à l'étroit. Peut-être devrais-je pousser jusqu'à San Francisco pour me sentir libre de faire ce que je voulais sans être surveillée comme une proie par des gens qui me connaissaient depuis toujours. Ce n'étaient pas les dix dollars de pourboire quotidiens qui allaient me sortir de là. J'ai appelé le cultivateur d'orchidées. Il m'a fait une proposition :

— Tu peux poser pour moi demain ?

— Combien ?

— Quinze dollars de l'heure.

Je l'ai retrouvé dans un loft décati au dernier étage d'un bâtiment d'Old Town, sous des poutres de séquoia qui grinçaient. Une lumière orange se répandait par les fenêtres. J'approchais de la vingtaine. Le cultivateur d'orchidées avait trente-six ans, il me fixait d'un air tendu, comme une grenouille qui ne clignerait jamais des yeux. Il fumait des cigares et peignait à l'aide de branches squelettiques qu'il trempait dans une peinture boueuse.

— T'as déjà essayé les acides ?

— Nan.

— Comment c'est possible ? Une fille aussi belle que toi…

Il a ouvert son congélateur et m'a présenté un minuscule petit morceau de papier qui s'est dissous sur ma langue. On a passé les heures qui ont suivi à se caresser et à s'embrasser. J'ai voyagé sans bouger d'un pouce. Le temps s'est mué en un sirop dans lequel je ne parvenais plus à bouger. Mes entrailles étaient béantes. J'en ai savouré chaque minute.

Voilà comment notre histoire a commencé. Non pas à cause d'une attirance réciproque ni d'un intérêt mutuel, mais simplement parce qu'un homme marié me fournissait des drogues merveilleuses grâce auxquelles tout devenait parfait. En plus des acides, il a acheté du speed en poudre dans des pochons de sept grammes et m'a servie sur le plan de travail rouge de sa cuisine ; mon âme s'est mise à nager. C'était délicieux. Le speed était la réponse à une question que je n'avais même pas conscience de m'être posée. Il me rendait effervescente et mince et euphorique. J'ai sniffé une ligne et je me suis retrouvée en apesanteur, débarrassée de mon enveloppe charnelle, totalement déconnectée. Ai-je précisé que le speed me faisait perdre du poids ? Parfait, je vous dis.

Le cultivateur d'orchidées était marié à une dénommée Kayla. D'elle, je savais qu'elle était délicate, blonde et mignonne. Et qu'elle avait été violée. Je n'avais aucune idée de ce que ça pouvait signifier de quitter sa femme, particulièrement une femme qui avait été violée, mais je suis sûre que Kayla a encore quelque part une poupée à mon effigie avec des épingles plantées dans les yeux.

Un après-midi, le cultivateur d'orchidées m'a téléphoné. Il tirait des bouffées sur son cigare et m'a demandé :

— Tu veux venir avec moi à San Francisco ?

Et comment. Je sentais cette ville de péquenauds se resserrer autour de mon cou. À cause de l'alcool, des bars et des trips à l'acide, j'étais de plus en plus souvent en retard au boulot. Je n'allais pas tarder à me faire virer. J'ai réuni quelques affaires, mes bouquins, et j'ai grimpé dans son camion de déménagement de location avec ses deux chiens et mes étagères peintes à la bombe argentée.

8

— Arrête de bouger.

Le cultivateur d'orchidées devait avoir déjà peint ma vulve soixante-dix fois. Je m'étais glissée dans cette jupe qu'il aimait me voir porter, et qui s'apparentait plutôt à un napperon de dentelle blanche. Je n'arrêtais pas de me frictionner parce que j'avais la chair de poule. Après des heures passées à poser dans la chambre d'hôtel gelée qu'on louait à la semaine, on roulait jusqu'à San Francisco dans sa Gremlin couleur caca de bébé à la portière criblée d'impacts de balle dans l'espoir de se dégoter un appartement. Mais avant, on retrouvait son dealeur. Fritz se tenait toujours à l'angle de Haight et Fillmore. Il connaissait le cultivateur d'orchidées depuis leurs années à l'université de Boston où ils jouaient ensemble dans un groupe de reprises hawaïennes de Sinatra. Fritz était un type dégarni avec des boucles crépues clownesques autour du crâne, qui se tenait tellement penché en avant qu'on aurait dit qu'il marchait sur la pointe des pieds. On lui achetait deux pochons de speed avant de se procurer le *San Francisco Bay Guardian* pour éplucher les annonces de location. Après quelques jours d'incertitude, on a atterri dans une ancienne usine

CornNuts, les grains de maïs de l'apéro. On a trimbalé son lourd futon poussiéreux dans l'unique pièce qui sentait le renfermé, puis on a baisé jusqu'à ce que ses yeux gonflent comme ceux d'un poisson rouge. La poudre blanche submergeait nos jours et animait nos nuits. Je suivais un régime à base de méth, de biscuits d'avoine et d'oranges. Après avoir sniffé, on trempait les pochons dans notre café, on enchaînait ligne sur ligne et on baisait ; à grands coups de pinceau, il peignait des grandes lèvres, l'autre main appuyée sur moi pour que je ne bouge pas. À l'heure du dîner, on se refaisait une ligne.

Sur les toiles du cultivateur d'orchidées, j'apparaissais tel un sphinx énigmatique. Mon visage ne renfermait que des ombres. Ses tableaux ressemblaient à de la sérigraphie, ils accumulaient les strates de pastels rose et gris représentant mes cuisses, mes traits, mes mains. Des couches et des couches d'où émergeaient un visage flou ou de longs doigts masculins. Ses peintures étaient affreuses, minables, pires que minables, mais il est difficile de confier à son petit ami que ses peintures sont à chier. S'il était incapable de me peindre, c'est parce que j'étais absente. Je m'étais transformée en quelque chose d'autre, explosée en de microscopiques éclats : une flèche, un train, les bords humides d'une lèvre. Je m'étais soustraite, fragment par fragment, jusqu'à être ailleurs.

Deux semaines après avoir emménagé dans l'ancienne usine CornNuts, on a roulé jusqu'au désert des Mojaves. En route, il m'avait donné de l'ecstasy et avait dû s'arrêter plusieurs fois pour me laisser vomir. On s'est promenés au milieu des ombres étirées, ruisselants de sueur, luisants sous la canicule, à se toucher sans parvenir à se connecter.

— Toi, tu as des problèmes avec ton père, a-t-il soudain déclaré, énervé contre moi sans que je sache pourquoi.

— J'en ai même un paquet.

Il l'a bouclée. J'ai songé à prendre la fuite alors que devant mon nez, les grains de poussière se transformaient en bulles. J'ai tenté de les mordre : l'image de mon père dans des ballons translucides.

— Ils volent.

On a poursuivi notre marche parmi les imposants cactus. Un bâton se déplaçait dans l'ombre – un serpent à sonnette, en fait. Il ondulait comme une vague déchaînée en agitant sa queue. Mes genoux se sont liquéfiés. Tandis qu'il continuait son chemin, je me suis effondrée sur un rocher de la même façon que maman s'était effondrée le jour où papa était parti.

On a campé dans le sable. Un homme nous a menacés de son fusil au beau milieu de la nuit.

— Papa ?

— Vous êtes sur une propriété privée ! a gueulé l'homme.

J'ai suivi le cultivateur d'orchidées jusqu'à sa voiture où on s'est endormis. Le lendemain matin, le moteur a refusé de démarrer. Il faisait presque quarante degrés. On était coincés dans le désert. Ses deux chiens se sont enfuis. Peu après, je me suis enfuie à mon tour. Je me suis trouvé un appartement en sous-sol où je n'aurais plus à partager mon speed.

9

Mon entrejambe commençait à me démanger à l'idée de coucher avec une femme, alors je traînais à l'Exodus, le seul club lesbien de la ville. Je sillonnais le quartier de Mission à San Francisco en *platform shoes* et short imprimé léopard. Dos-nu noir. Rouge à lèvres écarlate. Parfois, j'étais un peu moins glamour : jean troué, débardeur, Doc Martens bordeaux. Des faux cils touffus, une combinaison de dentelle en lambeaux, j'étais grunge, antiglam, une photocopie affadie des drag-queens qui zonaient dans mon quartier.

Quand j'ai rencontré Bianca, j'étais en route pour acheter de la méth.

Elle m'a dévisagée. Bianca n'avait rien de l'habituelle étudiante en cinéma arty qui aurait abusé de la teinture pour cheveux. C'était une fille d'une grande prestance, très garçonne : élancée, fine, avec de beaux cheveux bruns et un grain de peau de la blancheur des neiges du Colorado. Ses yeux bruns mélancoliques me faisaient me sentir chez moi quand je m'enroulais autour d'elle. Le mot « ennui », en français et en police Courier, était tatoué sur son biceps couvert de taches de rousseur. Elle avait le goût d'agrumes du soda Mountain Dew et dans sa chemise vert clair vintage boutonnée jusqu'en haut et ses bretelles marine, elle ressemblait à un gentleman des années quarante. Chaussures d'homme. Chaussettes d'homme. Sourire espiègle. J'envisageais le suicide chaque fois qu'elle me quittait pour aller dealer à travers la ville. Pas parce que j'avais peur qu'elle se fasse arrêter, mais parce que c'était une sacrée allumeuse, et j'étais du genre possessive. Je voulais que le speed nous fasse fondre en une sorte de bouillie lesbienne, dégoulinante et fusionnelle. Je fantasmais sur elle, nous imaginant vivre dans une cabane en rondins au bord de la rivière : elle fumerait la pipe dans son rocking-chair pendant que j'apprendrais à tricoter, une robe années cinquante sur le dos. On danserait un slow sur du Etta James dans la cuisine parfumée par la tarte aux patates douces en train de cuire au four.

Les choses ne se sont pas tout à fait passées comme ça.

Je continuais de poser nue pour des cours de dessin au centre culturel de Mission, où je devais m'agripper à une chaîne qui pendait du plafond pendant des plombes, en me grouillant pour m'envoyer une ligne lors de mes dix minutes de pause.

— Vous avez l'art d'être toujours en retard, me reprochaient les enseignants agacés.

Ils me tendaient ma paie en liquide et ne me rappelaient pas.

Je me paumais systématiquement quand je voulais aller à des concerts, mais jamais quand je filais à Guerrero Street retrouver Bianca. La lame tranchante du désir m'attaquait le cerveau quand je prenais une rue en sens interdit pour aller plus vite. Je n'arrivais pas à joindre les deux bouts mais je m'en foutais. Je finissais toujours par retrouver Bianca.

On achetait notre came à la même bande de pédés

au crâne rasé sur la Seizième. Eux approvisionnaient les drag-queens ; Bianca s'occupait des lesbiennes. Elle savait aussi jouer de la guitare en chantant comme Kristin Hersh. Il suffisait qu'elle entre dans la pièce pour que je me mette irrépressiblement à agiter la jambe. J'avais des spasmes d'amour. J'étais déjà sortie avec des femmes, mais là, c'était au-delà du sexe. C'était du putain de sexe sous speed.

Quand on se retrouvait dans l'appartement de notre dealeur, elle roulait des mécaniques, la coolitude incarnée, avec son exemplaire des *Neuf nouvelles* de J. D. Salinger dans la poche arrière de son pantalon. Je m'asseyais dans un fauteuil zébré avec l'anthologie *Angry Women* et deux chats glabres. Ils remuaient la queue devant mon nez comme deux anguilles. J'étais tombée amoureuse des idées sur les femmes, le pouvoir et le sexe auxquelles Bianca m'avait initiée. On en discutait comme de quelque chose qu'on aurait soustrait à notre héritage phallique. La femme était un assemblage de symptômes, un « autre » pour l'homme. Et la femme en face de moi me faisait frissonner.

J'embrassais la définition de l'hystérie d'Hélène Cixous : un accroc foncièrement révolutionnaire dans la logique binaire de la conformité et du christianisme. Je faisais corps avec sa réappropriation de l'hystérie comme moyen de marquer une rupture et de réagir à l'insupportable. J'épousais un féminisme qui se préoccupait autant des biotechnologies que des chaussures compensées, et qui s'intéressait à ce que nombre d'entre nous à San Francisco voulions explorer à l'époque : l'artifice, les simulacres de Baudrillard, les cyborgs de Donna Haraway et la lingerie vintage. Je voulais anéantir la femme en moi pour la reconstruire entièrement. Je voulais baiser Bianca.

La langue rageuse de bell hooks m'a plu. Sa poésie crue et furieuse évitait l'écueil de la victimisation pour mieux mettre à nu le rêve américain. La terreur est le message. Il y avait une guerre contre l'art, contre la drogue, contre les homos, contre le désir et contre le sida. Il y avait une guerre contre la féminité, une guerre contre le sexe féminin, une guerre contre le sexe homosexuel. Le féminisme tel que je l'envisageais exigeait de redéfinir mes relations, de rebattre les cartes des schémas officiels. Il remettait en question la possibilité même de l'amour et allumait l'étincelle de mon corps lesbien.

Dans un éclair de lucidité, je m'étais inscrite au Mills College pour faire une licence de *women's studies*. J'allais progresser, me créer un nouveau moi et un avenir digne d'intérêt par la même occasion. Ça me prendrait deux ans et me coûterait plus de dollars que je pouvais rêver d'en gagner, mais le temps et l'argent n'avaient que peu d'importance au regard de la lutte contre le patriarcat. Le problème, c'est que mon éclair de lucidité n'a été qu'un éclair. Le reste du temps, mon corps de lesbienne se désintégrait au bout de la longue paille en plastique qui pénétrait mes cloisons nasales.

Dans le microscopique appartement de notre dealeur, Bianca et moi inhalions la pisse de chat et les effluves javellisés de la méth en préparation. Les émanations étaient délicieuses. On parlait à peine. À la place, on se préparait des grosses lignes prêtes à être sniffées. On communiquait par ondes sismiques : deux sonneries de téléphone signifiaient « Retrouve-moi dans le garage ». Là, sous la lumière orangée, on inspirait la poudre crayeuse sur un dessous de verre avant de se rouler des pelles sur le capot de sa Karmann Ghia.

On observait le soleil délavé se faufiler à travers les fenêtres pour inonder le sol en béton. Dans son garage, on se laissait aussi des petits mots ou des compiles sur cassette.

« C'est facile d'aimer la beauté. Aimons plutôt les gens laids », écrivait-elle par exemple.

Je suis devenue un monstre. Hystérique. Hors-la-loi. Je titubais sur l'arête déchiquetée qui sépare la destruction de la rédemption. J'étais anorexique, junkie, clodo, une traînée ambulante, une bisexuelle accro aux gouines.

Qu'est-ce qui avait changé ? Est-ce que les choses changent ? Et moi, est-ce que je pouvais changer ?

Bianca et moi passions notre temps à ramasser des chaises en bois à travers toute la ville pour les repeindre des dizaines de fois et en rembourrer les coussins avec des coupons de tissu volés. Partager de la méth avec Bianca, c'était comme être en apnée au fond de l'eau et recracher de la lave. On retenait la nuit dans les bras l'une de l'autre en regardant les heures s'accumuler au fond de nos poches, nos pupilles noires et dilatées, grosses comme des noix, toutes à notre transe. Personne d'autre ne comptait, c'était comme si tout le reste avait cramé au soleil.

Le speed me rendait bricoleuse, habile à manier l'agrafeuse. Tomber ou s'envoler, ça revenait au même. Bianca était mon parachute. Il n'y avait rien d'accidentel là-dedans. On s'est envolées puis écrasées. Une journée durait trois jours. J'avais une diarrhée perpétuelle. Je séchais les cours, parvenais parfois à assister à une conférence. Vendredi devenait mercredi ; une douzaine de kilos en moins ont révélé mes côtes. J'étais loin du féminisme plein d'humour, d'ironie et de joie que je défendais. Loin de la jouissance de Lacan. Loin de Foucault. Ne restait qu'une morte vivante qui perdait sa mémoire et ses cheveux. J'ai oublié la fac, oublié le boulot, oublié la maison. Je vous ai oubliés. Je me suis oubliée.

— Les gens devraient payer pour traîner avec toi, disait mon dealeur.

Il insinuait que je devrais me lancer dans le strip-tease, mais je n'avais pas encore pigé. On racontait qu'il me filait de la came gratis juste parce que j'étais belle dans son fauteuil à fourrure blanche.

La voix soucieuse de ma mère sur mon répondeur est devenue mon seul lien avec le monde extérieur. « Tu me tues. Détruis ma carte de crédit ou je ne t'adresse plus jamais la parole. » Effacer. Effacer. J'étais censée utiliser sa carte seulement en cas d'urgence. Je m'en servais pour financer mon addiction. Mon addiction ? C'était bien plus que ça : c'était ma vie. En négligé et cuissardes compensées synthétiques, à quatre heures du matin, je déambulais dans les coins chauds de Mission à la recherche de Bianca.

Bianca a sniffé une ligne sur un boîtier de CD et une grosse larme a coulé de ses yeux noirs glacés. J'ai entendu la voix de maman sur mon répondeur : « J'arrive la semaine prochaine. »

Cette fois, vraiment, j'arrête.

Maman m'a trouvée dans mon appartement crasseux. Elle m'a regardée comme si j'étais devenue hideuse. J'étais squelettique.

— Il faut que je sorte, juste un instant, j'ai fait.

— Ça suffit. Si tu sors, je pars, a menacé maman.

— Juste un instant.

J'avais besoin d'un rail. Les voix étaient de plus en plus fortes. Il aurait fallu que je me coupe les oreilles.

— Je ne reviendrai pas. Jamais, a-t-elle insisté.

J'ai gobé deux Xanax. Dans le miroir, j'ai aperçu son nez rougi, ses yeux de marbre gris. Lorsque ses lèvres ont remué, j'ai entendu : *Chope-la par le cou et tranche-lui la gorge.* J'ai balayé la pièce du regard à la recherche d'un couteau. Je les planquais sous ma télévision hantée.

— Voilà ta carte.

Je lui ai rendu le bout de plastique. Est-ce qu'elle allait me tuer pour ça ?

— Il faut que tu me rembourses. Je ne compte pas t'en faire cadeau.

Mes couteaux n'étaient pas à leur place. J'ai vérifié sous le lit.

— Il faut que je sorte un instant, j'ai répété.

En réponse, j'ai entendu : *Crève-la. Brise-lui la nuque.* Elle ne dirait jamais ça. J'avais besoin de plus de speed. Plus de Xanax. Elle était un cercle lumineux, un gobelin à grandes dents.

— Juste une seconde.

Dans le miroir, les os de mon crâne ressortaient sous ma peau. Pommettes. Cage thoracique. Nez pointu. Colonne vertébrale. Mêmes yeux gris-bleu que les siens. Deux billes glacées.

Enfin mince.

J'ai enfilé un grand T-shirt confortable, je me suis coulée dans le lit à côté d'elle et j'ai attendu. Elle a passé son bras autour de moi et m'a dit :

— Tu devrais manger quelque chose.

Puis elle a allumé la lumière près d'elle et a sorti son livre de poche. La chair de poule hérissait ses avant-bras. Les miens aussi, mais j'avais l'habitude d'avoir froid à force de rester debout pendant des jours et des nuits. Je sentais son léger parfum, White Shoulders.

— Demain, j'ai dit.

Les murs devenaient de plus en plus troubles à chaque seconde. Je tombais de sommeil.

— T'as froid, maman ?

J'ai attrapé la couverture bordeaux au pied du lit, je l'ai dépliée sur ses jambes, puis je lui ai souri.

— Tu vas perdre tes dents, a-t-elle soupiré. Tu avais de si belles dents.

J'ai plongé mon visage sur le côté de son oreiller et je me suis endormie à poings fermés.

10

— Tu peux pas être une stripteaseuse chauve, a soutenu Claire.

— Pourquoi pas ?

J'ai frotté mon crâne duveteux. Mes cheveux blonds étaient très courts. Bianca avait repeint les murs de notre appartement pour la septième fois, choisissant un gris couleur navire de guerre relevé de finitions bordeaux. Moi, j'avais décidé de me raser la tête.

J'avais envie de sentir la pluie sur mon cuir chevelu. De ressembler à Sinéad O'Connor.

— Mets ça.

Elle m'a tendu une perruque brune frisée qui embaumait comme si elle avait été enfermée dans une bouteille d'adoucissant depuis 1985.

— Comment ça marche, le striptease ? j'ai demandé.

Le sol de l'appart était couvert d'agrafeuses et de chutes de tissu, restes de notre frénésie de retapissage du matin. À présent, Bianca réparait le sèche-cheveux. Claire et sa copine gagnaient leur vie en faisant des spectacles fille-fille dans les stripclubs du Tenderloin.

— Je peux me pointer et passer directement une audition ?

— Tu devrais venir bosser au New Century.

Je lui ai offert un rail de méth, comme je le faisais avec les clientes de Bianca qui étaient aussi des amies. J'ai continué de me renseigner :

— Est-ce qu'ils ont le droit de te toucher quand tu es sur scène ?

Claire a sniffé la fine trace blanche avant de passer en revue la tour de CD de Bianca. Je lui ai sorti « Rebel Rebel » par Rickie Lee Jones, ainsi que la version longue de « Stretched on Your Grave » de Sinéad O'Connor.

— Il te faut aussi quelque chose de plus rythmé.

Elle a sorti « Cannonball » des Breeders.

— Qu'est-ce que je dois porter ?

J'ai entendu gratter à l'intérieur d'un mur. J'ai ouvert les rideaux, mais il y avait seulement des ouvriers qui, dans la rue, creusaient un trou au marteau-piqueur. J'ai attrapé mon tiroir de sous-vêtements et l'ai retourné sur le lit. J'ai choisi un voile de mariée blanc en dentelle, d'époque, et je l'ai placé devant mes yeux avant de faire le tour de la pièce. Peut-être que je pourrais aussi sortir un collier de perles de ma chatte ? Après tout, je considérais ça comme une performance artistique.

— Enfile ça.

Claire a sorti d'un vieux sac de bowling une robe rayée qui me descendait jusqu'aux chevilles, m'a lancé une paire d'escarpins éraflés et un short noir en lycra particulièrement moulant. Nos ombres se découpaient sur les murs de l'appartement.

— Dessous, tu mettras un string.

J'ai farfouillé dans ma pile de culottes jusqu'à en dégoter un noir.

— Tu l'enlèveras sur ta dernière chanson, a-t-elle précisé d'un ton détaché.

J'ai mis la robe ample qui ne me mettait pas en

valeur, enfilé les chaussures trop grandes et me suis déhanchée vers Bianca qui a levé les yeux une seconde avant de se replonger dans sa boîte à outils. Claire a acquiescé. J'ai tout enlevé, rangé la tenue dans mon sac à dos avec une culotte rose usée, puis je nous ai préparé deux lignes blanches tirées d'un sac Ziploc, et lui en ai proposé une :

— Des lignes pour mesdames.

Elle a sniffé la sienne et grimacé. Une grosse larme a coulé d'un de ses yeux.

— Et si je ne suis pas prise ? me suis-je inquiétée.

J'ai sniffé mon rail et reniflé avant d'en déglutir l'amertume, complètement engourdie.

— Aucun risque, ils cherchent des filles.

Dans le bus, avec mes trois CD et ma perruque qui me démangeait, j'ai entendu un grattement de souris derrière moi.

J'avais étudié *Sexual Personae* de Camille Paglia et adopté ses stratégies de choc. J'allais me rebeller contre le désir masculin et l'attraction hétérosexuelle. Bon, certes, j'allais mettre mon corps à la disposition des hommes. Mais j'allais danser, les convaincre de me laisser leur argent et aller déposer tout ça à la banque en riant. Dans les milieux gays, le striptease était une réponse au prix des loyers.

En tout cas, avant de connaître quoi que ce soit à l'argent facile et à la prostitution, c'était ma théorie : je considérais le striptease comme un art. Me faire trois ou quatre cents dollars en cinq heures me laisserait tout le temps nécessaire pour bosser mes examens de la fin du semestre. Bien sûr, j'allais devoir me dénuder. Mais j'avais un loyer à payer, et je commençais à en avoir marre de traîner chez moi toute la journée au milieu des crétins de junkies qui campaient devant notre chambre en ânonnant les chansons des Throwing Muses. Malgré tout, l'idée de me lancer dans le striptease me rendait si nerveuse que j'avais envie de gerber, ce qui n'était pas une raison pour ne pas essayer.

11

Le New Century Theater n'avait de théâtre que le nom. C'était un tripot couvert de toiles d'araignée à l'angle de O'Farrell et Larkin Street, près du fameux club des frères Mitchell. Le New Century apparaissait comme son ersatz crado. J'étais stressée par mon audition, alors je suis allée m'acheter des chewing-gums à l'épicerie du coin. Une trans en fauteuil roulant faisait la quête devant, une Pall Mall aux lèvres.

— Jolie perruque, a-t-elle fait.

J'ai lâché quelques piécettes dans le gobelet de polystyrène qu'elle tenait. Elle m'a dévisagée.

— C'était mon café, idiote.

Je me suis dépêchée de gagner l'entrée du New Century et j'ai considéré les affiches en vitrine sur lesquelles s'étalaient des beautés avec des seins gros comme des pastèques. Jamais ils n'accepteraient mon bonnet B. Mes mains tremblaient.

— Je peux être auditionnée aujourd'hui ? j'ai demandé à l'homme derrière le comptoir d'accueil.

Il m'a dit s'appeler Manny et m'a remis un formulaire à compléter. La salle du New Century était sombre et délabrée. Des sièges métalliques s'alignaient face à une immense scène flanquée de barres de pole dance et nantie d'un long podium, plutôt théâtral pour le coup. Ça sentait le vieux matelas et le produit ménager.

— Monte à l'étage. Je viendrai te chercher pour passer sur scène, m'a expliqué Manny.

L'escalier, raide et étroit, débouchait sur une mansarde basse de plafond dans laquelle se trouvaient des armoires métalliques. J'ai posé mon sac sur une chaise et me suis dévêtue. J'ai fixé ma perruque frisée et attaché mon voile de mariée blanc terni. J'ai regardé le résultat dans le grand miroir fêlé et me suis peint les lèvres d'un rose pétant.

En bas, deux jumelles en tout point identiques occupaient la scène, vêtues de robes noires en vinyle percées d'anneaux qui leur tombaient dans le dos. Elles voletaient sur scène au son de « I Bleed » des Pixies. Leur chair crémeuse s'embrasait sous la lumière. Leurs robes sont tombées sur la scène noire et elles se sont étreintes, les yeux dans les yeux. Chacune a dégrafé le soutien-gorge de l'autre. Elles étaient envoûtantes. Il allait falloir que je trouve le moyen de me faire remarquer si je voulais être embauchée : j'étais maladroite, pas en forme et rongée par le trac. J'avais la tête qui tournait et je me sentais pataude.

Quand mon tour est arrivé, aux premières notes de « Cannonball » des Breeders, j'ai été aveuglée par les lumières. Mes mouvements étaient brusques, j'allais trop vite mais j'étais incapable de m'arrêter. Le speed bouillonnait au fond de moi et ma mâchoire me faisait mal à force de grincer des dents. J'ai tâché de rejouer des vieux enchaînements de pom-pom girls, mais j'ai trébuché. Les chaussures de Claire étaient trop grandes. Je me suis accrochée au poteau et j'ai remarqué la chair de poule sur mon bras. Il faisait un froid de loup. À la fin de la chanson, j'ai déchiré ma culotte en l'enlevant avant de retourner dans les coulisses. J'ai remis en place mon voile de mariée et je suis remontée sur scène en rampant pour la deuxième chanson, accentuant encore la dramaturgie gothique de Sinéad O'Connor. J'ai jeté mon soutien-gorge vers l'obscurité en direction du seul homme que j'avais entrevu. J'ai visé ses lunettes qui reflétaient l'éclairage de la scène. La chanson touchait à sa fin alors j'ai agrippé la barre pour me relever, j'ai ôté ma perruque et mon voile pour les balancer sur scène. J'ai glissé sur le ventre et me suis étendue face contre terre, bras tendus devant moi. Je me figurais que l'homme à lunettes et à la chemise blanche immaculée me porterait chance.

J'étais fière de moi ; après tout, je venais de mener à bien mon premier numéro. Je suis sortie de la scène en songeant que je pourrais m'y habituer. Ça pourrait même devenir un domaine dans lequel j'excellerais. Peut-être…

— Ne refais plus jamais ça, a dit Manny.

— Faire quoi ?

Mon cœur était sur le point d'exploser sur ses chaussures marron bien cirées.

Il a désigné la perruque que j'avais en main.

— Et danse plus lentement.

— Oh. Désolée.

J'ai renfoncé la perruque sur ma tête. Mon manifeste féministe ne m'avait pas prévenue qu'il faudrait aussi accepter de se faire remonter les bretelles.

— Si tu veux bosser ici, tu commenceras dans l'équipe de jour.

Il a marqué une pause, comme s'il s'attendait que je décline sa proposition.

— C'est d'accord. Merci.

Je lui ai décoché un grand sourire, pouces levés. Je suis entrée dans la loge. Sur un tableau blanc étaient écrits des noms comme Violet ou Luscious. Manny s'est tourné vers moi, un marqueur à la main.

— Je mets quel nom ?

Il a lâché un long soupir impatient.

— J'ai pas toute la journée, princesse.

— Camille ? ai-je laissé échapper à cause de Camille Paglia.

J'ai immédiatement regretté mon choix. Camille sonnait comme une marque de tampons ou de lingettes pour bébés à la lavande. J'aurais préféré me faire appeler Blue, Roxanne, quelque chose de plus original, de plus poétique, mais c'était trop tard. Pour le moment, j'étais coincée avec Camille. Peut-être que ce nom permettrait au moins à Bianca d'être présente à mes côtés, symboliquement, dans ce New Century moisi, et que je m'y sentirais moins seule.

Manny a descendu les escaliers grinçants pour retourner sur son perchoir derrière le comptoir d'entrée. Je me suis assise face au miroir, sous l'éclairage jaune tamisé, parmi les filles plantureuses qui, de leurs mains expertes, s'appliquaient du blush sur la figure. Je me sentais sale. J'avais une terrible envie de speed, aussi. Je détonnais parmi les filles, je n'étais pas à la hauteur. Elles avaient payé cher leurs tenues. Mais c'était pour rire, pas vrai ? On n'était pas supposées s'habiller comme les filles en couverture de *Penthouse* ; on était censées s'amuser avec les artifices et détourner le concept d'identité, non ? On était des révolutionnaires qui se moquaient de la superficialité de la représentation et remettaient en cause le système de transmission phallique. L'artifice était de notre côté, n'est-ce pas ? Je me suis recroquevillée dans le miroir, effrayée par l'image que je renvoyais. Mes pupilles, de la taille d'une pièce de dix cents, éclipsaient le bleu de mes iris. Des cernes noirs s'étaient accumulés sous mes yeux. Je n'avais pas dormi depuis trois jours. Tandis que les filles à la peau laiteuse se collaient de faux cils et se faisaient des boucles avec un fer à friser en forme de cou de cygne, le bruit des rats surexcités qui grattaient le plafond est revenu.

Maman a continué de m'appeler. J'ai continué d'effacer ses messages, mais toujours après les avoir écoutés jusqu'au bout. « Où es-tu ? Où est ma fille ? J'ai essayé de te joindre. Rappelle-moi quand tu auras ce message. Rappelle-moi. »

J'ai solidement fixé la perruque sur mon crâne à l'aide d'épingles à cheveux et je suis descendue pour me poster dans le public, observer et apprendre. J'étais parano. Ma peau était froide et tendue, j'entendais les autres filles chuchoter. J'ai dû rester debout pendant une heure. J'étais une ratée, bien trop plate pour ce travail. Les femmes autour de moi étaient sensuelles, langoureuses, parlaient leur propre jargon. J'étais fragile et crispée. Une fille blonde a fait éclater la bulle de son chewing-gum juste à côté de moi.

— Qu'est-ce que vous leur racontez pour les inciter à demander une danse privée ? ai-je fini par articuler.

— Demande-leur s'ils veulent jouer avec ton petit minou, a-t-elle lancé en claquant une nouvelle bulle, sans tourner les yeux vers moi.

Elle avait des barrettes roses dans les cheveux et des chaussettes blanches remontées jusqu'aux genoux. Elle s'appelait Madeline et passait son temps à commander par téléphone des pizzas qui n'arrivaient jamais. Son petit ami le vendeur de couches a débarqué. Il s'est assis dans le public, bras croisés, à attendre sa prestation. Elle s'est assise à côté de lui pendant un long moment. Le temps de cinq chansons, elle a regardé dans le vide. Leurs regards ne se sont pas croisés. Puis il l'a larguée. Lorsque je suis tombée sur elle, plus tard, dans la loge, son teint était livide, cadavérique.

Sur scène, une femme à la taille de guêpe et aux longues tresses rouges dansait. Du haut de ses talons, elle devait culminer à un mètre quatre-vingt-quinze.

— Je ne sais pas si je vais pouvoir faire ce boulot. Je suis amoureuse de ma petite amie, ai-je avoué à Madeline.

De ses hanches, elle a donné un coup sur les miennes.

— Fais pas tant d'histoires et grimpe dans le bus, comme disait Zappa !

Elle a gloussé et s'est éloignée, telle une Barbie fantomatique.

J'ai repris de la méth.

Il ne m'a pas fallu attendre longtemps avant de sentir le toucher étrange de ces mains qui couraient sur mes cuisses, mon cul, mes seins, et mon premier réflexe a été de vouloir leur donner un coup. Bientôt, la répulsion s'est muée en complaisance, et la complaisance en assurance détachée. Je savourais de pouvoir exciter les hommes d'un geste, d'un regard, d'une phrase. Je gardais mes sentiments à distance pour mieux faire mon travail.

Je n'ai pas tout de suite gagné des tonnes d'argent. J'ai rarement quitté le New Century avec plus de deux cents dollars en poche, mais c'était suffisant pour payer mon speed et ramener des bouteilles de vin à l'appart, du moins au début. Je pouvais arriver au New Century quand je voulais et repartir quand je voulais, tant que j'honorais mes tours de piste et que je payais mes droits de scène. Je pouvais même porter des tenues de pute en dentelle noire. Cette « Camille » que j'étais devenue ne m'était pas si étrangère.

Le striptease me procurait une montée d'excitation nouvelle à laquelle être accro. Pourtant, je n'étais pas particulièrement douée, je me contentais de passer des genoux d'un inconnu à ceux d'un autre en collectant leur argent jusqu'à ce qu'ils deviennent peu à peu des clients fidèles.

J'ai beaucoup appris de filles comme Danielle Willis. Elle était pâle, grande et maigre, du bout du nez à la pointe des ongles. Ses os affûtés comme des lames pointaient sous son ensemble Victoria's Secret. Elle papillonnait à travers la salle dans ses bottes de motard, son T-shirt en résille et rien d'autre ; elle dansait sur Siouxsie et se penchait en avant pour murmurer des trucs aux hommes ou à moi. Elle les attrapait dans ses filets, en faisait des habitués. J'ai beaucoup appris en l'imitant.

Elle était incroyablement sensuelle, tout simplement.

Camille était cette autre chose qui souriait quand elle était triste, étirait encore son sourire quand elle était contrariée, et éclatait de rire quand on la rejetait. En tant que Camille, je tâchais de conserver mes idéaux de militante féministe au sein d'un club de striptease. Je tâchais de me sentir puissante quand je repoussais les doigts des hommes et je rentrais toujours à l'appart avec du cash pour Bianca. Mais le plus souvent, ma joie était gâchée quand je songeais à la manière dont le système me récompensait financièrement d'avoir fermé les yeux sur mes limites. J'enfreignais mes propres règles, j'outrepassais la ligne de conduite que je m'étais moi-même fixée. Dans la frénésie caverneuse des clubs, la survie prenait le dessus à mesure que les portefeuilles s'ouvraient et se refermaient. Je me répétais que les hommes n'étaient pas invités à entrer dans ma vie ou dans ma chair, et j'ai commencé à avoir des orgasmes pendant le lap dance – ce qui ressemble à une sensation de pouvoir, pendant deux minutes.

Je m'autorisais à jouir pour mieux me concentrer sur le boulot. Je trouvais un homme qui avait envie de moi et me frottais à lui comme s'il n'était qu'un meuble, jusqu'à venir. Jamais je n'ai partagé mes orgasmes avec eux. Mes orgasmes n'étaient que pour moi. J'étais bouleversée de m'être métamorphosée en un tel cliché : la fille excitée par le désir des hommes. J'étais devenue cette chose pour de l'argent, et la frontière qui séparait la danseuse de la femme s'est estompée jusqu'à devenir diaphane au fur et à mesure que le système faisait son œuvre.

12

Avec Bianca, le temps filait comme un ouragan : des semaines, des mois passés à sniffer et à baiser. Surtout au début. Puis, le silence. Elle s'est mise à m'ignorer, alors j'ai passé de plus en plus de temps à bosser et je suis partie dans un stripclub plus accueillant, plus grand : le Crazy Horse. On a arrêté de se parler. Nos relations se sont distendues à cause du speed et de la négligence qui s'instaure quand deux personnes s'aiment profondément mais préfèrent la drogue.

Lorsque je n'étais pas au Crazy Horse, je travaillais à temps partiel à Wasteland, une boutique de fripes où je triais des vêtements et rangeais des paires de chaussures avec des punks du quartier. Un jour, Marya est passée, à la recherche d'une boucle de ceinture. Elle était la coqueluche des gouines avec son style cow-boy, ses pantalons en cuir noir, ses piercings sur le menton et ses éperons à l'arrière de ses bottes. Elle m'a filé son numéro sur un bout de papier, je l'ai recopié sur la poutre de la salle de repos à l'étage avec un marqueur noir. Je l'ai appelée pendant ma pause déjeuner.

— Qu'est-ce que tu fais après ? m'a-t-elle demandé.

Mon cœur a jailli de ma cage thoracique et s'est écrasé sur le plancher comme un poisson hors de l'eau.

— Pas grand-chose.
— Quand est-ce que t'es libre ?
— Je vis avec ma petite amie, j'ai dit.
Le lendemain, elle est repassée à Wasteland. Elle m'a payé un burrito à six dollars et un grand soda à l'orange dans un gobelet blanc. Je croisais et décroisais les jambes sur ma chaise en plastique bancale qui faisait des bruits de pet lorsque je bougeais. On a bien ri, et je me suis rendu compte que ça faisait des mois que je n'avais pas été touchée par quelqu'un qui ne me payait pas.
— Ça fait un an que je suis sobre, m'a-t-elle confessé, la main sur mon genou. Je vais à une réunion sur Capp Street ce soir, à dix heures. Tu devrais venir.
Je sniffais plus de trois grammes de speed par jour et je rinçais le pochon dans mon café au réveil avant de sortir de la maison pour prendre mon train en direction du Haight.

Après le boulot, je suis rentrée à pied jusqu'à l'appartement qu'on partageait avec Bianca. Il n'y avait personne, alors j'ai débouché une bouteille de vin rouge qui se trouvait sur le plan de travail de la cuisine et j'en ai avalé une gorgée. J'ai trouvé une culotte rayée rouge et noir et je l'ai mise avec des bas résille et des semelles compensées. Puis j'ai marché jusqu'à la réunion des Alcooliques Anonymes dont Marya m'avait parlé. Elle avait lieu dans une petite pièce lugubre. Marya rayonnait sous une vieille lampe à franges poussiéreuse. Le café avait un goût de jus de chaussettes mais je l'ai quand même avalé en écoutant les participants des AA se plaindre de l'augmentation des loyers. Je me suis tassée dans un canapé qui puait la pisse. Des alcoolos et des putes entraient de temps en temps, fuyant la faible lumière des réverbères de la rue et des entrées d'immeuble, en quête de biscuits, d'un abri, ou juste pour échapper quelques instants à la nuit impitoyable. Le type qui lisait une feuille blanche a annoncé que tous ceux qui avaient bu de l'alcool ou pris de la drogue au cours des dernières vingt-quatre heures n'avaient pas le droit de s'exprimer, seulement d'écouter. J'étais partagée entre la colère et la culpabilité.

Marya m'a tapé sur l'épaule.

— J'enverrai une voiture te chercher au Crazy Horse vendredi à sept heures.

Elle a passé son bras autour de mon cou et baissé les yeux sur ma combinaison.

— Je peux pas. Tu devrais me laisser tranquille, ai-je répondu, provocatrice, en exhibant mes tétons.

Bianca et moi avions préféré la méth au sexe. Marya éveillait autre chose en moi, quelque chose qui me terrifiait. Je suis rentrée à l'appart sniffer une grosse ligne de speed en priant pour que la drogue me sauve comme on prierait un dieu.

Le vendredi soir, au Crazy Horse, j'ai plié mes vêtements dans mon casier et simulé une migraine lorsque le pick-up de tous les dangers est arrivé. Je suis montée à l'intérieur.

— Salut, j'ai dit.

La conductrice, qui n'était pas Marya, ne m'a pas décroché un mot. Un sourire a barré son visage jusqu'à ce qu'on arrive au sommet d'une colline, en face d'un parc où des homos se suçaient dans les buissons. Elle s'est garée, m'a ouvert la portière et montré la petite volée de marches en ciment qui menaient à un appartement en sous-sol.

Marya m'a ouvert, a fait un signe de tête à l'autre

fille, puis m'a saisie par le bras, tirée à l'intérieur et a claqué la porte. Elle a pointé un long couteau vers mon visage. Exactement ce que j'attendais d'elle.

— Voilà ce à quoi t'auras droit si t'oses dire autre chose que oui, m'a-t-elle avertie d'un sourire carnassier.

Elle m'a plaquée sur la balançoire de cuir noir suspendue au milieu de la pièce, m'a longuement fessée avec une pagaie en cuir avant de me baiser avec une énorme verge en silicone noir tout en m'étranglant. C'était tellement mieux que de prendre de la méth avec Bianca en écoutant Joni Mitchell.

— Tu es à moi, désormais, a-t-elle décrété.

Quelques heures plus tard, j'ai pris un taxi pour retourner bosser au Crazy Horse, couverte de bleus et de suçons, ballonnée par les bonbons au sirop d'érable dont Marya m'avait gavée. J'ai fait mon numéro de lap dance habituel et rapporté l'argent à Bianca.

— J'ai fait une bêtise.

Les yeux de Bianca étaient clos. Son ventre s'était creusé, les os de ses hanches saillaient de mon caleçon à carreaux favori. C'était rare de la voir ainsi. Elle paraissait calme et silencieuse. Ça faisait trois nuits qu'elle n'avait pas dormi. Elle avait dû avaler un ou deux Xanax et allait écraser pendant vingt-quatre heures. Sa respiration était lourde et profonde. C'était ma version préférée de Bianca.

— J'ai couché avec quelqu'un d'autre.

Je me suis allongée, tournée vers elle.

— T'as quoi ?

Elle s'est redressée d'un bond et a traversé la pièce. Elle refusait de croiser mon regard.

— Elle est venue au boulot. J'ai couché avec elle.

Un gros rail, la brûlure dans la gorge. Je voulais

tomber en elle et combler l'espace qui nous séparait grâce au speed. Je voulais la réparer, nous réparer.

— Je veux décrocher.

— T'es l'une d'elles, désormais.

Elle avait raison. J'étais l'une d'elles. Une camée, lâche, lâcheuse. Et par-dessus tout, je l'avais trompée.

Je savais comment mettre fin à tout cela. J'ai pris un couteau dans le tiroir et je l'ai brandi dans les airs. Elle a regardé la lame, m'a regardée, et a crié « Non, non ! » d'une voix nasale qui semblait provenir de la pièce voisine. Je n'ai pas bougé. Le couteau allait nous mettre d'accord. J'ai plongé la lame dans mon poignet gauche. Je n'ai pas immédiatement senti la coupure, mais je savais qu'elle était réelle. Je me suis lentement effondrée à genoux. J'avais des vertiges, un léger soulagement, mais je ne ressentais aucune douleur, juste une sorte de flottement. J'ai regardé avec envie une bouteille de Jameson. J'ai reconnu le disque des Pixies qui passait et je me suis imaginée en train de danser dans mes bottes en vinyle lustrées. Mes membres bourdonnaient. Le couteau était rouge de sang, il avait dû tomber de ma main parce qu'il se trouvait sur le sol, lui aussi. Le sang a giclé sur le carrelage jaune. Ma main droite a dérivé vers ma main gauche pour la couvrir, comme on dissimulerait un étron honteux. Bianca a noué sur mon poignet le bandana bleu qu'elle portait auparavant autour du front. J'ai lu sur ses lèvres :

— Ne regarde pas. Tu vas flipper.

Mais mes yeux sont tombés sur l'intérieur de mon bras, les veines et les tendons, une rivière d'un rouge profond qui ne coulait pas, suspendue.

Les voix se sont évanouies.

13

— C'est pas passé loin.

Une blouse s'est penchée sur moi. Un visage brun, flou, qui sentait la cannelle. J'étais en train de me demander ce que ce biscuit parfumé me voulait quand j'ai aperçu les points de suture noirs qui rampaient sur mon poignet.

— Avez-vous essayé de mettre fin à vos jours, mademoiselle Crane ?

— Hmm.

J'avais l'impression qu'une guerre faisait rage dans mon estomac. J'ai mis le nom sur quelque chose que je n'avais pas ressenti depuis longtemps : la faim. Je mourais d'envie d'avaler des donuts.

— Était-ce une tentative de suicide ?

— Où est Bianca ?

— Auriez-vous un proche que nous pourrions prévenir ?

J'ai pensé à maman. À ses coups de fil. À la dernière fois qu'on s'était parlé, à la fierté qu'elle avait exprimée à l'idée de « retrouver sa fille ». « Lorsque tu passeras me voir, tu n'en reviendras pas de mes tomates », avait-elle dit. Elle avait raison. Je n'en étais pas revenue. J'avais eu envie de camper dans la serre, de cueillir les tomates, d'en faire gicler les grains sur mon T-shirt blanc en goûtant leur jus sucré. « Chris a terminé la grange le mois dernier », avait-elle ajouté. Jusque-là, ses deux chevaux étaient hébergés chez les voisins. Elle les nourrissait tous les jours avec les pommes de son verger. Je ne pouvais pas demander au médecin de la prévenir. Surtout maintenant qu'elle avait des chevaux.

— Je voulais me sentir… différente.

Une infirmière rondelette est arrivée et m'a assise dans un fauteuil roulant. Elle m'a poussée à travers les couloirs jusqu'à un ascenseur, puis m'a conduite dans l'allée qui menait à une autre aile du centre médical Davies.

— Est-ce qu'on va me donner quelque chose à manger ?

— Ils répondront à toutes vos questions à l'accueil.

Dans la salle d'attente, un couple regardait l'émission d'Oprah d'un air las. Je me suis demandé si j'étais prisonnière. J'avais envie de rentrer à la maison, mais c'était impossible, pas avec Bianca, pas avec la montagne de méth qui trônait sur son bureau. Je pourrais aller à la friperie Wasteland et trouver une collègue chez qui dormir. J'ai été tirée de ma somnolence par l'appel de mon nom et j'ai marché jusqu'au petit hublot de l'accueil.

— Au bout du couloir, deuxième porte à droite. Frappez au bureau du Dr Beemer.

Je sentais une odeur de viande et j'entendais des rires grinçants. Je rêvais de nourriture, de pancakes, de muffins, de fruits.

Un type bouffi à la peau bronzée, tout de blanc vêtu, affublé d'une longue barbe broussailleuse et d'un collier de perles ethniques, m'a ouvert la porte. Derrière lui était accroché un poster de Bob Marley.

— Asseyez-vous.

Je me suis exécutée. Je ne croyais pas une seconde que ce baba cool aurait à manger pour moi. Il y avait un cœur de quartz rose sur son bureau. De l'encens au bois de santal brûlait. J'ai froncé le nez.

— Comment ça se passe, à la maison ?

— Rien de spécial. Je me suis disputée.

— Avec un couteau ?

Il malaxait une boule de caoutchouc en riant doucement.

— Je ne voulais pas mourir. Je voulais juste ressentir quelque chose de nouveau.

Des livres sur les chakras étaient alignés sur une étagère.

— Prenez ce cristal. Quand vous êtes en colère, avez-vous essayé le yoga ?

J'ai pris la pierre dans ma main. Froide et lisse. Je me suis demandé combien de doigts sales l'avaient caressée.

— Quand est-ce que je pourrai rentrer chez moi, docteur Beemer ?

— Vous voulez rentrer chez vous ?

— Ouais. J'ai faim. Et envie de dormir.

— C'est un bon début. Dans soixante-douze heures, vous pourrez rentrer chez vous.

Je ne suis pas rentrée chez nous, avec Bianca. J'ai échoué sur le canapé d'une amie à qui j'ai emprunté quelques fringues. J'étais terrifiée à l'idée d'être seule. Même si je l'avais voulu, je savais que je n'aurais pas pu retourner dans cet appart bourré de speed. Je ne pourrais plus jamais revoir Bianca. Je n'avais pas confiance en moi, mais je savais que je ne serais plus jamais la même.

TROISIÈME PARTIE

« Ça a l’air amusant. »

14

À l'intérieur du Lusty Lady, un punk au visage poupin avec une iroquoise bleue dessinait au stylo noir derrière le comptoir. J'étais en nage après avoir remonté Kearny Street à pied avec mon gros sac de sport sur le dos. Je l'ai posé au sol, entre mes jambes. L'autre a levé les yeux.

— Hé, redis-moi ton nom ?

— J'en ai pas encore.

Il m'a détaillée de la tête aux pieds. J'espérais qu'il ne remarque pas le bracelet d'hôpital en plastique blanc qui dépassait de la large bande de cuir cloutée que je portais au poignet, et sous laquelle mes récents points de suture me démangeaient. Le téléphone a sonné. Il a décroché sans me quitter des yeux. Je gardais un sourire forcé plaqué sur le visage. Comment avais-je pu oublier de couper ce putain de bracelet d'hôpital ?

J'ai commencé à paniquer. J'avais vraiment besoin de ce boulot. Ça faisait déjà trop longtemps que je dormais sur le canapé de mon amie et il me fallait un peu de fric pour emménager dans mon propre appartement. Quand je lui avais annoncé que j'étais clean et que je passais à autre chose, Bianca avait ricané au téléphone. « Il faut au moins que j'essaie », m'étais-je dit.

Je devais de l'argent à tout le monde. Pas juste quarante dollars par-ci par-là, mais des centaines de dollars à des amis, des créanciers, le fisc. Même mon permis de conduire avait été suspendu parce que je n'avais pas payé mes contraventions.

On m'avait raconté que le Lusty Lady n'était ni glauque ni dangereux, et qu'il n'y avait pas de jalousie entre les filles. C'était un endroit où je pourrais danser sobre et redevenir une personne dont ma mère pourrait être fière.

Encore fallait-il que je parvienne à me faire embaucher.

La voix du gamin à l'iroquoise était joyeuse et décontractée, on aurait pu croire qu'il était employé chez un disquaire. Il m'a tendu quelques papiers à remplir et un stylo bleu. Il n'y avait nulle part où s'asseoir, je me suis appuyée sur le comptoir.

Il est retourné à son dessin. Les formulaires étaient les mêmes que ceux que j'avais dû remplir pour travailler dans des cafés ou des magasins de vêtements, sauf que le Lusty Lady était plus intéressé par mon expérience de danseuse que par celle dans la vente. Arrivée à la ligne « Qui contacter en cas d'urgence », j'ai hésité. Je n'avais pas parlé à maman de l'unité psychiatrique, des points de suture, de ma décision de me remettre au striptease en tâchant de rester sobre.

Le stylo Bic que j'avais emprunté pendait à mes lèvres, un filet de bave m'a échappé. L'iroquois m'a vue l'essuyer.

— Shannon, la directrice, sera là dans une minute.

Je me suis dit qu'il était juste poli avec la pauvre fille qui bavait. C'était son boulot. Je n'avais aucune chance d'être prise. J'étais collante de sueur, bouffie, vannée. Une blonde assez carrée à la chevelure ondulée est sortie d'un long couloir obscur. Elle a désigné le mur dans mon dos où étaient punaisés une vingtaine de Polaroids de jolies filles en lingerie affriolante dans une pose sexy, sous lesquels étaient inscrits des noms comme Princess, Star ou Cannelle.

— Mets-toi là, que je te prenne en photo. Ensuite, on passera à l'audition.

Je ne me sentais ni sexy ni attirante, mais Shannon a dégainé l'appareil et pris la photo, avant de l'agrafer sur le formulaire que je venais de remplir.

Mon abstinence avait gonflé mes joues et arrondi mes hanches. Depuis mon séjour à l'hôpital, je n'arrêtais pas de grignoter et je ne ressemblais plus à rien ; pourtant, j'ai quand même signé mon contrat et accepté de travailler au moins trois fois par semaine. J'étais tellement boulotte que mon nom de scène aurait dû être Donut. Mais j'ai opté pour Lolita, et je me suis décoloré les pointes à la javel.

Shannon était une femme pleine de peps, avec des mèches très classe. Elle a pointé du doigt le couloir sombre :

— La loge se trouve en haut de ces escaliers. Désape-toi et monte sur scène à la prochaine chanson.

J'ai emprunté l'étroit couloir plongé dans la pénombre en esquivant soigneusement les Kleenex froissés qui traînaient par terre, puis j'ai monté des marches jusqu'à atteindre une porte rouge. Dans la pièce couverte de miroirs, des filles nues se brossaient les cheveux ou lisaient un bouquin. L'ambiance était proprette, loin de la fumée de cigarette, des rouleaux de billets et des mignonnettes d'alcool composant l'habituel décor des clubs qui pratiquaient les danses privées.

Au milieu de cette loge curieusement bien rangée, je me suis figée. Je n'avais jamais joué les stripteaseuses en étant clean. Les miroirs étaient propres. Sur les tables s'alignaient les boîtes de cotons-tiges et les pinceaux à maquillage. Des fers à friser tout neufs étaient branchés dans les prises de courant, on se serait cru dans un spa. Quel genre de stripclub a des miroirs nickel et une moquette pas dégueulasse ? J'allais me pencher en avant pour ôter mon pantalon en velours marron à pattes d'ef quand j'ai suspendu mon geste. J'avais l'impression que j'allais mourir de honte si je me déshabillais ici. Je n'avais pas le rempart du speed pour me protéger, ni la chaleur rassurante de l'alcool. Je me sentais ridée, boudinée, gênée par ma nudité. Je voulais disparaître dans un des casiers métalliques et claquer la porte derrière moi.

Laisse tomber, tu n'es pas capable de le faire.

Je ne savais pas ce que j'étais censée porter – ou ne pas porter – sur scène. J'avais une culotte froissée et un vieux soutif noir à lacets. « Doll Parts », la chanson de Hole, a débuté. Ça pouvait marcher avec le soutien-gorge. Courtney Love se lamentait, « Je suis des yeux de poupée », et j'ai pensé que moi, je n'avais rien d'une poupée. J'ai retiré mon pantalon et mon T-shirt, attrapé un boa blanc qui pendait à une patère et l'ai enroulé autour de mon cou. J'ai titubé avec mes *platform shoes* en gravissant les marches qui menaient à la scène, une grande boîte entourée de miroirs – trop de miroirs. J'ai constaté que les autres filles étaient complètement nues, alors je me suis tortillée pour enlever mes sous-vêtements et les balancer dans la loge. J'ai essayé de passer outre à ma terreur des miroirs et je me suis approchée du coin où Shannon était assise à m'observer, son bloc-notes sur les genoux. J'ai sursauté, surprise par les chœurs féminins qui chantaient, « Ils te veulent vraiment... », et je me suis mise à onduler les hanches au rythme des voix.

— Hé, mais c'est mon boa.

Cette voix sucrée appartenait à l'ex-petite amie de Marya, Rhea, dont la longue silhouette sculpturale surmontée d'une coupe au carré dorée luisait dans le miroir à côté de mes cuisses couleur saucisse. Elle ne devait pas se gaver de pizzas, elle. Marya m'avait dit que Rhea bossait ici, mais je ne m'étais pas attendue à tomber sur elle dès le premier jour, sur scène qui plus est. Rhea était un croisement splendide et aguicheur entre Uma Thurman et Renée Zellweger, l'intelligence et des bonnets D naturels en plus.

— Merde, excuse-moi, je l'ai juste mis pour mon audition.

J'ai immédiatement regretté d'avoir ouvert la bouche ; j'étais en public.

Elle a dansé en se coulant vers moi, a passé son bras autour de mes hanches.

— Mon boa lui va bien, pas vrai ?

Elle s'adressait à un moustachu qui la matait avidement derrière la vitre, comme un prédateur surveille sa proie. J'ai suivi Rhea. Elle a levé sa jambe svelte et a dit :

— Si t'aimes Hole, tu vas aimer celui-là.

Pendant un instant, j'ai oublié ma nervosité et mon gras. J'ai éclaté de rire, levé ma cuisse potelée et l'ai posée sur le rebord de la lucarne. Rhea s'est appuyée sur la barre pour glisser de haut en bas et chauffer les clients tout en se moquant d'eux et en bougeant son corps de poupée à mon intention. Elle était également artiste et ses sculptures de vagins avaient déjà été exposées dans les galeries d'art de Santa Rosa. Marya m'avait tout raconté d'elle, comment elles avaient un jour volé des édredons dans un magasin et créché dans un van noir entre deux appartements. La chanson s'est terminée, je lui ai envoyé un baiser et suis sortie de scène, ravie.

— T'es un peu trop grosse pour nous, mais tu sais bouger, a dit Shannon.

J'ai quitté le Lusty Lady soulagée d'avoir trouvé un travail dans un lieu qui paraissait propre et réglo. Même si le Lusty était loin d'être le paradis, je danserais aux côtés de femmes puissantes et magnifiques comme Rhea, des filles intelligentes capables de plaisanter sur scène.

Les hommes n'étaient pas autorisés à nous toucher, on contrôlait donc mieux notre show. Je pouvais travailler malgré le poids que la sobriété m'avait fait accumuler, gagner du fric, et on n'attendait pas de moi que je tripote une bite. N'ayant pas à débourser des sommes aléatoires et exorbitantes pour payer notre droit de monter sur scène, on était moins prises à la gorge. On dansait épaule contre épaule et je rapiéçais les morceaux de ma vie. J'avais trouvé une place. Mon poignet allait guérir. J'allais rester loin de la poudre, j'en étais convaincue cette fois. J'allais appeler maman pour lui décrire le grand club propre dans lequel je dansais, au milieu de femmes saines d'esprit et bienveillantes. Je lui répéterais que l'endroit était sûr. En descendant Kearny Street pour prendre le bus, le vent de San Francisco s'est enroulé autour de mes jambes comme un chat.

15

— Comment tu t'en sors, ma chérie ? m'a demandé maman.

Je ne l'avais pas appelée depuis ma dégringolade qui s'était terminée à l'hôpital. Je savais qu'elle voulait me rendre visite pour constater de visu que je n'avais pas rechuté. Je l'imaginais assise près du téléphone à se couper minutieusement les ongles de pied en repensant à mon état la dernière fois qu'elle m'avait vue. Je ne lui avais encore rien dit à propos du Lusty Lady.

— Je danse dans un endroit vraiment propre et sûr, désormais.

— Go-go danseuse ?

— Danseuse nue. Derrière une vitre.

— Ah.

C'était le genre de « Ah » qui pouvait signifier chez elle le dégoût comme la curiosité ; tout dépendait de l'expression qu'elle y associait. Mais je ne pouvais pas voir son visage.

Après un long silence, j'ai eu un élément de réponse :

— Et c'est quelque chose que tu imagines faire toute ta vie ?

Je ne savais pas si elle désapprouvait franchement

mon choix ou si elle pensait que c'était ce qu'une mère était censée dire dans cette situation.

Maman est arrivée quelques semaines plus tard. Je l'ai emmenée au Lusty pour qu'elle constate de ses propres yeux que tout se passait bien. Elle n'avait jamais mis les pieds dans un club de striptease. Je me demandais comment elle se sentirait là-bas, au milieu des jeunes filles nues, à me regarder me trémousser sur scène en tenue d'Ève au lieu d'avoir un boulot respectable et des horaires de bureau. Elle m'a envoyée chercher du rhum et du Coca au magasin d'alcool du coin. Je lui ai préparé un verre qu'elle a englouti.

— Ne t'inquiète pas, maman. Les filles avec qui je travaille vont toutes à l'université.

— Hum, a-t-elle grogné en levant un sourcil.

Les femmes de ma famille n'étaient pas des caniches de concours pomponnés aux mœurs légères. Les femmes de ma famille faisaient pousser leurs légumes, vendaient des maisons, montaient à cheval, maîtrisaient la sténo et étaient capables de taper soixante mots à la minute. Elles ne parlaient jamais de sexe. Elles se mariaient avec le premier mec qui les sautait. Elles présidaient des associations féminines et fumaient clope sur clope. Quand elles buvaient du rhum Coca, elles devenaient bruyantes et exigeantes. Elles reniflaient quand elles riaient, avaient bouclé des études supérieures, été pom-pom girls et major de promo au lycée, faisaient des gamins à vingt-cinq ans et savaient pêcher, pelleter la terre, cuisiner des tartes à la rhubarbe et préparer leurs propres conserves de pêches. Elles avaient des jambes spectaculaires, des nez droits et préféraient les hommes colériques aux types gentils. Elles collectionnaient la poterie locale, sortaient les poubelles et portaient des bijoux de hippies.

Les femmes de ma famille n'étaient pas des strip-teaseuses bisexuelles qui avaient tendance à s'isoler et cultivaient une addiction secrète pour le speed.

Bras dessus bras dessous, maman et moi avons dépassé l'iroquois et gagné le couloir sombre jusqu'à une grande cabine d'angle. J'avais choisi celle-ci parce que les danseuses pouvaient nous voir. J'ai glissé quelques dollars froissés dans la machine. Maman a dégainé son sourire de pub pour dentifrice à Star et Decadence qui ont agité sous notre nez leur corps huilé. J'ai silencieusement articulé le mot « Maman » à leur intention, et elles m'ont renvoyé un regard entendu qui signifiait : « On s'occupe d'elle. » Je m'attendais qu'elle soit choquée ou consternée. J'étais prête à encaisser sa désapprobation immédiate. C'est d'ailleurs pour ça que je ne disais rien quand je sortais avec une fille. Un jour, elle était entrée dans l'appart et m'avait trouvée enlacée à Bianca ; plus tard, elle lui avait passé le bras autour de l'épaule en sirotant son whisky. La tolérance de maman à mon égard était très particulière. Elle classait les gens en deux catégories : les gagnants et les perdants ; je me tenais toujours à la lisière de ce qu'elle allait considérer avec sévérité. C'était la même chose avec le striptease. Je ne voulais pas la décevoir, mais je ne voulais pas non plus lui cacher la vérité.

J'essayais de ne pas fixer maman pendant que Decadence, une grande gothique, lui souriait en jouant avec l'anneau qui lui perçait le téton. Il y avait certaines choses que je lui avais tues. Je n'avais jamais mentionné les habitués que je retrouvais dans la cage des Plaisirs Privés au fond du couloir où, en tête à tête, je faisais un show avec mes godes à ceux qui me le demandaient. Je ne lui avais jamais parlé des clubs de contact intégral dans lesquels j'avais travaillé auparavant, ni de la relation sadomaso que j'entretenais avec ma petite amie Marya. Bien plus tard, je ne lui parlerais pas non plus de Rob, qui m'avait droguée, ni de ce couple qui avait payé mon loyer à Los Angeles pendant des années. Je n'ai jamais évoqué mes tatouages ni mes prothèses mammaires. Elle s'en était forcément rendu compte, ça la gênait peut-être, mais ces choses n'avaient pas d'importance car son amour était bien plus vaste que ça. Son amour n'était pas conditionné par mes activités ou mes hobbies. Son amour, c'était comme flotter dans une Voie lactée maternelle, bercée par la poussière d'étoile.

Les yeux clairs de maman rebondissaient sur les parois réfléchissantes de la scène.

— C'est marrant comme endroit, a-t-elle lancé dans un petit rire. Et ça a l'air amusant à faire.

Elle avait raison, et elle avait tort.

16

Vus de notre aquarium, les visages des hommes paraissaient déformés, nébuleux. Ils nous reluquaient derrière la vitre, leurs yeux flous braqués sur nous dans l'obscurité. Lorsque l'argent se tarissait, les cloisons noires se refermaient en coulissant avec fracas. Les lumières chaudes se reflétaient sur les murs de miroirs. Je me suis laissée glisser sur la barre de laiton pour descendre de la scène principale.

Mes genoux grinçaient tellement je m'étais contorsionnée sur mes talons de dix-huit centimètres, mes cuisses me brûlaient à force de soulever mes hanches pour coller ma chatte contre la vitre.

C'était l'heure de prendre mon service dans la cage des Plaisirs Privés. Derrière le rideau de satin rouge, j'ai retrouvé l'éclairage blanc de la loge. J'ai sorti mon sac à dos de mon casier métallique et l'ai bourré de godes, de sex-toys et de lubrifiant, y ajoutant aussi un long boa noir. À l'approche de la cage, j'ai respiré une bouffée de sperme et de détergent, ma lampe de poche au bout du bras pour me guider jusqu'à la pièce des Plaisirs Privés. J'ai essayé d'esquiver les Kleenex usagés qui traînaient, mais l'un d'eux s'est collé à ma chaussure et j'ai dû frotter mon talon sur le sol pour m'en dépêtrer. La cage se trouvait près de l'entrée principale du Lusty Lady, et l'apparition brutale de la lumière du soleil m'a frappée de plein fouet, comme si je sortais d'une séance de cinéma en pleine journée. J'ai dû plisser les paupières pour réussir à déverrouiller l'entrée du personnel. J'ai pendu ma robe turquoise à un crochet doré puis je me suis coulée dans la cage où il faisait toujours nuit. Elle n'était pas suffisamment grande pour que l'on se tienne debout, juste assez pour se dandiner à quatre pattes sur un tapis rouge et rêche.

À l'intérieur des Plaisirs Privés, je pouvais m'adresser aux clients à l'aide d'un micro placé sur le mur latéral que j'activais en poussant un bouton argenté. Ils pouvaient également me parler, mais pour ça, ils devaient fourrer des billets dans la machine ; sinon, le volet de la lucarne se refermait, mettant une épaisse cloison de bois entre nous. J'ai vaporisé du lave-vitre sur la paroi de plexiglas jusqu'à ce qu'il n'y ait plus la moindre trace. J'ai disposé mes trois godes sur le rebord, du plus petit au plus grand, en regrettant d'avoir une telle garce comme petite amie. Ce matin-là, Marya et moi buvions le thé dans notre cuisine rose bonbon lorsqu'elle m'a vue fourrer les godes dans mon sac à dos, comprenant que j'avais l'intention de les utiliser pour mon show des Plaisirs Privés.

— Pourquoi tu prends le nôtre ? m'a demandé Marya.

La vapeur qui s'élevait de son thé ramollissait sa crête verte qui s'affaissait sur le côté.

— Je fais de meilleurs pourboires si je leur propose un choix varié.

Elle a attrapé un bagel au pavot grillé, son tatouage

de singe a roulé sur son biceps. Elle a plongé son couteau dans la margarine qui se trouvait entre nous. Nos genoux se sont frôlés. Notre gode était long et massif avec des marbrures grises, quasiment de la même couleur que les murs de chez elle – quel genre de personne choisit cette couleur pour ses murs ?

— C'est pour Herbert ? a-t-elle ricané.

— Non. Herbert est plutôt du genre gaule matinale.

On surnommait Herbert l'Homme-courgette. C'était un type mince à la peau sombre avec de très beaux cheveux noirs. Il portait toujours à l'oreille une plume d'argent qui pendait gracieusement le long de son cou. Il aimait se contorsionner dans un coin de la cabine comme Gumby, le héros de dessin animé en pâte à modeler, jusqu'à s'appuyer sur ses épaules afin de sucer sa propre queue. Nous autres danseuses applaudissions son exploit. Ensuite, il sortait d'un sac plastique une courgette de la taille d'un avant-bras de culturiste et, lentement, s'asseyait dessus. Il se pointait à neuf heures du matin précises. Entre nous, on disait que les clients qui débarquaient à l'ouverture du Lusty Lady venaient assouvir leur gaule matinale. J'étais presque jalouse de voir à quel point il savait précisément de quoi il avait besoin pour se sentir désiré et en jouir. Son désir était une flèche d'une grande pureté qui frappait directement mes entrailles bisexuelles, alors que j'hésitais entre garçons et filles.

— Balance-le, a fait Marya.

Ses grandes dents blanches étaient parsemées de grains de pavot. Elle aurait voulu me garder rien que pour elle (ou du moins, pour les godes avec lesquels elle me baisait), mais je revenais toujours du boulot épuisée et détrempée comme un vieux chewing-gum.

— Quoi ?

J'ai mangé l'autre moitié de son bagel.

— C'est moi qui l'ai acheté, ce gode. Jette-le.

— Je t'en rachèterai un autre.

Je me suis levée pour partir. J'avais à moitié descendu les escaliers quand une eau glacée a cinglé le dos de mon T-shirt délavé à l'effigie de Pat Benatar, suivie par des pivoines en lambeaux qui se sont écrasées sur mes bottes à talons. J'ai fait volte-face. Marya, la douce camionneuse aux fossettes marquées et aux yeux injectés de sang, maître-nageuse dans une école élémentaire, tremblait de rage. J'ai claqué sa porte d'entrée derrière moi, les tulipes du vitrail ont vibré sous le choc, et je me suis juré de toujours faire ce que je voulais avec qui je voulais, quoi qu'en pense la chieuse qui me servait de petite copine.

Dans les Plaisirs Privés, j'ai appuyé sur le bouton argenté qui signifiait au client que j'étais présente, mais personne ne m'attendait. Autant se masturber. D'un autre côté, j'étais censée être payée pour me masturber. Lorsque les hommes me regardaient m'enfoncer des godes dans ma cage, au moins, j'avais l'impression d'avoir un but.

Au moment où je sortais mes choux farcis de leur boîte en carton pour déjeuner, j'ai entendu le cliquetis mécanique de la machine qui comptait l'argent. L'écran numérique rouge a affiché vingt-cinq dollars ; mon pourboire s'élevait à cinq dollars. Le volet s'est levé, révélant un homme de haute taille au front large et au nez grec. Il m'a poliment saluée.

— Salut, mon beau. C'est ta pause déjeuner ?

Il portait un costume et un borsalino beige, et se tenait devant moi sans piper mot, une valise à roulettes noire à ses pieds. Un profil à loger au Hilton.

Il a entrepris de se déshabiller précautionneusement et m'a fait penser à Mister Rogers, le présentateur télé pour enfants. Il a accroché sa chemise repassée sur un cintre en bois très chic qu'il a placé sur la poignée de la porte. Il s'est dénudé, gardant seulement son chapeau sur la tête. Malgré la pénombre, j'apercevais le bout de ses doigts qui s'affairaient. Il a extrait de sa valise une longue paire de ciseaux et deux sacs-poubelle noirs, a coupé les sacs pour les ouvrir jusqu'à avoir deux grands rectangles de plastique. Il a scotché les deux morceaux ensemble avant d'accrocher cette bâche de fortune sur le mur derrière lui.

Il s'est penché pour sortir cette fois une poche à lavement. Il s'est approché de la lucarne et l'a suspendue avec la méticulosité d'une mamie qui alignerait ses chatons en porcelaine. J'ai posé mes mains sur mes joues pour mimer l'étonnement. Le minuteur a bourdonné pour annoncer la fin du temps imparti, et le volet est retombé dans un grincement râpeux.

— Oh zut, j'ai dit.

J'ai entendu un coude cogner la porte, des jambes heurter le mur. Il a remis de l'argent dans la machine et le volet s'est relevé. À nouveau, nos yeux étaient fixés l'un sur l'autre.

Il m'a présenté la poche à lavement, désormais remplie d'eau, qu'il tenait entre ses mains gantées de blanc. Il a posé sa bouteille d'eau sur le sol. Je lui ai souri poliment. Il m'a renvoyé le même sourire, ce sourire qu'il avait servi à son gamin de cinq ans ce matin en lui coupant une banane mûre dans ses Rice Krispies. Ce sourire qu'il avait décoché à sa femme après l'avoir embrassée sur le front ; le même que celui que j'avais fait à Marya ce matin.

Il s'est inséré la canule reliée à sa poche de lavement dans le rectum et s'est mis à pomper l'eau. J'ai su qu'il était plein quand son expression est passée de l'excitation au soulagement, puis à l'extase. Il a grimacé.

— Ça alors ! ai-je lâché en essayant d'avoir l'air plus dégoûtée qu'amusée.

Je me suis appuyée sur les coudes pour mieux l'observer depuis ma boîte vitrée exiguë, froide et étriquée comme un cercueil. J'ai écarté mes cuisses gelées et tourné vers lui mes genoux irrités par la moquette. Ses yeux étaient clos. Dans ma cage, je me demandais ce que j'étais censée faire. J'ai tendu la main vers le lubrifiant et m'en suis enduit les doigts avant de les diriger vers mon sexe.

— T'as envie que je me caresse un peu ?

Il a haussé les épaules.

Une expression de béatitude a de nouveau traversé son visage et son front s'est cogné contre la vitre. Tout son corps a vibré, traversé par une décharge électrique, comme s'il n'était plus qu'une outre ondulant à mesure qu'on la remplissait ou qu'on la vidait. Son chapeau s'est renversé et est tombé par terre, sa main gauche était toujours serrée sur sa queue. Il a mordu le distributeur de lubrifiant à pleines dents avant de le reposer sur le rebord qui nous séparait. J'ai collé ma paume sur la vitre une demi-seconde, mais il s'est reculé, mettant de la distance entre nous.

L'instant d'après, il jouissait, la bite à la main et les yeux au plafond, tout en pulvérisant de l'eau et de la merde dans son dos, sur la bâche. Il a pêché un rouleau de serviettes en papier dans sa valise et s'est essuyé le cul. Il a jeté les sacs dans la poubelle et s'est lavé les mains et les jambes à l'aide de lingettes antibactériennes. Il a zippé son pantalon, reboutonné sa chemise, enfilé son manteau et son chapeau. Il a ouvert la porte et a toqué sur la vitre de ses phalanges propres pour me saluer. Puis il a marché vers la lumière pure et silencieuse du soleil de midi.

17

Une vive lueur rouge qui m'a fait penser à un œil de Jawa dans *Star Wars* s'est allumée dans les ténèbres de la cabine du fond, de l'autre côté de la vitre sans tain.

— Regarde ça, j'ai dit à Star. Qu'est-ce que c'est ?

Danser au côté de Star équivalait à danser au côté d'une James Bond girl, une Amazone aux traits splendides affublée d'une incroyable paire de nichons cent pour cent naturels. Elle avait de légères taches de rousseur, des lèvres pulpeuses et, aux oreilles, d'étincelantes créoles argentées. Elle était danseuse du ventre, cracheuse de feu, végane, bisexuelle et globe-trotter. Star était l'une des nombreuses danseuses bohèmes punks et lettrées du Lusty Lady : la plupart d'entre elles étaient titulaires de diplômes universitaires et vivaient en union libre.

Star s'est ruée vers le point rouge, dans la cabine aveugle équipée d'un verre spécial qui permettait aux clients de nous observer en toute intimité alors que, de notre côté, nous ne pouvions pas les voir.

— Ils sont en train de te filmer, a-t-elle craché. Dégage d'ici.

Elle a désigné l'autre bout de la scène. Je me suis dirigée vers une vitre derrière laquelle deux hommes dissimulés sous des masques de clown et des nez rouges se branlaient furieusement, inconscients de ce qui se jouait.

Le volume de la musique couvrait nos voix, obligeant Star à hurler pour se faire entendre :

— Je vous vois !

Elle collait son corps contre la vitre pour masquer la lucarne.

— Éteignez cette caméra. Je vous vois !

Elle a plaqué ses coudes contre la lucarne pour leur obstruer la vue.

— Éteignez-la ou on va devoir vous mettre à la porte.

Elle a tourné les talons et est sortie de la scène. Je me suis penchée vers les clowns qui s'esclaffaient en se masturbant. Leurs perruques crépues s'agitaient dans un même mouvement. Une porte a claqué. Les clowns sont partis.

— Qu'est-ce qui s'est passé ? ai-je demandé à Star quand elle a fait son retour.

Perchée sur ses talons compensés de quinze centimètres, elle se tenait sur le rebord d'une lucarne et agitait ses hanches blanches.

— J'ai balancé à Shannon que des gars se faufilaient dans le club avec des caméras pour nous filmer. Ils pourraient faire n'importe quoi de ce qu'ils ont tourné.

Certaines des filles qui dansaient dans notre peep-show suivaient des formations pour un futur boulot, avaient des gamins ou des partenaires qui ignoraient qu'elles travaillaient ici.

— Qu'est-ce qu'elle a répondu ?

— Elle a fait : Star, ce qu'il faut que tu comprennes, c'est que si tu es mal à l'aise ici, tu peux aller bosser ailleurs.

— Merde.

— J'ai répondu qu'on était toutes mal à l'aise à l'idée d'être filmées. Et que j'allais faire changer les choses, a-t-elle lancé en regardant son reflet dans la vitre, tandis que de l'autre côté, un cadre en costume la matait en train d'écarter ses longues jambes fuselées pour lui.

Mon poignet avait cicatrisé, mais je n'avais pas quitté mon bracelet de cuir clouté qui dissimulait la cicatrice écarlate. La semaine précédente, j'avais retiré les points de suture toute seule avec une pince et de l'alcool à 90°. Je me sentais sonnée, comme si quelque chose de terrible et d'écrasant allait survenir. Je croyais Star quand elle disait qu'elle allait changer les choses, et je désirais les changer avec elle.

La direction a convoqué une réunion du personnel au cours de laquelle j'ai pris conscience que notre combat était lancé. On a mis sur la table le problème des clients qui entraient avec leur caméra dans les cabines aveugles. On a proposé de remplacer la vitre sans tain par une vitre normale.

— C'est trop cher de les remplacer. En plus, les clients adorent les cabines aveugles, ont-ils répliqué.

Ils ne nous ont pas non plus autorisées à confisquer les caméras des clients (le gamin à l'iroquoise de l'entrée le faisait quand même). La seule concession de la direction a été d'imprimer des feuilles sur leur imprimante de merde représentant un idéogramme de caméra barré pour les afficher dans le club. Ils ne voulaient pas faire de vagues, alors on en a fait.

Sur scène, on a échafaudé des stratégies.

— La seule chose qui les intéresse, c'est de voir des clients passer cette porte, a grincé Star.

Je savais qu'elle avait raison.

— Quand j'ai eu ma bronchite, je n'ai trouvé personne pour me remplacer et je n'ai pas eu mon augmentation, s'est plainte Sybil.

Les filles noires se voyaient confier moins d'heures et ne travaillaient presque jamais dans la cage des Plaisirs Privés. Les filles à forte poitrine devaient trouver des danseuses à forte poitrine pour les remplacer. Les filles noires devaient trouver d'autres filles noires pour les remplacer. Si l'on ne trouvait personne de son « type » pour nous remplacer, en guise de punition, on était exclue de la répartition des heures la semaine suivante. En réaction à ces procédés, on s'est organisées. On a élu une représentante syndicale et des déléguées. On a engagé un avocat et pris le taureau par les cornes. En tenue légère, on a distribué gratuitement des préservatifs sur Market Street en brandissant des pancartes « Soutenez les stripteaseuses de votre quartier ». Notre petite communauté frémissait de bonheur à l'idée de pouvoir enfin changer les choses ; mais au travail, l'anxiété dominait. On s'est renseignées sur les syndicats et les briseurs de grève. Si des membres de la direction nous surprenaient à discuter sur scène, ils faisaient un rapport pour nous dénoncer. Ils relevaient des infractions insignifiantes pour nous foutre à la porte. La direction utilisait toutes les tactiques possibles pour nous mettre des bâtons dans les roues, allant jusqu'à afficher un gigantesque chèque de dix mille dollars à l'ordre du syndicat surmonté du slogan « Ne signez pas ce chèque », ce qui sous-entendait que le syndicat allait nous mettre sur la paille et qu'on serait plus tranquilles sans.

Mon lieu de travail est devenu une zone de guerre, mais malgré tout, on se sentait fortes et soudées par notre détermination. On allait faire du monde un endroit où les stripteaseuses se sentiraient bien, même si nous redoutions les potentielles répercussions. On a scotché des tracts sur les miroirs de la loge qui disaient : « Les mauvaises filles aiment les bons contrats », et sur la table commune, un exemplaire des *Mémoires d'un briseur de grève* de Martin Jay Levitt restait à disposition.

Mes jambes étaient douloureuses à force de pédaler du Lower Haight à North Beach pour rallier le Lusty Lady depuis la friperie Wasteland en évitant la moindre minute de retard, ce qui m'aurait fait perdre mon job. À l'arrivée, Velvet m'a soufflé :

— Fais gaffe. Il y a des taupes sur scène.

Ce jour-là, Summer s'était fait virer pour avoir évoqué le syndicat sur scène. Elle avait un enfant en bas âge, et pas d'autre boulot. En signe de protestation, on a débauché et on est restées sans travailler pendant quarante-huit heures, effrayées et fauchées. Notre rage nous rendait encore plus combatives. Dans l'espace des Plaisirs Privés, j'ai obtenu le soutien de certains de mes réguliers, comme Spéculum Man, qui laissait toujours à l'accueil des cadeaux accompagnés d'un petit mot à ses danseuses préférées. J'ai fait un spectacle pour lui dans la cage des Plaisirs Privés, puis on a convenu de se retrouver dans le bar de l'autre côté de la rue, l'Onion, où on faisait signer des pétitions à nos clients et nos amis pour soutenir notre syndicat, jouions au billard et débattions de nos droits fondamentaux. Au cours de l'une des grèves, Star nous a organisé un show hors du club pour l'un de ses plus fidèles clients. Il voulait nous emmener toutes les deux sur un chantier et nous couvrir de boue. En une journée à poser pour lui sous un soleil écrasant, nous avons gagné plusieurs centaines de dollars. La séance achevée, tandis que j'enlevais la boue de mes oreilles à l'aide d'une pile de cotons-tiges, j'étais sur un petit nuage, heureuse de sentir une telle solidarité à l'intérieur et à l'extérieur du club. J'ai téléphoné à ma mère.

— Maman, on essaie de monter un syndicat au boulot.

— Le magasin de vêtements ?

— Non, l'endroit où je t'ai emmenée, le club dans lequel je danse. L'autre jour, une des filles s'est fait virer simplement pour avoir parlé de notre syndicat. Alors on fait grève.

— Ma chérie, garde ça en tête : ne fais jamais quelque chose que tu n'as pas envie de faire.

— Merci, maman.

Le conflit a nécessité de longs mois de réunions et de négociations. Ils ont essayé de nous épuiser en prenant tout leur temps pour nous mettre à l'épreuve, pour voir si l'on allait vraiment tenir le coup et monter notre syndicat. Au cours de l'une des nombreuses et fastidieuses réunions de renégociations des contrats, on a exigé la réintégration de Summer dans l'équipe. Après des mois, nous avons remporté notre élection 75 voix contre 15, devenant la section locale 790 du SEIU, le Syndicat national des employés de service, sous le nom de l'Union des Danseuses Exotiques. Le Lusty Lady est devenu le premier stripclub des États-Unis à se syndiquer avec succès. Entre-temps, j'étais déjà passée aux clubs de lap dance et aux danses privées pour gagner plus d'argent. Mais savoir que nous avions gagné m'a amenée à danser avec une détermination et une confiance nouvelles, que je n'avais jusque-là jamais associées au striptease. J'étais fière d'être une stripteaseuse, je sentais que je faisais partie d'une communauté.

18

Quand Marya a pissé dans sa culotte devant un juge pour décrocher des allocations supplémentaires, j'ai vu ça comme la plus belle arnaque de tous les temps. (Plusieurs de ses amies lesbiennes avaient fait de même.) Elle a obtenu une allocation que le gouvernement attribuait habituellement aux fous. Mais elle n'était pas folle, d'autant qu'elle était parfaitement sobre. Elle était simplement enthousiaste. Exaltée. Elle vivait selon ses propres règles, faisait la grasse mat jusqu'à dix heures, nageait tous les matins, assistait aux réunions des AA, mangeait de la glace au litre et n'était jamais à court de fric. Sa seule priorité était de prendre du plaisir. C'était pesant pour moi qui trimais toute la journée comme une esclave dans ce stupide magasin de fringues de Haight Street et rentrais sur les rotules tous les soirs, encore plus quand j'avais dû enchaîner un double service au Lusty Lady.

Je m'échinais à me tenir éloignée de la drogue et à passer le plus de temps possible avec Marya. Elle était dédiée à notre vie sexuelle comme un prêtre à sa vocation, exigeait tout mon temps libre et me harcelait quand elle ne l'obtenait pas. Elle n'aimait pas que je danse au Lusty Lady et je n'aimais pas qu'elle me harcèle.

Elle n'était absolument pas monogame ; il y avait toujours des ex qui partageaient son lit ou des soirées fist auxquelles elle devait assister. Marya s'en tenait à ce qu'elle aimait : le sexe et les potions magiques. Elle découvrait sans cesse de nouveaux élixirs miraculeux qui, d'après elle, allaient tout guérir, du sida à l'arthrite en passant par le mal de dos et les rides.

Son premier élixir magique, c'était la thérapie par l'urine. L'idée lui avait été mise dans la tête par une mythomane qui traînait dans le hammam lesbien où Marya faisait le ménage. Elle avait convaincu Marya que l'urine possédait des propriétés curatives capables de guérir sa polyarthrite rhumatoïde. Marya avait suivi ses conseils et m'avait juré que ça l'aidait. Sa cuisine ressemblait à un laboratoire scientifique : casseroles bouillonnantes et grands bocaux de verre renfermant des champignons de la taille de pancakes en train de fermenter. J'étais terrifiée à l'idée qu'elle mette de la pisse dans ma soupe.

— Tu prépares quoi ?

— Du kombucha, m'a-t-elle répondu.

Le kombucha était l'autre potion magique qui l'obsédait. Elle contemplait les champignons spongieux flottant dans ses bocaux durant des jours, pendant qu'ils s'engorgeaient et se transformaient en un médicament pétillant, brun et amer. Elle continuait de boire son urine, mais ça n'était pas suffisant. Elle souffrait toujours ou, en tout cas, c'est ce qu'elle prétendait.

Elle me fatiguait, j'en avais marre de l'entendre se plaindre.

— Je vais devoir faire la Marche des Gouines[1] en fauteuil roulant, cette année, a-t-elle gémi.

— Vraiment ? ai-je réagi d'un ton agacé sans savoir si je devais la croire.

Elle s'est acheté un fauteuil roulant et je l'ai évitée pendant tout le défilé. J'ai passé mon Samedi rose en plumes et paillettes avec mes copines du Lusty Lady, à courir dans tous les sens jusqu'à l'épuisement. Je refusais de me laisser engluer par les maux de Marya. Elle est restée clouée dans son fauteuil jusqu'à s'arrêter pour avaler des kilos de glace, ce qui, bizarrement, a soulagé son arthrite.

À ses yeux, la vie n'était qu'une partouze sans fin. Ses journées tournaient autour de la baise et de la glande. Elle couchait avec qui elle voulait, parfois avec moi. C'était notre accord.

— Je fais ce que je veux, mais toi, tu es ma petite putain, me disait-elle en posant son couteau préféré sur ma gorge.

Mon rôle consistait à lui résister.

— C'est pas juste, ai-je répondu en sachant qu'elle laisserait des marques violacées sur mon dos et mon cul comme chaque fois que j'osais lui tenir tête.

J'ai minaudé en me rapprochant d'elle.

— Comment tu te sentirais si Bianca passait la nuit dans mon lit ?

— On peut pas te faire confiance. Au moins, moi, je te raconte tout ce que je fais, a-t-elle tonné.

Alors on a baisé pendant des heures et on a perdu

1. À San Francisco, le dernier samedi de juin, veille de la Gay Pride, est surnommé le « Pink Saturday » (« Samedi rose »). Il est l'occasion de grandes fêtes de rue. Le même jour se tient depuis 1993 la Dyke March : littéralement, la « Marche des Gouines ».

un autre jour, on a raté notre réunion des AA, on n'est pas allées bosser et on a oublié le monde extérieur.

Arthrite mise à part, la vie de Marya était aussi formidable que la mienne était merdique. Je m'étais retrouvée aux AA parce que je voulais me faire Marya, pas parce que je voulais arrêter la drogue. Je croyais qu'être sobre, c'était avoir une existence monotone, pleine de règles et de restrictions, mais Marya savait entretenir une relation pour la rendre aussi enivrante que pouvait l'être la drogue.

Quand on avait rendez-vous, je devais déchiffrer ses instructions et jouer le rôle qu'elle m'avait attribué. Je portais différentes tenues en fonction de mon personnage : je trouvais les consignes inscrites à la craie sur le trottoir devant mon appartement. Je partageais les lieux avec trois autres personnes, si bien que les manœuvres de Marya étaient connues de tous. J'ai su qu'il y avait de grosses lettres tracées à la craie rouge et bleue grâce à mes trois colocs qui, mécontents, m'avaient laissé un mot me priant de rincer le trottoir au tuyau d'arrosage : les voisins s'étaient plaints. Ce jour-là, on y lisait :

Lulu est hôtesse de l'air.

Lulu est rousse avec une coupe au carré.

Lulu mâche du chewing-gum.

Lulu s'arrête dîner chez son oncle Timmy après un vol épuisant.

J'ai emprunté une perruque rousse poussiéreuse à Cannelle au Lusty Lady et mâché du chewing-gum à m'en décrocher la mâchoire. Je portais un sac de voyage de la compagnie Southwest Airlines déniché parmi les rebuts de Wasteland. Marya m'a ouvert la porte avec des gants de cuisine et une grande cuillère en bois. Elle portait une moustache et avait un oreiller planqué sous sa chemise. La balançoire de cuir noir était le seul objet incongru dans le décor qu'elle avait mis en place : la table et les chaises étaient installées pour dîner et de longues bougies blanches étaient allumées. Oncle Timmy avait mis les petits plats dans les grands.

— Bonsoir, ma petite. Tu as fait bon voyage ?

Oncle Timmy avait une voix plus grave que celle de Marya.

— Inteeeeeerminable, j'ai répondu en laissant échapper un bâillement harassé afin de paraître plus faible et plus vulnérable.

— Entre et débarrasse-toi de tes affaires, je vais nous préparer un bon dîner, a déclaré oncle Timmy.

J'ai posé mon sac sur le sol et j'ai senti sur mon cul le regard d'oncle Timmy qui se contenait pour rester dans son personnage. Aux fourneaux, oncle Timmy terminait de préparer des betteraves rôties et une marmite de soupe miso aux légumes. Oncle Timmy était insupportable. Il n'arrêtait pas de me claquer le cul avec les gants de cuisine et de s'esclaffer jusqu'à manquer de s'étouffer. Au dîner, il a renversé de la soupe sur mon chemisier, j'ai dû l'ôter.

— Peut-être que tu devrais aussi enlever ton pantalon, a-t-il suggéré en tendant sa petite main sous la table pour serrer ma cuisse.

— Ne me touche pas. Tu n'es pas mon vrai oncle, ai-je articulé, boudeuse.

J'ai été traînée jusqu'à la balançoire et bâillonnée. C'était la première fois que je sentais la pression du poing d'un fist, et le besoin de pisser quand la main d'oncle Timmy était en moi. Sa moustache n'arrêtait pas de glisser. J'avais l'impression qu'on m'avait arraché le bassin du reste de mon corps et que mes tripes allaient bientôt suivre. La douleur était aussi grisante que le speed l'avait été. Heureusement qu'oncle Timmy avait utilisé une tonne de lubrifiant.

Au sortir de notre soirée, je déambulais dans les rues du Duboce Triangle quand je suis tombée sur des cœurs percés de flèches dessinés à la craie rouge sur le trottoir, accompagnés de phrases comme « L'amour, c'est par là ». Marya avait dû les tracer pour ses autres amantes. Chaque mot m'a transpercée. Même si nous étions un couple libre, j'étais jalouse. Je ne voulais qu'elle. À l'aide d'un vieux chiffon que j'avais sur moi, j'ai frotté tous les messages que j'ai trouvés, brouillant les mots, effaçant les lettres.

Le lendemain, lorsque je suis rentrée du boulot, elle m'attendait sous le porche.

— Je pars un mois en Italie pour voir une vieille amie, m'a-t-elle annoncé en jouant du bout du pied avec une branche.

Les muscles de mon ventre se sont contractés. La branche, le trottoir, son regard évasif, tout m'agaçait.

— Quelle amie ?

— Elle s'appelle Critter. À une époque, j'ai couché avec elle, mais je ne sais pas si on va baiser cette fois, sans doute que non, a-t-elle répondu à la branche, ce qui signifiait que oui, évidemment qu'elles allaient baiser, et même faire la tournée des grands-ducs à travers toute l'Italie pendant que je tirerais la langue avec mes deux boulots minables et que je serais obsédée par la question de savoir avec qui d'autre elle couchait. Mais je t'écrirai tous les jours pour te tenir au courant, a-t-elle ajouté.

Comme si être tenue au courant qu'elle se tapait une

fille affublée d'un nom d'animal de compagnie était plus agréable que de ne rien savoir. J'aurais encore préféré qu'elle me mente, mais je ne pouvais pas le lui avouer. Je n'ai pas desserré les dents. La jalousie n'avait pas droit de cité dans le chantage des couples libres. J'allais décevoir Marya.

— Les lettres mettent du temps à arriver, j'ai dit. Attends, je reviens dans une seconde.

Je suis entrée dans mon appartement et j'ai rempli une casserole d'eau savonneuse pour effacer ses instructions laissées sur le trottoir. Quand je suis revenue devant la maison, la branche et Marya s'étaient volatilisées.

Des semaines plus tard, une lettre de rupture en provenance d'Italie me disait au revoir en trois langues, comme si on ne se l'était pas déjà dit un millier de fois auparavant.

19

Marya partie, je me suis raccrochée à Jessa, ma marraine des AA. Lorsque la vue de la poudre me mettait l'eau à la bouche (comme quand Taylor m'a demandé un billet d'un dollar et l'a roulé pour sniffer une ligne sous mes yeux dans la loge), je serrais les dents et retournais à ma place me maquiller ou me coiffer. Puis je claquais la porte de mon casier et fonçais à l'étage pour bosser quatre heures non-stop et me faire entre trois et six cents dollars non imposables.

Le Market Street Cinema était le club de strip-tease le plus crade de la ville, avec ses vieilles télés suspendues au plafond qui diffusaient du porno noir et blanc en boucle. Dans la salle, une danse coûtait vingt dollars, mais au fond, dans les box pour chevaux fermés, les hommes pouvaient obtenir une danse topless pour quarante dollars. Des clous dépassaient de partout, il fallait donc marcher prudemment sous peine de se faire griffer et d'avoir besoin d'un vaccin antitétanos. Au MSC, beaucoup de filles avaient des maquereaux, comme Pandora, qui faisait un saut au club pendant qu'elle tapinait sur Capp Street pour aller aux toilettes. Quand Pandora traînait dans le coin, mieux valait refermer son sac à main Hello Kitty et planquer ses tenues dans son casier, sans quoi elle faisait main basse dessus en un claquement de doigts.

Le MSC proposait des lap dances au cours desquelles les contacts étaient autorisés, ce qui signifiait : des mains partout sur mon corps, dans les fentes et dans les plis, leur souffle sur ma nuque, mon cul entre leurs mains, parfois une langue aux effluves de tequila dans mon oreille, deux visages face à face. En public, on restait en bikini pour des lap dances qui duraient le temps d'une chanson. Les mecs avaient le droit de passer la main partout sur notre corps, mais interdiction de nous mettre des doigts. Dans le fond en revanche, derrière les rideaux, c'était une négociation permanente à propos des mains, de l'argent et des lingettes antibactériennes pour bébé. Une danse nue durait entre trois minutes et une demi-heure. J'étais si excitée par les montagnes de billets que je me faisais que je tenais jusqu'à quatre heures du matin. J'en voulais toujours plus. Danser, être sur scène était enivrant. J'adorais choisir un enchaînement de trois chansons correspondant à mon humeur. Mais plus j'encaissais d'argent, plus il me brûlait les doigts. Je le dépensais plus vite que je le gagnais. Je flambais mon fric jusqu'à ce que mon compte en banque soit à découvert, alors je devais retourner au club pour travailler plus. J'avais conscience qu'il y avait sûrement autre chose dans la vie (autre chose que modeler mon corps et ma personnalité dans le but de plaire aux hommes qui me payaient à gaspiller mon temps dans les entrailles du MSC), mais je ne savais pas quoi faire d'autre.

J'avais suivi Jessa au MSC parce qu'elle était mon idole. Elle m'avait expliqué que pour se faire vraiment beaucoup de blé, il fallait bosser dans les clubs de lap dance. Elle avait raison. En quelques semaines, j'avais accumulé assez de fric pour payer toutes mes contraventions, récupérer mon permis de conduire, être à jour de la facture d'électricité et rembourser tous les amis auprès desquels je m'étais endettée. J'étais fascinée par la capacité de Jessa à danser sobre. Elle ressemblait à une sirène musclée avec ses tatouages d'étoiles bleues sur le ventre, ses cuisses de pur-sang et sa crinière orange vif qui lui descendait en tresses épaisses dans le dos. Elle avait beaucoup de repartie, une intelligence et un magnétisme qui allaient bien au-delà de ses gros seins et de ses abdos en béton. J'étudiais sa façon de répondre aux hommes et je voyais leurs traits s'adoucir quand elle s'adressait à eux ; elle les faisait se sentir importants.

— Apprends-moi à me vendre, lui ai-je demandé un après-midi alors qu'on mangeait des sashimis au thon avant de reprendre notre service au MSC.

— Retiens leur nom. Retiens celui de leur chien. Complimente-les. Pose-leur des questions personnelles. Ils ne demandent qu'à s'ouvrir.

Elle donnait l'impression que tout était facile. Ses clients lui offraient des équipements stéréo, des vêtements, des chaussures, du parfum, ils la suivaient comme les apôtres suivaient Jésus ; mes clients glissaient sur moi et passaient à la fille suivante. Jessa était persévérante. Elle aurait été capable de vous convaincre de racheter le dentier de sa grand-mère qui trempait dans son verre de bicarbonate de soude, et vous auriez même été heureux de vous le coller dans la bouche.

— Et si on s'associait ? a-t-elle proposé.

Si c'était son idée, c'était certainement une bonne idée.

— On peut faire ça, même si on est pas des stars du porno ?

— Ouais, on sera juste pas payées par les proprios.

— On devrait appeler notre show « Pigs on Ice », ai-je suggéré vu qu'une fois de plus je bataillais avec mon poids, et qu'on avait déjà synchronisé des mouvements qui ressemblaient à un ballet aquatique sans eau sur la barre de pole dance.

On a éclaté de rire, puis on s'est retroussé les manches. Jessa a engagé une chorégraphe pour nous apprendre le *fake split*, le grand écart des stripteaseuses : on se coule vers le sol comme pour un grand écart latéral jusqu'à ce que nos mains nous rattrapent, avant de ramener la jambe de devant contre la jambe de derrière d'un geste circulaire, en glissant sur la scène. On ressemblait à deux crabes en talons aiguilles. J'avais les rotules pleines d'échardes. Après ça, on s'est vues plusieurs fois pour télécharger la musique sur laquelle on allait danser et graver une pile de CD.

— Si on réussit à faire ça, on va être les meilleures danseuses de cabaret du monde, a-t-elle déclaré.

On s'est fait fabriquer des costumes assortis et on a sélectionné ensemble les trois chansons de nos grands débuts. Pour se faire le plus de fric possible dans les plus brefs délais, on a décidé qu'on serait les principales interprètes et qu'on se produirait quatre fois par jour, toute la semaine, de onze heures du matin à une heure du matin, sans interruption. On serait épuisées et irritables à force de s'accrocher à la barre, tête en bas, en patins à roulettes, à se déhancher sur « More Than a Feeling ». On ferait du striptease douze heures par jour, tous les jours, malgré les migraines et les rhumes. On se disputerait ; on se réconcilierait. Dans le public, des chômeurs resteraient toute la journée au club et assisteraient à nos spectacles en agitant des pancartes : « On vous aime ».

On a fait la connaissance de la chorégraphe dans son studio de danse de Mission. Elle passait son temps à s'admirer dans le miroir pendant qu'on se démenait sur le plancher poussiéreux. On n'était jamais dans le rythme. Ses mouvements de danse moderne et ses postures de ballet étaient difficiles à intégrer. Mes jambes étaient couvertes de bleus à cause des sauts. On a fini par laisser tomber : c'était trop compliqué et nous prenait trop de temps. On n'a jamais réussi à exécuter les bases qu'elle nous inculquait, ce qui ne nous a pas empêchées de nous produire au MSC.

On avait prévu plusieurs sets de trois chansons autour d'un thème, mais on était loin d'être des pros du porno. Pour le spectacle « Proprettes », on tirait une piscine gonflable pour enfant pleine d'eau sur scène. En dansant, on effeuillait des nuisettes vintage à lacets dans la piscine comme si on se savonnait mutuellement. On a alors réalisé l'ironie de notre spectacle : on était les filles blanches et sobres qui ne voulaient pas se salir les mains, pendant que les autres gagnaient leur pain en faisant des branlettes, voire pire. Cette prise de conscience a rendu Jessa furieuse au point qu'elle a laissé tomber le show « Proprettes » après la première représentation. On travaillait avec une douzaine de filles noires aux noms de scène comme Versace ou Chocolate. Elles ne dansaient que sur du hip-hop, Lil' Kim ou Snoop surtout. Elles m'ont appris tout ce que je sais sur le rap, comment bouger dessus. Elles avaient passé la représentation à nous regarder, mains sur les hanches, en riant et en bâillant.

Plus on s'entraînait à chorégraphier et synchroniser nos passages à la barre de pole dance, plus il devenait évident que le public n'en avait rien à faire. Mais au moins, on amusait les filles.

On ne s'est pas fait autant de fric qu'on l'espérait, mais on était devenues les « Pigs on Ice ».

Face au miroir de la loge, un soir, Jessa a braqué ses yeux dans les miens :

— J'arrête les médocs. Ils me font grossir.

Deux semaines plus tard, j'ai reçu un coup de fil.

— Elle a pris un paquet de cachets, a lâché Sky.

J'ai monté quatre à quatre les marches jusqu'au studio dans lequel vivait Jessa. Elle était assise dans un fauteuil et avait vomi sur le sol. Même avec de la bile grisâtre au coin de la bouche, elle était si belle… À mes yeux, elle avait tout compris. Elle possédait plus de détermination et de discipline que toutes les filles que j'avais rencontrées. Pas étonnant que les hommes tombent éperdument amoureux d'elle, la couvrent de fleurs, de cadeaux et de billets verts. J'ai contemplé son visage et j'ai vu combien elle était fragile, brillante et douce. La colère l'avait quittée, un sourire s'esquissait sur ses lèvres.

— Je veux pas recommencer le décompte de mon abstinence à zéro, a-t-elle soufflé après s'être fait laver l'estomac à l'hôpital.

— Qui a dit que tu devais le faire ?

Ce soir-là, alors que je rentrais chez moi, la fraîcheur du soir cinglant sur mon visage, ma colère s'est muée en une peur qui s'est lovée au creux de mon estomac. Je considérais Jessa comme une déesse. Elle m'avait permis de rester sobre pendant cinq ans. La brume était épaisse, froide. Sans Jessa, je me sentais plus seule que jamais, piteuse de ne pas avoir été capable de l'aider. De retour à mon appartement, même la voix de maman n'est pas parvenue à me réconforter.

— Je suis allée au marché et j'y ai trouvé une courge poivrée. Si je te disais le nombre de variétés qu'il y avait, tu ne me croirais pas. Certaines même dont je n'avais jamais entendu parler. Des jaunes, des vertes, d'autres avec des formes étranges… Dodues et mûres. Il faudra que tu viennes avec moi au marché, quand tu me rendras visite. C'est dans la vieille ville, près de la boulangerie Ramone. On ira ensemble. Quand est-ce que tu rentres à la maison ?

20

— Et cette mère indigne a littéralement ouvert la portière et sauté alors que la voiture roulait encore, a dit maman au téléphone. Pourquoi est-ce que les femmes comme elle ont un enfant ?

Mon frère Alan vivait dans une camionnette avec sa fille de deux ans. Pour le moment, ma mère les hébergeait, mais à moins qu'il ne trouve de quoi acheter une caravane, il allait à nouveau se retrouver à la rue.

— Il vend de l'herbe, a soupiré maman. À trente-huit ans.

— Passe-le-moi.

Je l'ai entendue l'appeler de la cuisine, puis sa voix a retenti dans le combiné.

— Tu peux me dépanner de quelques centaines de billets ?

— D'accord. J'enverrai ça à maman dans deux-trois jours.

Faire des extras au MSC était vraiment la dernière chose dont j'avais envie. J'en avais marre de danser. J'étais fatiguée, je me sentais seule, coincée. Alan parlait vite. Il s'égosillait à propos d'une caravane qu'il avait repérée et qu'il pourrait garer dans l'allée de maman jusqu'à mettre assez de fric de côté pour louer une chambre. Ça faisait presque un an qu'il était sorti de prison. J'étais fière de lui. La dernière fois qu'il avait fini derrière les barreaux, un type était mort sur la propriété où il construisait une clôture ; comme il était sous le coup d'un mandat à l'époque, il avait été le premier suspect.

— Ma vie part en couilles, répétait-il en rappelant les difficultés qu'il avait en tant que père célibataire pour acheter des couches et du lait.

Il avait fait une demande d'aide à l'Assistance générale, mais la paperasse prenait toujours un temps fou.

— Tout va s'arranger, ai-je menti.

Au travail, je me suis assise dans un des sièges noirs du public en attendant que des clients passent la porte. Je regardais Diana, une triste pin-up couverte de tatouages rouges aux faux airs de Marilyn Monroe s'agiter sur une chanson des Sugarcubes. Pendant qu'elle dansait, je m'imaginais partir le plus loin possible, dans un endroit où j'aurais le temps de faire le point. J'avais besoin d'un break. Je voulais réfléchir à un nouveau boulot, à la possibilité même d'un nouveau boulot, d'un changement. Autre chose que de soutirer de l'argent à des hommes qui n'en avaient rien à cirer de moi une fois terminée notre lap dance en tête à tête. J'avais envie de déguster un café et de garder mon soutif. Je voulais sauter d'un avion, faire une randonnée dans la jungle, travailler pour servir un dieu plutôt que pour pouvoir me payer une nouvelle paire de mules. Je me sentais sale, éreintée, usée de l'intérieur. Après quelques années, les stripteaseuses se périment. Combien de temps pourrais-je tenir le coup ? En avais-je seulement envie ? Avais-je encore le choix ?

Je me suis approchée d'un homme qui puait le fric.

J'avais détecté son parfum coûteux, du genre Amber de Tom Ford, et admiré sa chemise bleue. Mâchoire carrée, bras costauds, dans les quarante-cinq ans. Trois cents dollars pour mon frère, j'ai pensé, alors je me suis assise près de lui. Il m'a raconté son colloque point com dans la Silicon Valley, et l'ex-femme dont il était toujours amoureux et qui vivait à trois numéros de chez lui. Ils faisaient même du bikram yoga ensemble. Il a aussi évoqué le voyage en Roumanie qu'il planifiait.

— Pourquoi la Roumanie ? ai-je demandé.

— Je vais y installer des antennes relais de téléphonie mobile.

On a continué de parler motos, relations et bouquins. Il adorait Flannery O'Connor et James A. Michener. Il écoutait Leonard Cohen et Robert Johnson. J'étais tombée sur une âme sœur au beau milieu d'un nid de serpents. Il me paraissait de plus en plus séduisant à chaque seconde.

— J'ai besoin de changement, a-t-il dit.

— Je t'aime bien.

— Tu dis ça à tout le monde.

— Tu ne m'as pas encore assez payée pour que je te mente.

Il a saisi son verre de Coca et mâchouillé sa paille rouge. Tout son visage souriait.

— Je m'appelle Peter.

— Stevie, ai-je répondu.

— Montons à l'étage, dans les salons VIP, Stevie.

J'ai senti ma tête hocher comme celle de ces figurines qu'on place sur le tableau de bord des voitures, et j'ai pris sa main dans la mienne pour le tirer doucement. J'ai monté les marches recouvertes d'un tapis et l'ai entraîné derrière un rideau de perles.

— Dépose tes armes sur la table, j'ai dit.

Il a gloussé.

Il a posé son téléphone, son briquet, ses clés et son portefeuille à côté d'une lampe imitant la *Vénus de Milo*. Des nuages pelucheux étaient peints sur les murs bleus de la pièce. Il s'est laissé tomber sur le canapé en skaï noir collant.

— Avant de commencer, je veux que tu me promettes quelque chose, a-t-il déclaré en me tendant quatre-vingts dollars.

— Ça a l'air sérieux, dis donc.

J'ai fait glisser mon bas de bikini pailleté sur le sol.

— Tu vas me promettre de me laisser t'emmener faire un tour en moto jusqu'à Santa Cruz pour dîner dans mon restaurant italien préféré.

— Ce soir ?

— Non. Demain.

J'ai pris ses poignets pour faire glisser ses mains sur ma poitrine, mon ventre, l'intérieur de mes cuisses. Ses mains étaient plus douces que je ne l'aurais cru. J'ai déboutonné sa chemise et caressé son torse, puis son dos. Mon épaisse chevelure tombait sur sa nuque.

— Pourquoi pas, ai-je répondu en m'asseyant sur ses genoux, de manière que mon visage et mes seins éclipsent tout le reste.

Mes mains se sont tendues derrière lui et ont fauché son portefeuille sur la table. La seconde d'après, je regrettais déjà mon geste. Il fallait que je me grouille. J'ai compté l'argent dans son dos, pendant qu'il plongeait son visage dans ma poitrine.

— Tu m'excites, a dit Peter.

Il bandait. Je me dégoûtais. J'ai piqué trois billets de vingt croustillants dans son portefeuille avant de le remettre à sa place.

— Toi aussi, tu m'excites.

J'ai déboutonné son pantalon et atteint l'intérieur de son caleçon pour lui caresser les couilles. J'ai mis ma main autour de sa queue et j'ai serré. J'ondulais avec mes hanches sans cesser de le branler.

— Tu veux une autre chanson ? ai-je demandé.

— Depuis combien de temps tu travailles ici ?

Peter a retiré ma main et l'a tenue, il a remonté son pantalon.

— Trop longtemps.

J'avais envie de me faufiler dans l'interstice entre le canapé et le mur et d'y rester prostrée pour le reste de la nuit.

— Dîner. Demain.

Il a inscrit son numéro de téléphone sur une boîte d'allumettes et me l'a tendue.

— Tu es gentil, j'ai dit.

— Partons tôt, vers cinq heures.

Je me suis vue à l'arrière de sa Ducati, mes bras l'étreignant fort. J'ai baissé ma garde un instant, mes défenses ont fondu, j'ai senti ma cage thoracique gonfler. Je voulais vraiment arrêter de voler, mais pas ce soir. Pas pour l'instant. Quand il s'est levé pour partir, je me suis raidie. J'espérais que lorsque Peter sortirait dans la nuit humide, il ne m'oublierait pas au bout de dix secondes, comme tous les autres.

— Je t'appelle demain à midi, j'ai lancé.

Je l'imaginais en train de sortir son portefeuille pour payer le taxi et se rendre compte qu'il lui manquait soixante dollars. Il penserait sans doute qu'il avait dépensé plus que prévu au bar, ou qu'il avait laissé une partie de son argent chez lui. Il repenserait à mes tatouages, à mon grand sourire, essaierait de deviner mon vrai prénom. Il se demanderait si j'allais vraiment le rappeler, et si je le pensais sincèrement quand je lui avais dit que je l'aimais bien. Et même si des centaines d'hommes s'étaient fourvoyés après une séance de lap dance avec moi dans les salons VIP du MSC, Peter, lui, aurait eu raison d'y croire.

Je l'ai appelé. Je suis tombée sur un répondeur. Une voix masculine m'a annoncé que j'avais joint un certain Brian.

21

Je n'avais plus Jessa. Je n'avais plus Marya. Quant à la seule personne que j'avais rencontrée et réellement appréciée, elle m'avait menti sur son nom et je lui avais fait les poches. Je ne pouvais plus continuer comme ça.

Tous les matins je me réveillais affolée. Je faisais défiler les offres d'emploi de la section « sans but lucratif » du site Craigslist. J'aimais la sonorité de « Pair éducateur » ou « Aidant familial », mais je n'avais aucune des qualifications requises. Quand on cherchait du boulot, stripteaseuse n'était pas une expérience à mettre en tête d'un CV. Pourtant, l'attention portée au client était sûrement transposable dans bien d'autres domaines plus conventionnels.

Lors d'une de mes pauses pour aller me chercher un café au coin de la rue, je suis tombée sur un dénommé Tom, une version hippie de Robin Williams, qui sirotait un latte en lisant le *San Francisco Bay Guardian*. Il m'a parlé d'un poste de chargé de mission auprès de jeunes sans-abri qui se créait à son boulot. Il déblatérait non-stop, à me raconter que tout le monde était attiré par lui, son patron, ses collègues, ses clients. Son boss m'a appelée plus tard ce jour-là pour caler un rendez-vous.

Le jour de l'entretien, il pleuvait à verse. J'étais tellement stressée que j'avais demandé à ma copine Jen de m'y emmener. Sur le siège passager de son SUV, j'ai craqué.

— Pourquoi tu pleures ? s'est-elle étonnée.

— Ils vont savoir que je fais des branlettes. Comment est-ce que je vais expliquer le trou de ces dernières années dans mon CV ?

— Dis-leur que t'étais à l'école.

— Est-ce que j'ai l'air d'une pute ?

— Non, t'as l'air d'une musicienne dans un orchestre classique. Arrête de t'inquiéter.

Elle m'a déposée dans le Tenderloin.

L'entretien a duré plus d'une heure ; je devais rencontrer deux groupes de personnes : le staff des ressources humaines et l'équipe du Polk Inn. Je trifouillais mes ongles sous la table pendant qu'ils m'interrogeaient, mais mes antécédents ne les intéressaient pas tant que ça. Ce qui les préoccupait le plus, c'était mon long combat chez les Alcooliques Anonymes.

— C'est un programme de réinsertion, donc on ne mentionne pas l'abstinence, l'alcool ou la drogue.

Tom m'a engagée sans tenir compte de ma carrière de stripteaseuse. C'était la première fois depuis des années que je décrochais un boulot dans lequel je n'avais pas à me mettre à poil. Chaque matin, quand j'arrivais, je craignais de me faire mettre à la porte parce que je n'étais qu'une putain inscrite aux AA. Et chaque matin, quand je franchissais les portes du Polk Inn et que personne ne me virait, je le vivais comme une petite victoire.

22

Dans le quartier du Tenderloin, le Polk Inn se remarquait : le bâtiment en verre aux tons crème jurait avec les junkies qui, sur le trottoir, revendaient des vélos ou du matériel volés. Les alcoolos agitaient leurs tickets de loterie sous mon nez, au pied des élégantes lignes laquées de l'édifice. Les prostituées trans qui arpentaient le trottoir s'y arrêtaient pour contrôler leur coiffure dans le reflet des baies vitrées. Tout ce petit monde se serrait les coudes.

J'avais été embauchée comme assistante d'accueil à la maison de transition, un poste de conseillère en bas de l'échelle qui ne donnait pas vraiment de conseils, mais regroupait des fonctions très hétéroclites. Je faisais office d'infirmière, de baby-sitter, de DJ, de chien de garde, de secrétaire et de cuisinière. Je distribuais des médicaments et servais le dîner à une demi-douzaine de personnes âgées de dix-sept à vingt-quatre ans, séropositives, accros à la drogue et mentalement instables. Je les encourageais à jeter leurs aiguilles hypodermiques dans les conteneurs orange fluo prévus à cet effet fixés aux murs. Pendant mon service, je consignais le comportement des résidents dans un grand classeur noir conservé sous clé au fond d'un tiroir à l'étage.

Pendant mes deux premiers mois au Polk Inn, j'avais du mal à me reconnaître : mon rôle, les gens, les discussions, tout était différent. Je me suis sentie grandir, j'attendais chaque nouvelle journée de boulot avec impatience. J'aidais des personnes dans le besoin et ça me faisait du bien.

Les résidents du Polk Inn vivaient de l'économie parallèle : la plupart d'entre eux trempaient dans des combines, vendaient de la drogue, fumaient de la dope avec des mecs qui apportaient leur *ghetto blaster* et sautaient sur le bitume en secouant la tête au rythme du « Gangsta's Paradise » de Coolio – « Ceux à qui on fait du mal, c'est toi et moi ». Polk Street était leur terrain. Mon job consistait à faire respecter les règles dans l'enceinte de la maison. Interdiction d'entrer dans le Polk Inn avec le fruit de leurs larcins ; j'étais même autorisée à fouiller leurs affaires et leur sac à dos. Je ne l'ai jamais fait. À l'entrée, ils devaient nous montrer ce qu'ils rapportaient : un sac en papier brun froissé du magasin d'alcool rempli de cigarettes, des bonbons, de la bière… Mon supérieur prétendait que leur monde était étriqué et qu'ils ne quittaient jamais un rayon de deux cents mètres autour du Polk Inn, mais ce n'était pas tout à fait vrai. Certains vagabondaient bien plus loin, comme Charlie, une magnifique transsexuelle blonde qui fumait du crack. Ils avaient des règles à suivre et des corvées à exécuter : pour avoir le droit de rester, ils devaient ranger leur chambre et se présenter aux réunions prévues avec la personne en charge de leur dossier.

Je les aidais parfois à rédiger des lettres de motivation, je restais à la réception pour distribuer les sacs du déjeuner et je m'assurais que le sandwich à la dinde, le Capri Sun, le cookie aux pépites de chocolat et la pomme rouge farineuse étaient bien avalés. Lorsqu'ils étaient vraiment sympas, il m'arrivait de leur donner des places de cinéma.

À cinq heures, la direction quittait les lieux, la brume voilait le soleil et les assistants prenaient possession du Polk Inn.

Armando était un Latino fluet d'à peine un mètre cinquante toujours affublé d'un large short militaire tenu par une ceinture noire cloutée. Il enduisait de gel ses boucles noires et portait autour de son cou gracile une chaîne argentée tressée comme une corde qui lui donnait un air anormalement viril. À vingt-deux ans, Armando résidait là depuis quelques mois.

— Il s'automutile, m'avait prévenue Phil, l'autre assistant d'accueil.

Je l'avais toujours apprécié ; désormais, j'avais vraiment envie de l'aider.

Un après-midi, Armando était assis sur une chaise dans la cour, penché sur un carnet, à dessiner au feutre.

— Tu veux grignoter quelque chose ? lui ai-je proposé.

Il a secoué la tête, arraché une autre page blanche de son carnet et s'est appliqué à tracer des détails avec une précision délirante. Je contemplais par-dessus son épaule la gigantesque orchidée menaçant un ange armé d'une épée.

— C'est vraiment beau, ai-je commenté.

— Je vais à l'Académie des beaux-arts.

Il s'est levé, a observé son dessin sous tous les angles, s'est rassis. Il fronçait les sourcils.

— Tu pourrais mettre un peu de musique ? Phil met toujours de la musique.

— Bien sûr.

J'ai trouvé un CD de Radiohead et un de Jill Scott

qu'avait dû laisser un autre assistant ; j'ai mis celui de Jill Scott.

— Merci, a-t-il dit.

J'avais toujours hâte de prendre mon service le dimanche : je faisais à dîner tôt pour la soirée cinéma. Je préparais souvent du poulet à l'huile d'olive avec du riz sauvage et des éclats d'amandes. Une clé rouge pendait à mon poignet, retenue par un élastique. Elle ouvrait toutes les portes du bâtiment et quand je cuisinais, elle cognait contre le frigo ou le garde-manger avec un bruit sourd et métallique. J'ai trouvé de l'ail, du beurre et des carottes dans le frigo. J'ai fouillé le lave-vaisselle pour récupérer les casseroles. J'ai coupé des oignons, enfourné le poulet et les légumes. Le fumet de la cuisson a pris le dessus sur l'habituel cocktail d'antiseptique, de frites surgelées et de bâtonnets de poisson pané. Dans la cuisine, des portes en verre coulissantes s'ouvraient sur un patio, où les résidents fumaient sur des chaises en aluminium sous le soleil frais de la fin d'après-midi. Les cendriers de plastique blanc étaient pleins, les mégots flottaient dans une eau noire.

Sur le grand écran plat de la salle commune se jouait *Miss Détective*, le film pour lequel ils avaient voté à l'unanimité.

Une femme que je ne connaissais pas est apparue sur l'écran de contrôle de la caméra de sécurité du bureau et a sonné à la porte. Elle tenait ce qui semblait être des centaines de lys blancs enveloppés dans du papier kraft. Elle disait qu'ils provenaient d'un mariage et demandait si elle pouvait nous en faire don.

Armando a posé son feutre, un large sourire sur le visage :

— Des lys ! Mes préférés ! On peut tout décorer ?

On a passé l'heure qui a suivi à couper des bouteilles

plastique et à les remplir d'eau dans l'évier de la cuisine. J'ai déverrouillé la pièce qu'occupait la direction et Armando a fait de la place sur chaque bureau pour y placer les fleurs. Puis il est reparti en faisant des petits mouvements de danse saccadés et a jeté ses mains en l'air comme pour dire « Ta daaa ! ».

— Je peux en avoir quelques-unes pour ma chambre ? a-t-il demandé en sachant très bien que j'allais accepter puisque je ne savais pas dire non.

Il n'a même pas attendu ma permission. Je l'ai vu monter deux demi-bouteilles pleines de fleurs au deuxième étage, dans sa chambre attenante au bureau des assistants.

Je ne l'ai pas revu jusqu'à la fin de mon service, lorsque j'ai frappé à sa porte pour lui donner ses médicaments. Il m'a alors exhibé deux petites photos encadrées de sa mère et de sa sœur. Leurs visages étaient ronds et vaporeux, comme dans une émission de télé des années quatre-vingt. Elles ne lui avaient plus adressé la parole depuis qu'elles avaient découvert qu'il était gay et prostitué. Dans le classeur noir, j'ai écrit ceci : « Armando a été chaleureux, serviable et actif. Il a travaillé à ses superbes dessins et m'a aidée à décorer les lieux. »

23

Au Polk Inn, il n'y avait pas de journée normale. Ou alors, trop souvent, le qualificatif de « normal » recouvrait l'enfer du quotidien. Je suis arrivée un jeudi pour apprendre qu'Allesandra avait été poignardée au cours d'une bagarre au couteau dans la rue et que Revo avait disparu. Luca avait fait une overdose et Heather était à l'hosto en train d'accoucher – parfois, la vie et la mort se pelotonnaient l'une contre l'autre. Tout ça le jour où je me suis fait taper sur les doigts pour avoir laissé Armando s'approcher des ciseaux.

— En plus, il aurait pu se couper sur le rebord des bouteilles en plastique, m'a reproché mon supérieur.

Il avait raison, mais je n'avais pas de regret. Je restais persuadée que ç'avait été une bonne chose pour Armando de faire une activité apaisante. Et puis on partageait le même amour des lys.

Je me suis réfugiée dans la cuisine, comme chaque fois que j'avais besoin de faire le point. À la lueur froide du frigo, j'ai passé en revue mes options. J'ai pris un Capri Sun et j'ai suçoté le liquide sucré à travers la fine paille. Sous les néons de la cuisine, tout paraissait d'un calme sinistre. Charlie s'est précipitée vers la porte d'entrée en minijupe en jean et talons aiguilles, et elle m'a fait un signe de la main en partant. J'avais commandé une pizza chez Domino's au cas où l'un des résidents se pointe pour dîner. J'ai entendu de la musique à plein volume en provenance des étages. Ça venait de la chambre d'Armando, alors j'ai attrapé ses médocs dans le bureau et j'ai toqué à sa porte.

— Tu peux baisser ça ?

Il a entrebâillé sa porte de quelques centimètres.

— Pourquoi ? Y a personne de toute façon.

— J'étais en train de nous commander des pizzas.

Ses yeux étaient comme deux gouffres sombres.

— J'ai pas faim.

Je lui ai tendu ses médocs. Il a secoué la tête et m'a claqué la porte au nez. Je suis allée dans le bureau des assistants et j'ai reporté dans le classeur noir : « Il a été demandé à Armando de baisser sa musique. Il a refusé ses médicaments psy & sida. »

De retour au rez-de-chaussée, je me suis goinfrée de trois parts de pizza dégoulinante au pepperoni tout en me ressassant la soirée de la veille passée avec un client. J'avais été déconcertée par la facilité avec laquelle j'avais franchi la limite entre danseuse et prostituée. Je me cherchais des excuses, mais dans le fond, je me trouvais répugnante. L'économie parallèle du quartier m'avait-elle contaminée ? Pourquoi m'embourber encore plus dans le travail du sexe alors que j'essayais justement d'en sortir ?

J'ai utilisé la clé rouge pour ouvrir un appartement vide et m'enfermer dans la salle de bains. J'ai collé mes doigts au fond de ma gorge et j'ai vomi. Je voulais m'asseoir dans le noir et mettre de la musique à fond, me balancer d'avant en arrière dans mon propre vide. Bercer mon vide intérieur jusqu'à m'endormir.

La musique d'Armando était de plus en plus bruyante.

— Bordel de merde, j'ai marmonné.

Je suis ressortie dans le couloir et je suis allée cogner contre sa porte. Il a refusé d'ouvrir.

— Armando !

J'ai continué de cogner. Plus fort.

— Je vais entrer, Armando.

J'ai déverrouillé sa porte, remarquant au passage qu'il y avait du vomi sur ma clé rouge que j'ai dû essuyer contre mon jean. La porte résistait, il l'avait bloquée avec une étagère de livres. Je me suis jetée dessus de tout mon poids, faisant glisser l'étagère vers le mur. Armando se tenait debout, il serrait dans ses bras une batte de base-ball avec laquelle il s'était frappé. Son front était salement amoché, le sang coulait dans ses sourcils noirs soigneusement épilés et avait éclaboussé ses mains et son T-shirt. Ses yeux féroces avaient perdu la douceur qu'ils reflétaient quand on avait arrangé les bouquets de lys. Son regard était extatique et libre, tel un ange flottant dans la fraîcheur du clair de lune.

— Je vais bien, a-t-il articulé.

Il a laissé tomber sa foutue batte qui a rebondi sur le sol avec fracas. On est restés interdits tous les deux, debout dans la pièce sombre, son sang à nos pieds. Les lys blancs s'affaissaient, pitoyables, sur sa table de nuit en bois. Mon supérieur lui avait confisqué la bouteille en plastique.

— Je vais bien, a-t-il répété dans un murmure rauque.

Une lumière a rougeoyé dans la nuit. J'ai fait un pas en arrière puis demi-tour dans le couloir pour appeler mon supérieur. La porte d'Armando s'est refermée en claquant.

— Appelez les urgences, m'a ordonné mon supérieur.

Je n'étais pas d'accord. Je refusais qu'Armando soit emmené je ne sais où. Je voulais l'enrouler dans une couverture, lui tapoter la tête, lui donner un sac-déjeuner et une place gratuite pour aller au cinéma. Quelques instants plus tard (trente secondes comme trente minutes auraient pu s'écouler), on a sonné à la porte.

Le type au *ghetto blaster* était toujours sur le trottoir, à se balancer au son du rap qu'il passait. Derrière lui, six hommes en casque noir et genouillères assorties. Je ne les avais jamais vus auparavant : le SWAT, l'unité d'intervention de la police. Ils ont empaqueté Armando et l'ont emporté sur une civière. Son expression semblait m'implorer : *Pourquoi ?*

24

Les avis d'échéance tamponnés de rouge s'entassaient à mesure que mes factures s'accumulaient. J'étais en retard sur le loyer et j'avais épuisé ma liste d'amis susceptibles de me prêter de l'argent. Il n'a donc pas fallu longtemps (en réalité, ça a même été très rapide) pour que je retourne travailler au noir dans les clubs du Tenderloin afin de tenter de sortir la tête de l'eau, de respirer. J'essayais de me convaincre que j'apportais quelque chose à la vie de mes clients du Polk Inn comme à ceux des clubs. Ou au moins, que je ne leur causais aucun tort. Je me répétais que je ne faisais que répondre aux besoins de personnes quelque peu démunies. Appelez ça du déni, si vous voulez. Sinon, appelez ça une fille qui gagne sa vie, ou en tout cas qui s'y attelle. Je n'étais pas parvenue à me couper du travail du sexe, d'autant que j'avais pris goût au sentiment valorisant qu'il engendrait. Sans, je ne me reconnaissais pas. Je me demandais ce qui pourrait m'en dépêtrer et me permettre de lui tourner définitivement le dos.

Quelques semaines après qu'Armando s'était mutilé, par une nuit froide et humide, j'étais sur ma moto en direction de O'Farrell Street pour aller danser au New Century Theater jusqu'à quatre heures du mat.

Le New Century était désert, hormis une poignée de pompiers bourrés de coke. Ils n'étaient pas censés être là, mais tout le monde savait qu'ils achetaient leur poudre à Carla. Ils la sniffaient dans les chiottes et restaient ensuite adossés aux murs du club. Il m'arrivait de bavarder avec l'un d'eux, mais je ne pouvais pas me permettre de passer trop de temps à draguer ; j'avais besoin d'argent. Quand le DJ a appelé mon nom pour monter sur scène, j'étais sur le point de baisser les bras et de rentrer chez moi.

— Je pars après ce set, lui ai-je annoncé au début de ma première chanson de Danzig.

Un grand gaillard ventripotent en costard-cravate s'est approché avec un cocktail rose dans une main et un billet de vingt dans l'autre. Il l'a jeté sur scène et est reparti en titubant. J'ai enlevé mon haut de bikini, je l'ai balancé sur le sol. À la fin de ma troisième chanson, je suis allée à sa rencontre. Il était avec des amis.

— Je suis sur mon trente et un et j'ai nulle part où aller, j'ai lancé.

— Je ne sais pas si j'appellerais ça être habillée, a-t-il répondu en me faisant signe de m'asseoir sur ses genoux.

Je m'y suis installée ; ses potes ont rugi. Je me suis présentée :

— Moi, c'est Stevie.

Mes lèvres ont frôlé le lobe de son oreille. Le volume de la musique était tel que je sentais les basses vibrer dans mon coccyx.

— T'as envie de te faire de l'argent ce soir, pas vrai ?

Il a dégainé un rouleau de billets de cent de la taille d'une balle de tennis ; assez pour payer mon loyer, faire mes courses, acheter de l'essence et peut-être même de la lingerie neuve.

— Je m'appelle Rob.

Il m'a raconté qu'il était le cofondateur d'un des plus gros magazines du pays. Je l'ai convaincu de venir à l'écart pour une danse privée. Ses potes en costume l'ont encouragé en lui tapant dans la main. Il m'a prise par le poignet et tous les costumés lui ont asséné des claques dans le dos – réaction masculine universelle lorsqu'un type accepte une danse, en tout cas dans tous les clubs où je suis passée. Rob m'a suivie dans un couloir lumineux qui menait à un salon privé à la déco égyptienne : les fresques représentant des scarabées et des pyramides m'évoquaient des civilisations éteintes et des femmes puissantes telles Néfertiti ou Cléopâtre. J'étais encore en nage à cause de mon passage sur scène. Je me suis assise sur le canapé en skaï noir. Mes cuisses s'y sont collées. La chanson a démarré et je me suis frottée contre lui, lentement.

— Je cherchais quelqu'un à qui filer de l'argent, a-t-il dit.

— Eh bien, coup de bol que je sois venue travailler ce soir.

Il m'a tendu deux cents dollars, accompagnés d'une carte de visite indiquant son téléphone et son adresse e-mail.

— Je veux dire, à l'extérieur, pas ici, a-t-il précisé.

Oh, merde. Il allait lui falloir bien plus qu'une branlette. J'allais devoir franchir une autre limite que je m'étais fixée. J'étais censée être au-dessus de ça. J'étais censée être un modèle. Mes supérieurs au Polk Inn appelleraient ça une « conduite déplacée ».

En même temps, ça représentait vraiment beaucoup d'argent… Peut-être que je pourrais simplement dîner avec Rob ? Beaucoup de filles retrouvaient certains de leurs réguliers à l'extérieur du club. Je lui ai donné mon numéro.

— Je connais un super endroit où dîner. Appelle-moi.

Le surlendemain, lorsqu'il m'a passé un coup de fil, je l'avais déjà oublié.

— Tu aimes les sushis ?

— J'adore ça, j'ai dit.

— Et t'écoutes quoi comme musique ?

— PJ Harvey, Tricky, Nick Cave…

C'était quoi le plan, il m'invitait à un concert ou à lui tailler une pipe ? J'ai commencé à regretter de lui avoir refilé mon numéro. Je n'étais jamais allée dîner avec un client. Pourquoi ferais-je une exception pour lui ? J'ai allumé le gaz pour chauffer l'eau de ma bouilloire ; ma main droite tremblait, le silence était poisseux.

— Ils font un super tartare de thon chez Asia de Cuba. Retrouve-moi là-bas vendredi à six heures, a-t-il proposé.

J'avais peur qu'il pense que ce serait gratuit. Les mecs imaginent toujours que les danseuses vont sortir avec eux sans contrepartie. Il suffisait de discuter avec un mec dans un club pour soudainement, au bout d'une demi-heure, devenir sa petite amie. Parfois, je recevais même des fleurs avec un mot du genre : « N'oublie pas de me téléphoner, Stevie. »

— Tu me feras la totale ? a-t-il insisté.

Je suis restée muette un instant, au milieu de ma cuisine rouge aux rideaux en soie bleue. La bouilloire argentée que j'avais dénichée dans un bric-à-brac de Mission s'est mise à siffler. J'ai essuyé une goutte visqueuse sur le sol, sans doute du miel, avec l'éponge. Le carrelage noir et blanc était sale. C'était quoi sa question, déjà ? Ah oui : est-ce que je baiserais pour de l'argent ? Ce serait plus rentable que ce que je faisais au club et me prendrait moins de temps. Devais-je en discuter au téléphone avec lui ? Et si c'était un flic ?

— D'accord, j'ai lâché.

J'ai versé l'eau chaude dans ma tasse rouge favorite, j'ai regardé le sachet de thé à la bergamote infuser dans la vapeur et senti la chaleur sur mon visage.

Aussi simple que ça.

— Combien ? a-t-il demandé.

Commence haut, j'ai songé. J'ai tenté ma chance, à l'aveugle.

— Mille dollars, disons.

— J'espérais huit cents, mais je ne marchanderai pas avec toi.

Si le dîner lui coûtait cent cinquante billets, huit cents me paraissait juste.

— D'accord pour huit cents.

Est-ce qu'il s'attendait que je le suce ? Si oui, combien de temps ? Combien de positions espérait-il, pour huit cents dollars ? À qui pourrais-je poser la question ? Personne. J'avais trop honte pour me renseigner auprès de qui que ce soit. Est-ce qu'au moins il aurait des capotes ?

Le soir où je devais retrouver Rob pour notre rendez-vous à huit cents dollars, j'étais passée voir ma nouvelle marraine des AA dans la Noe Valley. Jessa me manquait, je n'avais pas eu de nouvelles d'elle depuis qu'elle avait gobé un tas de pilules et s'était envolée pour le Maroc. Je me demandais comment elle allait, je m'inquiétais. J'avais même prié pour elle une fois ou deux. Lorsque je m'étais ouverte de mes activités de stripteaseuse à ma nouvelle marraine, elle avait serré ses mains autour de son mug de café, l'avait rapproché de sa poitrine et m'avait asséné :

— Tu dois te repentir d'avoir incité tant de maris à mentir à leurs épouses.

Inutile de préciser que je ne lui avais pas fait part de mes projets avec Rob. J'étais sur le point de basculer de stripteaseuse à pute sans grande hésitation. Mon secret me rongeait de l'intérieur tandis que le taxi m'emmenait à l'hôtel.

La nuit était froide à San Francisco, la brume se déroulait comme une écharpe blanche sur les toits des maisons victoriennes guindées. Dans le hall d'entrée de l'hôtel, il y avait une cheminée gigantesque et un fauteuil rose bonbon tout droit sorti d'*Alice au pays des merveilles*. Sur les murs s'alignaient des portraits numériques interactifs qui changeaient d'expression et vous faisaient un clin d'œil quand vous les regardiez plus d'une demi-seconde. J'ai repéré Rob au bar. Il sirotait un cocktail orangé et pointait du doigt un verre d'eau pétillante devant lui.

— C'est pour toi.

Je l'ai embrassé sur la joue, genre on-n'est-pas-totalement-des-étrangers, et je me suis assise à côté de lui sur un tabouret en bois.

— Nous sommes sur liste d'attente pour une table, a-t-il annoncé en jetant un œil à sa montre hors de prix.

Je ne savais pas ce que j'étais censée porter pour un rendez-vous rémunéré. Je n'avais pas trouvé le mode d'emploi correspondant à la situation. Je voulais avoir l'air classe, alors j'avais choisi un haut couleur café qui mettait en valeur mon décolleté, sur un pantalon cigarette noir. J'aurais dû porter une robe pour avoir une allure plus professionnelle. J'ai regretté d'avoir apporté ma grande bouteille d'eau jusqu'à l'hôtel. Je l'ai posée sur le sol.

— Tu es magnifique, a commenté Rob.

Trois jolies filles en jupe se tenaient près de nous, les yeux rivés sur leurs téléphones portables. Ça m'a rappelé que j'en voulais un, moi aussi.

Après quelques gorgées d'eau pétillante, ma tête a commencé à flotter au-dessus de mon corps, je me suis sentie réchauffée, d'humeur romantique. Le verre que j'avais à la main s'est incliné, renversant un peu de liquide sur le zinc. J'ai essuyé ça avec des serviettes en riant :

— T'as mis quoi dans mon verre ?

Je suis descendue du tabouret en m'agrippant au bar. La musique pulsait, j'ai brusquement été traversée d'un frisson. Le barman était à l'autre bout, dos tourné, il discutait avec une fille moulée dans une robe noire.

Le sourire de Rob s'est mué en deux longues incisives de lapin. Ses lèvres étaient mouillées de paroles qui n'avaient aucun sens. Les conversations se brouillaient autour de moi, la musique assaillait mon visage comme un nuage de fumée. J'ai songé à crier mais aucun son n'est sorti. Les filles qui discutaient à côté de nous se sont transformées en mannequins farfadets.

— Je vais te faire faire plein de choses, a dit Rob.

Ses mots venaient de la terre, mais j'étais sous l'eau. Ses yeux étaient deux œufs blancs et vitreux. J'entendais un caquètement terrible.

— Toilettes. Reviens tout de suite, ai-je balbutié.

Les portraits numériques se sont moqués de moi jusqu'au hall d'entrée. Mes jambes étaient en caoutchouc, mes pieds gonflés à l'hélium. Le décor tanguait. Autour, des corps troubles nageaient dans un dessin animé de Bip Bip et Coyote. J'ai repéré les toilettes et me suis précipitée vers le miroir. Mes pupilles rétrécissaient et s'élargissaient comme si, sans me demander mon avis, elles obéissaient désormais à leur propre battement de cœur. Ma tête était intacte. J'ai touché mon cou pour m'en assurer, puis j'ai posé mes paumes contre les murs frais. Dans le miroir, mes joues se sont affaissées.

M'adressant à mon propre reflet, j'ai murmuré :

— Tu vas manger. Tu vas agir comme si de rien n'était. Tu vas prendre son argent. Et quand ce sera terminé, tu iras t'acheter un téléphone portable.

Je suis retournée au bar où Rob m'attendait.

— Hé, ma jolie. Notre table est prête.

— Super.

Enfoiré, ai-je ajouté dans ma tête.

Le serveur a tiré ma chaise, je m'y suis écroulée. J'ai flirté avec Rob, j'ai réussi à rire quand il fallait, je l'ai même complimenté sur son polo Ralph Lauren. J'ai dévoré le cake au crabe, les quesadillas, la laitue à l'huile d'agrumes.

— Tu as beaucoup d'appétit. J'espère que tu en auras autant dans la chambre, a-t-il dit.

Le serveur est apparu avec un verre à pied contenant ce qui ressemblait à de l'eau glacée.

— Pourrais-je plutôt avoir une grande bouteille d'eau pétillante, s'il vous plaît ?

Je me suis convaincue que le serveur et moi étions sur la même longueur d'onde. Je lui ai fait un clin d'œil. Il avait compris ce qui se tramait et n'attendait que mon signal pour appeler les flics. Un inspecteur des mœurs sous couverture allait débouler, me tirer d'affaire et embarquer Rob menotté. C'est lui qui s'était fait piéger. Le serveur et moi allions avoir un coup de foudre et quitter l'hôtel pour décorer notre nid d'amour avec des fauteuils rose bonbon et des rideaux ivoire.

On a sauté le dessert, Rob a réglé l'addition. Il m'a conduite jusqu'à l'ascenseur. Onzième étage. Personne ne nous a remarqués, aucun flic ne s'est pointé.

Dans sa suite, tout était virginal : draps blancs, rideaux blancs, murs blancs, chandelles blanches. Je l'ai regardé se dévêtir. Rob devait friser les cent cinquante kilos. Du temps où il était plus svelte, il avait dû jouer au foot américain. Désormais, des bouées de graisse débordaient de sa taille, résultat d'années de tacos et de crème brûlée dans son bureau de grand manitou de la presse. Ses doigts boudinés déboutonnaient sa chemise. Il sentait l'ail et le porc. C'était un homme puissant. J'ai repensé à ma marraine des AA. Quel mensonge Rob avait-il inventé pour sa femme ? Qu'il était à Chicago pour donner une conférence ? À la salle de sport avec son coach ? Il a sorti de son portefeuille des billets encore rigides et les a placés sous le pied de la lampe de chevet en métal avant de s'allonger sur le lit blanc.

— Tu me rejoins ?

Je me suis déshabillée et j'ai grimpé sur lui. La pièce, sombre et silencieuse, seulement éclairée par le rougeoiement doré des bougies, dégageait quelque chose de sacré. J'ai déchiré l'emballage d'une capote avec les dents et j'ai fouillé. J'ai dégoté sa bite sous la chair flasque et j'y ai glissé le préservatif. Son rictus était obséquieux et la chambre sentait le jasmin. J'étais tout engourdie, j'avais l'impression qu'il baisait une carte postale de ma chatte. Les draps blancs se sont froissés et il a terminé.

Je me suis relevée, j'ai attrapé l'argent et mes vêtements, et je me suis dirigée vers la salle de bains, un petit cube blanc aux angles tranchants. J'ai recompté les huit cents dollars et j'ai vomi dans les toilettes en toussant pour couvrir le bruit. Je me suis essuyé la bouche, j'ai fourré les billets dans la poche de ma veste. J'ai déchiré le ruban qui entourait le petit savon de l'hôtel et ai frotté mes mains avec la mousse à la lavande. Je me suis rhabillée et je lui ai fait signe depuis la porte. Il ronflait.

Dehors, un brouillard à couper au couteau s'est abattu sur mes épaules nues. J'ai hélé des taxis jusqu'à en trouver un qui daigne s'arrêter. J'ai baissé la vitre et inspiré l'air frais, le vent m'a giflée. La honte m'étouffait. Si je racontais ça à ma marraine, il faudrait que je recommence de zéro le décompte de ma sobriété. J'ai observé deux hommes devant un magasin d'alcool qui transportaient une troisième personne attachée sur un brancard. J'ai enfoncé mes ongles dans ma cuisse jusqu'à ce qu'ils y impriment une série de marques blanches en forme de croissant de lune.

25

Après l'incident avec Armando, j'ai été étonnée que mon supérieur m'autorise à conduire les résidents en excursion à Muir Woods. Par une journée claire et ensoleillée, nous avons traversé le Golden Gate dans le minibus de l'association pour aller respirer l'air pur de la forêt. L'ambiance était bonne, les rires fusaient et certains ont fait le spectacle : l'un d'eux a chanté, une autre a récité un poème, tous ont raconté des blagues et même fait des mimes – dans la mesure de ce qu'il est possible de faire avec une ceinture de sécurité bouclée. Aucune de ces personnes ne s'intéressait à mon autre moi. Mes danses, mes branlettes et autres combines foireuses n'étaient pas à l'ordre du jour, et les stripclubs me paraissaient à des millions de kilomètres. J'étais bien décidée à nous faire passer une journée inoubliable. Ça n'a pas manqué.

J'ai paniqué, couru dans tous les sens comme une folle en hurlant leurs noms. Quand je parvenais à en rassembler deux ou trois et que je retournais chercher les autres, le temps que je revienne, ils étaient repartis. En dernier recours, je les ai enfermés dans le minibus les uns après les autres. Ils criaient des noms par les fenêtres en pointant telle ou telle direction, ajoutant encore à la confusion générale. Il m'a fallu deux heures et demie pour tous les réunir.

Au volant du minibus pour rentrer à Larkin Street, je me sentais moins optimiste que le matin à l'aller. C'était calme à l'arrière, ils étaient tous assis, leur sac de nourriture sur les genoux.

Ma colère s'était retournée contre moi-même. Une fois de plus, j'étais furax d'avoir manqué le virage vers une autre existence, de n'avoir pas eu le cran de, de n'avoir pas eu la chance de. Je ferais mieux de retourner à l'école passer mon diplôme. Ce serait ma porte de sortie. Il le fallait. Est-ce que ça me garantissait une porte de sortie ? Mon cul : j'avais croisé assez de strip-teaseuses avec un doctorat pour savoir que non. Mais ce serait différent pour moi. Ce serait un aller simple.

Le problème, et non des moindres, était que je devais au Mills College sept mille huit cents dollars depuis l'époque où j'avais abandonné les cours pour assouvir mon addiction à la méth. Or l'argent me brûlait les doigts ; on aurait dit un ivrogne le jour de paie. Je suis foncièrement irresponsable et impulsive, et l'argent du striptease semblait d'une consistance différente. Il me filait entre les doigts comme du sable. Je le dépensais plus vite que je le gagnais. Mon éthique de travail laissait à désirer : j'attendais toujours d'être fauchée avant de me mettre au boulot, parce que j'aimais la pression désespérée de la prostitution. Plus j'étais apeurée, plus j'y retournais. Marche ou crève. Je savais très bien que j'étais incapable de mettre de l'argent de côté toute seule. J'avais besoin d'aide. J'ai appelé Megan, une copine comptable :

— Je peux t'engager pour m'aider à économiser de l'argent ?

Pendant l'année qui a suivi, Megan se pointait dans tous les clubs où je bossais, à une heure du matin précisément, pour collecter ma liasse de billets, autour de trois cents dollars en général, qu'elle investissait dans un fonds commun de placement auquel je n'avais pas accès. En un an, j'avais accumulé plus qu'il n'en fallait pour rembourser ma dette au Mills College. J'ai repris mes études et décroché mon diplôme, mais plus je voulais me construire une vie sans effeuillage ni branlettes, plus l'envie de faire exactement l'inverse me titillait.

Maman me laissait plein de messages sur mon répondeur. Ils disaient tous la même chose :

— Je suis si fière de toi, tu as réussi. Appelle-moi quand tu peux.

QUATRIÈME PARTIE

« Jaune comme une banane. »

26

Deux années se sont écoulées ainsi, mi-stripteaseuse mi-assistante sociale, quand j'ai rencontré Ian. Ian était un coiffeur tatoué au teint mat, employé dans le salon de beauté où j'avais pris rendez-vous pour me faire poser des extensions. Je le croyais gay, comme tous ceux qui bossaient là. Alors quand il m'a proposé de sortir avec lui, je lui ai ri au nez avant de me replonger dans mon magazine. Je me suis dit qu'une des filles avait dû le pousser à faire ça. Il est revenu à la charge en plantant ses yeux dans les miens à travers le reflet du miroir :

— Sérieusement, qu'est-ce que t'en dis ?

On ne pouvait pas dire que je croulais sous les offres. Les seuls hommes à qui j'avais l'occasion de parler étaient les clients des stripclubs et les résidents du Polk Inn. Dans mon esprit, les hommes ne venaient pas au club pour se trouver une copine ; quant aux garçons du Polk Inn, c'étaient des camés à qui je distribuais des médocs pour lutter contre le sida ou des problèmes psychologiques. Vu que je ne sortais avec personne, ni homme ni femme, on ne pouvait pas nier que j'étais disponible. Alors, pourquoi pas ?

— Bien sûr, ai-je marmonné pendant qu'il tirait sur mes tresses emmêlées.

C'était un simple dîner. Rien de bien méchant, même si j'ai passé le plus clair de la soirée les bras croisés à me demander ce que je fichais là. J'avais oublié comment marchaient les mecs. Lorsqu'il m'a déposée devant chez lui, là où était garée ma moto, il s'est penché vers moi pour m'embrasser. Son geste m'a déstabilisée. Il n'avait pas la même odeur que mes clients qui abusaient toujours du parfum et de la savonnette. Ses lèvres étaient tendres et charnues, sa peau douce sentait le donut et la marijuana. J'ai fait un bond en arrière, redoutant d'être dégoûtée et de vomir sur ses genoux, mais il ne s'est rien passé. Notre baiser s'est étiré sur plusieurs chansons de Massive Attack et de Radiohead. Les voitures, obligées de nous doubler pour passer, klaxonnaient. Ça faisait bien longtemps que je n'avais pas savouré un baiser à ce point. En fait, ça ne m'était jamais arrivé.

Ian était plein d'intelligence et de poésie, et on raisonnait de la même manière. Il jouait de l'harmonica et écrivait des paroles de chansons où la fumette allait sauver le monde de la cupidité des entreprises.

— Tu veux monter voir ma collection de chaussures ? a-t-il proposé.

Je l'ai suivi à l'étage jusqu'à sa chambre où il gardait un bang, et on a baisé jusqu'à en avoir mal et que le jour se lève. Six mois plus tard, c'était mon petit ami ; un an après, on emménageait ensemble. À un moment, au milieu de tout ça, je me suis rendu compte que j'étais en train de tomber amoureuse.

Et puis un beau matin, en sortant de l'appart, Ian m'a annoncé :

— Je déménage à L.A. avec mon groupe.

Détester Los Angeles faisait partie de mon ADN de Californienne du Nord. Au mur du salon, on avait même une plaque en bois qui disait : « On se fout de la façon dont ça se passe à L.A. »

— Si tu pars là-bas, ce sera sans moi, j'ai répliqué.

Il a pris son sac noir et l'a passé en bandoulière. Il a lissé son pantalon Dickies noir.

— Viens vivre avec nous, avec le groupe. Los Angeles pourrait te plaire.

Je me suis imaginée dans une maison commune avec des hippies, le sol crade et les cendriers pleins, les vieux relents de bang imprégnés sur mes fringues, du rap à fond jour et nuit.

— Hors de question.

Il a secoué la tête, m'a mollement serrée dans ses bras et est sorti.

Il n'avait peut-être pas tort. Je pourrais trouver une autre organisation à but non lucratif pour laquelle bosser, et ne plus jamais me déshabiller.

On a rompu lorsqu'il a déménagé, sans succès. Je n'avais jamais su couper les ponts, encore moins avec Ian, si bien que j'ai donné mon préavis de deux semaines au Polk Inn et j'ai cherché une autre maison de transition où travailler à L.A. J'ai empaqueté mon deux-pièces juché dans une maison victorienne de Folsom Street, j'ai tout entassé dans un camion de location et j'ai filé direction Los Angeles. Ian a quitté la coloc dans laquelle il vivait avec le groupe pour qu'on se cherche un appartement.

Notre cage à lapins se situait tout près de Sunset Boulevard, à deux pas d'un bordel appelé le Paris Nudes, dont j'espérais rester à l'écart. L'immeuble était vert fluo et l'appart possédait un balcon en béton sur lequel Ian laissait son bang, avec vue sur le parking.

Chaque matin, j'étais réveillée par les gargarismes des vieux immigrés russes du dessus qui expectoraient par la fenêtre. Si je mettais le nez dehors, je risquais de me prendre un de ces mollards qui tombaient en chute libre comme des étoiles filantes et s'écrasaient sur ma moto en contrebas. Quand je les croisais dans la rue, ils me fusillaient du regard comme si je fumais du crack avec leur babouchka. Je les évitais, de peur qu'ils me crachent dessus si je les dévisageais trop longtemps.

J'étais venue à L.A. en me figurant que j'allais arrêter de danser et prendre un nouveau départ. Mais ma vie d'avant me manquait : le fric facile et le sentiment d'être désirée. Sans ça, je me sentais laide, inutile, presque ankylosée. Je pratiquais le striptease depuis si longtemps que c'était devenu une seconde nature.

J'en étais même arrivée à rêver de striptease : j'étais dans un stade immense, digne des concerts de Mötley Crüe, face à des milliers d'hommes. Sur scène, à la place d'un groupe de rock, il n'y avait que moi, seins nus, arc-boutée à des barres de pole dance qui touchaient les étoiles. Je me suis réveillée en sursaut, entre la colère et l'inquiétude. Je n'étais pas à ma place à L.A. Et le striptease me manquait.

Mes cuisses potelées se touchaient, poisseuses, dans la fournaise démoniaque du mois d'août. Je harcelais toutes les personnes que je connaissais pour tâcher de décrocher un boulot qui ne m'obligerait pas à me dénuder, mais aucune piste ne se concrétisait. Il m'avait fallu des semaines pour dégoter quelques ménages payés en liquide, mais c'était loin d'être suffisant. J'étais persévérante, ouverte à tout. J'espérais être capable de me réinventer du jour au lendemain, mais même avec mon diplôme du Mills College et une solide expérience à mon actif, je ne parvenais pas à me défaire de ce sentiment de n'être rien d'autre qu'une ex-stripteaseuse trentenaire sans enfants ni mari, désespérément à la recherche d'un emploi.

La moto n'était pas pratique pour aller faire des ménages, d'autant qu'il pleut de temps en temps à Los Angeles, alors je l'ai remisée au garage et j'ai acheté une bagnole pourrie, une Disco Nova de 1978 marron qui m'a coûté trois cents dollars. J'avais entendu parler d'un job dans la vallée qui consistait à faire des tests VIH à des acteurs pornos, mais pour ça, il fallait que j'apprenne à faire une prise de sang, alors je me suis inscrite à une formation obligatoire. Ce n'était pas du striptease, mais je restais proche des travailleurs du sexe. Une blonde filiforme m'a appris à faire un garrot et à localiser une veine. J'ai étudié le plasma, les plaquettes et les cellules. Je pratiquais des tests VIH qui permettaient aux stars du porno de pouvoir continuer de bosser, et moi, de continuer à prendre soin des gens et à rester dans le milieu du sexe sans avoir à me mettre à poil. C'était mieux que le Paris Nudes.

J'ai surnommé ma Nova « Cricket » à cause du cliquetis que le moteur faisait constamment. L'autoradio ne captait que deux stations, des discours chrétiens ou des vieux classiques, alors j'ai opté pour Frank Sinatra. Lorsque ça ne captait plus, sur le trajet de cinquante minutes qui séparait Hollywood de la clinique, je me rabattais sur ces marmonnements qui abordaient la question du péché et de la rédemption. Dès huit heures du matin, le soleil rôtissait mes bras, si bien que j'arrivais en sueur, cuite à point dans ma blouse marron. Je bavardais avec les patients tout en cherchant les veines juteuses de leur avant-bras, je pompais leur sang violacé et siphonnais leur pisse pendant qu'ils me racontaient leurs gosses, leur femme, les scènes à tourner.

La phlébotomie était censée acter ma transition hors de l'industrie du sexe, mais elle s'est avérée être ma porte d'entrée pour y revenir.

Ian se tapait un bang chaque matin et vendait de l'herbe qu'il planquait dans un vieux Tupperware jaune des années soixante-dix au fond de notre placard. Quand il dormait, je lui piquais des billets de cinq dollars pour me payer l'essence et le déjeuner. On était complètement à sec. Il jouait les coiffeurs deux fois par semaine et répétait avec son groupe tous les deux jours. Dans ces moments-là, je récupérais toute notre petite monnaie pour la fourrer dans la machine du supermarché Vons, dont le bruit rappelait les machines à sous de Las Vegas. En échange de nos piécettes, elle recrachait un bon d'achat qui me permettait d'acheter une barquette de dinde à quatre dollars ; j'en faisais des boulettes afin de la faire durer le plus longtemps possible. J'ajoutais du ketchup dans la viande qui restait pour préparer une sorte de bolognaise. Un jour, un batteur célèbre que j'avais un temps admiré a levé un sourcil en me regardant glisser ma petite monnaie dans la machine du Vons. J'avais oublié ce que c'était d'être fauchée à ce point. Je lui ai lancé un regard noir comme ceux que mes voisins russes me destinaient.

Le moindre entretien d'embauche pour un poste de barmaid à Beverly Hills nécessitait de supporter une file d'attente de quatre-vingts personnes qui avaient repéré la même annonce, avant d'affronter un type d'une centaine d'années plus jeune que moi, nanti de lentilles qui lui faisaient de faux yeux bleus, et de m'entendre demander :

— À quoi correspond ce trou de dix ans dans votre CV ?

Mes réponses habituelles étaient : « Je faisais des études », « Mon petit ami était riche » ou « J'étais nounou ».

Un acteur porno avec qui j'avais sympathisé m'a donné une liste de traiteurs pour lesquels il travaillait entre deux tournages. L'une des entreprises se trouvait à San Gabriel.

Ils ne m'ont pas posé beaucoup de questions, exigeant simplement que je me présente avec un pantalon noir et un chemisier blanc. Quand je ne prélevais pas le sang des stars du porno, je jouais donc les serveuses pour des bar-mitsvah, mariages, naissances, anniversaires, bref, tous les événements qui me filaient le cafard. J'ai repris du poil de la bête au milieu des cakes au crabe, des brochettes de poulet et des mini-cupcakes que je distribuais sur mon plateau en plastique brun en passant parmi les convives. Mon patron ne m'autorisait pas à accepter les pourboires, alors je dissimulais les billets dans mes chaussettes et je les comptais sur mes genoux, pendant le trajet retour vers Hollywood.

Le son de ma radio était souvent noyé sous le vacarme des sirènes clignotantes et des hélicos qui pullulaient dans L.A., particulièrement près de chez nous. J'avais l'impression qu'il survenait sans cesse des événements terribles à Los Angeles.

D'abord, les incendies. Des milliers d'hectares étaient engloutis par des flammes orange qui atteignaient le ciel, dévoraient les collines environnantes et réduisaient les habitations en cendres. J'étais hypnotisée par tant de violence. Des enfants étaient kidnappés.

Des hommes en costume de père Noël faisaient sauter le crâne de leur ex-femme. Des traqueurs de la nuit et des dormeurs lugubres surgissaient pour tuer encore et encore[1]. Des nourrissons étaient abandonnés dans les poubelles du fast-food Del Taco. Les gens brandissaient des pancartes, faisaient la manche aux sorties de la voie rapide, le tout sur fond de guerre des gangs.

Deux mois plus tard, alors que j'étais en chemin pour faire le service lors d'une fête de naissance à San Gabriel, la Nova est tombée en panne sur l'autoroute 210. J'ai passé un coup de fil à Ian.

— Il faut que j'aille au boulot et la bagnole ne veut rien savoir.

— Eh ben bonne chance, m'a-t-il lancé avant de raccrocher.

En rade au bord de l'autoroute, j'ai su que c'était terminé. J'allais y mettre fin avant même que nous n'ayons vraiment commencé. Il m'avait aidée comme le cultivateur d'orchidées l'avait fait en son temps, en me permettant de m'échapper de quelque part. Mais il ne pouvait pas faire plus.

1. Référence à Richard Ramirez, surnommé le Traqueur de la nuit (« The Night Stalker »), et Lonnie David Franklin, surnommé le Dormeur lugubre (« The Grim Sleeper »), deux tueurs en série ayant sévi à Los Angeles dans les années quatre-vingt.

27

Les danseuses claironnent toujours qu'elles veulent arrêter, mais nous ne le faisons jamais. Nous sommes des fantômes qui traînent leurs chaînes de club en club. Nous apparaissons à la vitre de votre taxi quand vous vous rendez à un déjeuner d'affaires, et la courbe de notre mâchoire vous rappelle quelque chose. Nous allons et venons, sans jamais disparaître pour de bon. Nous nous teignons les cheveux, nous changeons de coupe, nous prenons du poids, nous en perdons, nous nous faisons poser des implants mammaires, des implants fessiers, des lentilles de contact colorées, et notre corps accuse le coup. Apparaissent des rides, des vergetures. Alors nous enchaînons les liftings et dissimulons le tout sous des couches de maquillage et de paillettes. Nous changeons de nom, passons de Candy à Taylor, et nous nous installons dans un énième club, de l'autre côté de la ville.

Le plus important était de rester en mouvement perpétuel, même si ça signifiait avoir constamment des rougeurs sur le cul à force du frottement lors des lap dances. J'avais des centaines de raisons de ranger ma paire de talons transparents : le striptease n'a rien de glorieux à quarante ans, et je m'en approchais dangereusement.

Je me disais qu'éventuellement je pouvais éviter la brûlure de l'épilation et les courbatures, et me faire encore plus d'argent en me contentant d'un ou deux clients, en privé. Mais l'adage des Alcooliques m'est revenu à l'esprit : *Ne jamais boire le premier verre.*

À la clinique, on m'avait demandé d'aller faire un test VIH sur un lieu de tournage. J'ai donc roulé jusqu'au plateau d'un producteur de porno, au fond de la vallée, dans une rue du nom de Zelzah. La Nova a toussé jusqu'à ce que je trouve la bonne adresse. À la porte, j'ai été accueillie par un type en pantalon de pyjama et T-shirt blanc, la cinquantaine. Il a désigné une chambre :

— Elle est là-dedans.

Une certaine Bunny était assise sur un tabouret, occupée à apprendre ses répliques avec pour seuls vêtements une paire de bottes. Affaissée sous son chapeau de cow-boy rose, elle avait l'air dans les vapes, mais m'a regardée dans les yeux quand je lui ai prélevé son sang. J'avais apporté le test le plus récent pour qu'elle soit tranquille toute la journée de tournage.

— Combien de certificats il te faut ?

Ses bottes Gucci violettes en daim me rappelaient ma vie d'avant : les cernes sous les yeux à force d'atteindre trop souvent les quatre heures du matin, les ridules au coin des lèvres, les callosités sur les talons, les cors sur la plante des pieds, le mal de dos, les courbatures à la nuque, la frénésie des montées et la tristesse terne des descentes.

— Hé, ça te dirait de venir faire un boulot avec moi vendredi ? a-t-elle proposé. C'est pour un couple, ça paie hyper bien.

Putain d'argent. Putain d'argent facile de merde. Payer le loyer. Payer les courses. J'ai senti mon cou rougir et chauffer, comme si j'avais reçu un compliment inattendu de la part d'un bel inconnu. Mon cœur s'est emballé, mon corps a réagi instinctivement à l'idée de faire un show.

— Ouais. C'est d'accord.

J'ai prévenu Ian que j'avais décroché un job de serveuse pour un buffet à Simi Valley et j'ai emporté mes affaires et mon chemisier blanc à la clinique. J'avais jeté toutes mes tenues en quittant San Francisco : à l'époque, j'y avais vu un geste symbolique, mais à présent, je trouvais ça stupide. Bunny m'avait dit qu'elle m'apporterait de quoi m'habiller. Je me disais que notre petit spectacle ne serait pas très différent des enterrements de vie de garçon que j'avais faits à San Francisco avec les filles des stripclubs. J'espérais en revanche que ça ne ressemblerait pas aux branlettes des salons privés du Market Street Cinema… C'était ma faute. Ian s'était habitué à ce que j'aie toujours du cash. Je dépensais mon argent comme si j'en avais encore et je lui en voulais de ne pas contribuer davantage à nos revenus. Les choses s'envenimaient, gâchées par ma frustration. Ian n'était pas un homme qui aimait travailler, et j'étais une femme qui avait grandi dans l'optimisme propre aux années quatre-vingt, qui nous promettait le succès si l'on travaillait à la réalisation de nos rêves. Mes parents en rajoutaient avec leur sempiternel avenir qui appartenait à ceux qui se levaient tôt. Je me levais tôt, j'étais assidue en classe. J'avais cru que les études supérieures me garantiraient l'ascension sociale, la sécurité de l'emploi, des cheveux qui sentaient bon et des jeans bien coupés. Une maison sur les hauteurs d'Hollywood ? C'était tout à fait à ma portée, pour peu que je m'applique à « me réveiller avec les coqs pour m'envoler avec les aigles », comme on disait chez moi.

28

Bunny est passée me prendre à la clinique à l'heure de la fermeture, son sourire dégoulinait au coin des lèvres. On s'est dirigées vers les toilettes pour se changer. Adieu, blouse miteuse mal coupée ; bonjour, string rose et minishort blanc pailleté, débardeur blanc moulant avec un cœur imprimé.

Aux pieds, des escarpins rouges en cuir verni. En cas de besoin, c'est toujours bien d'avoir avec soi un talon acéré.

Bunny a attaché la boucle noire de sa large veste rouge et blanche de père Noël, complétée d'un bonnet à pompon en fausse fourrure rouge. Son déguisement sentait le renfermé. Dessous, elle portait un haut moulant avec deux gros boutons dorés en forme de clochettes. Sa jupe bordée d'un liseré de fourrure neigeuse tombait lâchement sur ses hanches. Elle a gobé une petite pilule blanche et s'est appliqué son gloss cerise sur les lèvres face au miroir. Nos tenues étaient assorties, ça m'a rassurée.

— Comment je t'appelle, quand on sera là-bas ? m'a-t-elle demandé.

Au fil des années, j'avais utilisé des dizaines de

pseudonymes : Stevie, Rhonda, Violet, Candy, Lolita, Angelique, Alexis…

— Pourquoi pas Rosebud ? a-t-elle suggéré en me tendant une pilule.

— Ça me plaît.

J'ai rangé la pilule dans ma trousse à maquillage, pour plus tard – ou jamais. J'essayais de rester clean : sur ce point-là, au moins, je n'avais pas encore transigé. J'ai serré les dents.

On a porté nos affaires jusqu'à la voiture dont le coffre était orné d'un autocollant « Interroge la réalité ». J'ai grimpé sur le siège passager noyé sous les canettes de Coca Light et les emballages de bouffe de chez Carl's Jr.

On a quitté la clinique et roulé dans la nuit moite d'octobre pour rejoindre l'autoroute 101. Bunny s'est allumé une menthol ; comme ma mère, elle fumait en plissant ses yeux noisette. Elle a recraché la fumée :

— Donc la femme, Kay, est une vraie fontaine. Elle gicle partout. On la bouffe. On la gode. Fred se contente en général de mater.

— À cause de sa femme ?

Bunny s'est tournée vers moi en riant.

— Non, je dirais pas ça. Il te touchera pas beaucoup. Toi, t'as pas besoin de le toucher. Peut-être qu'il t'embrassera… Ça dépendra de leur excitation, a-t-elle expliqué entre deux bouffées de cigarette.

— Combien de temps ça va durer ? Une heure ?

J'ai consulté ma montre. Je perdais un peu de moi-même à chaque seconde qui s'écoulait. J'ai essayé de penser à autre chose, d'admirer le soleil couleur orange sanguine. J'ai repensé à la pilule que Bunny m'avait donnée auparavant. Ovale, plus petite qu'un comprimé de Vicodin, avec un « X » gravé dessus. Peut-être de l'Ambien ? Je n'avais jamais été très pilule, sauf pour m'endormir après une orgie de poudre.

— Un peu plus longtemps, m'a répondu Bunny en hochant la tête.

Elle farfouillait dans son sac à main.

Le soleil dégringolait à toute vitesse tandis qu'on filait sur l'autoroute, plein nord. Plus Bunny me donnait de détails, plus mon estomac bouillait. Je cherchais une échappatoire, mais il était trop tard pour faire demi-tour. Bunny devenait de plus en plus désinvolte. Moi, au contraire, j'avais l'impression de voir défiler, impuissante, un film dans lequel je jouais.

— Fred risque d'essayer de te rouler une pelle pendant qu'il se branlera.

J'ai pincé ma cuisse. Enfoncé mes ongles profondément. Et si la pilule était de la morphine ?

— Kay va vouloir nous goder toutes les deux et te gicler sur le visage.

J'ai mordu ma lèvre. Elle avait le goût du sang. Sa voix résonnait comme si elle venait de derrière, comme si elle sortait d'un répondeur placé dans le coffre. Klonopin. C'était sans doute du Klonopin, le roi des anxiolytiques. Elle a repris :

— J'ai mes règles, alors n'y va pas trop fort.

J'ai tendu la main vers une canette de Coca Light tiède à mes pieds. Je ne sentais plus les doigts de ma main droite.

On s'est arrêtées devant un portail de sécurité blanc flanqué d'une cabine vitrée dans laquelle se tenaient deux costauds.

— Bunny, pour le 9 Mustang Lane.

Ils ont levé un sourcil, nous ont laissées passer d'un signe du menton. On a poursuivi sur une route de montagne. Les rues qu'on croisait portaient des noms tout droit sortis d'un western : Trigger Street, Gunsmoke Street… On a continué de franchir des lacets, tourné deux fois à droite, avant de se garer. Des manoirs très classiques mais récemment bâtis étaient nichés au cœur de ce canyon désolé. Tous avec le même SUV parqué dans leur allée. On est sorties de l'habitacle. L'air embaumait le cheval. Quand on a appuyé sur la sonnette du numéro 9, un autre portail blanc s'est ouvert.

Un type grisonnant enroulé dans une serviette blanche, de celles qui ont un scratch autour de la taille pour tenir plus facilement, nous a ouvert la porte.

— Salut, Bunny, a-t-il dit presque en chuchotant.

Mais c'est moi qu'il a attrapée. Une langue molle et humide s'est faufilée dans ma bouche avant que je puisse réagir. Il avait un goût de café et de fromage. Sa peau était un kiwi rugueux. Il a également roulé une pelle à Bunny, puis on lui a emboîté le pas. De larges escaliers aux rampes blanches nous ont menés à un couloir sombre dont les murs bruns empestaient la cigarette.

Bunny faisait la conversation :

— Comment vont les affaires, Fred ?

Fred était un de ses réguliers. La sécurité de l'emploi, pour des filles comme nous.

J'ai repensé à tous les métiers que j'avais testés pour tâcher de m'en sortir depuis mon arrivée à Los Angeles. J'avais fait des ménages, j'avais fait des prises de sang et recueilli de la pisse, j'avais conseillé des stars du porno, j'avais été serveuse pour des anniversaires ou des bar-mitsvah, j'avais rangé des garde-meubles. Et puis, ça. J'avais essayé de rester à l'écart. Seulement si je suis vraiment dans la dèche, me répétais-je pour me rassurer. Mais j'étais toujours dans la dèche. Des factures à payer, quelque chose dont j'avais besoin, quelque chose qui me faisait envie. J'étais incapable de résister. Quelques clients suffiraient à me faire amasser plus que ce que me rapportaient mes cinq autres jobs à temps partiel. Je pourrais retrouver un club topless avec un buffet minable et des barres de pole dance dorées. Retrouver encore plus de dealeurs, d'anciens taulards et de vieux schnocks pour qui danser, encore plus de soldats victimes de stress post-traumatique qui touchaient une pension de l'État et récolter ainsi assez de billets, tenir une journée de plus.

Pour la première fois depuis que j'avais quitté San Francisco, je me sentais pleine d'espoir.

— On se retrouve dans quelques minutes, mes beautés.

Il nous a laissées dans la salle de bains et s'est engagé dans le couloir.

Une odeur d'herbe flottait dans l'air, comme un présage. J'ai entendu des verres s'entrechoquer.

J'étais au milieu de nulle part et Bunny était la seule personne à savoir où je me trouvais.

On a préparé nos accessoires. Bunny a ouvert un sac de sport et aligné une impressionnante collection de godes : un long et noir, un rose chair, un violet tourbillonnant, un en forme de bras avec un poing au bout ; certains vibraient et il y en avait même un, turquoise, avec un petit dauphin dessus. Le problème, c'est qu'ils empestaient comme des toilettes sèches après une journée de canicule.

— Bordel, Bunny. Tu les désinfectes pas ?

— D'habitude, si, mais là je sors d'un autre rencard.

— Ça se sent.

J'ai fait couler de l'eau chaude au robinet de la baignoire pour y vider une partie du gel douche orange.

J'ai jeté les godes dans le bain bouillant, fâchée d'avoir oublié de prendre des capotes à la clinique en partant.

— T'essaies de choper une hépatite ou quoi ?

Je savais de quoi je parlais, c'était mon boulot. Elle a levé les yeux au ciel. On a toqué à la porte et la voix de Fred s'est élevée :

— Les filles, vous prenez un bain ou on va enfin pouvoir s'amuser ?

J'ai attrapé le phallus noir et chuchoté à Bunny :

— Nettoie celui-ci, qu'on en finisse.

— C'est bon, détends-toi, a-t-elle soufflé comme si j'étais particulièrement tatillonne.

— On arrive ! ai-je roucoulé.

Bunny a enveloppé avec amour une serviette couleur pêche autour de notre gode encore mouillé, a ramassé le tube de lubrifiant parfumé à la mandarine au passage et ouvert la porte.

On était trempées et couvertes de mousse.

— Ho, ho, ho, a chanté Bunny à l'intention de Fred avant de se casser la figure sur le lino glissant.

Fred l'a aidée à se relever et l'a conduite dans le couloir sombre. Il paraissait dans son élément. Je les ai suivis jusqu'à une chambre éclairée aux chandelles où attendait la blonde Kay, jambes croisées, qui fumait un joint dans un fauteuil en velours taupe. Ses joues s'affaissaient avec l'âge mais ses seins ressemblaient à deux fières oranges en plastique dans son négligé Victoria's Secret hors de prix. Son sourire fugace m'a un peu rappelé celui de ma mère. Elle portait des chaussures en liège au bout ouvert, très années soixante-dix, et buvait du vin blanc. Son rouge à lèvres rosé avait marqué le rebord du verre. Elle avait les dents droites et blanches, plus blanches que l'os.

— Salut, les petits choux, vous voulez faire la fiesta ?

La voix haut perchée de Kay semblait forcée. Elle nous a fait signe d'approcher. Elle a levé la bouteille qui se trouvait sur la table basse en verre pour nous proposer du vin.

— Ouais, a répondu Bunny, détachée.

J'ai acquiescé. Les yeux de Kay étaient comme des oiseaux bleu ciel qui voletaient partout dans la pièce. Elle était mince mais sa peau avait perdu sa fermeté. Sa blondeur n'avait rien de naturel.

La pièce était spacieuse mais dénuée de fenêtres. Contre un mur se dressait une cheminée devant laquelle on avait disposé des oreillers et des couvertures. Des dizaines de bougies brûlaient, saturant l'air d'un nuage floral sucré écœurant. Au moins, ça nous aiderait à dissimuler notre nauséabond contretemps. Un lit *king size* californien était recouvert d'animaux en peluche. Y avait-il des gamins dans le coin, ou étaient-ce les jouets de Kay ? Sur le mur près de la cheminée, des photos encadrées montraient une fille de douze ou treize ans qui donnait l'impression d'être tombée dans une bombe de laque.

Fred s'est laissé tomber sur le lit et s'est confortablement installé pour nous regarder. J'ai jeté un coup d'œil à la ronde, à la recherche de l'heure, mais je n'ai trouvé que le réveil à côté du lit, qui avait sciemment été tourné vers le mur. La peau de Fred était burinée comme du cuir, creusée de sillons. Il devait avoir la soixantaine.

Sur l'écran télé passait un film porno bizarre : une femme peinte en bleu léchait une autre attifée en tigre ; des oreilles au bout de la queue, son corps était couvert de rayures noires et dorées. Elles se poursuivaient dans une jungle de carton-pâte et faisaient l'amour à une orchidée. J'ai essayé d'identifier des actrices que je connaissais de la clinique, mais le maquillage et les costumes rendaient la chose impossible. Au milieu de ce décor tropical, les deux blondes se suçaient mutuellement. Ça devait être ce qu'espérait Fred. Le son de la télé était coupé.

— Faites-lui l'amour, a ordonné Fred.

Bunny a rampé sur le sol et grogné comme un tigre. À hauteur des genoux de Kay, elle a plongé son visage et son bonnet de Noël entre ses longues cuisses bronzées et luisantes. Kay a gloussé. J'ai écarté les bretelles du négligé de Kay pour atteindre ses mamelons brunâtres. Ils avaient un goût de lotion hydratante.

Fred se caressait sous la jupe que lui faisait sa serviette.

— Ouais, les filles… C'est ça, c'est ça, grognait-il en accélérant ses secousses animales.

Au bout d'un moment, Bunny a enlevé mon short et mon string et m'a tirée jusqu'aux couvertures dépliées au pied de la cheminée. Je l'ai aidée à se débarrasser de sa jupe et de sa culotte de mère Noël. Elle est devenue bavarde.

— Ton corps est si crémeux. Et sexy, a-t-elle glissé à Kay en lui badigeonnant les cuisses d'huile d'amande douce.

Kay était sur le dos, les yeux fermés. J'ai pris le relais avec l'huile. Bunny a lubrifié notre long ami noir avec le gel à la mandarine et s'est approchée de l'entrejambe de Kay. Elle a laissé le gode pendre au-dessus de Kay afin que Fred puisse le voir. Il avait défait sa serviette et se branlait de ses mains calleuses. Il a dodeliné en ahanant et, à la faible lueur des bougies, je pouvais apercevoir les fissures de sa peau boucanée.

— C'est ça, ma chérie, laisse-toi faire, a-t-il dit à Kay.

Bunny a inséré le gode, s'est léché les doigts et a caressé le clitoris de Kay. Sous mes yeux, elle a étalé tous ses talents. Langue, doigts, langue, doigts, langue, doigts, et Kay a crié comme un chat malade en éclaboussant le visage de Bunny. À mon tour. Insérer le gode noir. Kay s'est tortillée, elle a gémi, et mon esprit s'est mis à dériver comme si je regardais la scène depuis le mur de photos. J'imaginais que la chatte de Kay était une immense pizza au pepperoni avec olives noires, champignons et supplément fromage. Une pizza bien calorique, avec une moitié bacon-ananas, sucrée, acidulée et bien chaude. Elle était à portée de main, je pouvais sentir son fumet enchanteur, j'allais la dévorer en un clin d'œil. Je me suis mordu les lèvres quand Kay a joui sur moi. Ses yeux étaient toujours fermés et elle avait trempé les serviettes sur lesquelles elle s'était allongée. Le ton enfantin de Bunny m'a arrachée à mon rêve de pizza.

— Kay ressemble à un cadeau de Noël, ce soir. Pas vrai, Fred ?

Elle a enfilé le bonnet à pompon sur le crâne de Kay qui a éclaté de rire. J'étais imbibée de fluides étrangers – senteurs d'océan et d'huile d'amande douce. J'avais envie d'aller me rincer dans la salle de bains. J'avais envie d'être sèche. J'avais envie de foutre une beigne à Bunny. J'avais envie d'engloutir ses pilules blanches.

— Pause fumette, a annoncé Fred, et il s'est essuyé les doigts dans sa serviette.

— On va dans la salle de bains. On revient dans une minute, j'ai dit en attrapant Bunny par la main et en la tirant vers la porte.

Il était temps de changer de jouets et de trouver une horloge.

L'une après l'autre, on s'est lavé le visage dans le lavabo. Je suis allée pêcher le dauphin turquoise qui nageait dans les eaux malodorantes de la baignoire. Je l'ai agité sous notre nez comme s'il sautait pour plonger dans l'eau.

— On va demander de l'aide à Flipper le dauphin, j'ai dit.

— Je ne suis pas assez défoncée.

Bunny s'est assise sur les toilettes, la tête dans les mains. Elle avait l'air à côté de la plaque. Sur l'étagère, une horloge indiquait l'heure en chiffres romains. Quarante minutes s'étaient écoulées. Bunny a gobé une autre pilule et l'a fait passer avec de l'eau du robinet. Je ne lui ai pas demandé ce que c'était, la question me paraissait trop personnelle. J'espérais que le temps s'accélère.

De retour dans la chambre, Fred et Kay se partageaient un joint. Fred s'esclaffait en laissant échapper des grognements de cochon, ce qui les faisait pouffer de plus belle. On s'est mises à quatre pattes et j'ai présenté Flipper à Kay. Elle a écarté les jambes en riant. Elle voulait que je lui pétrisse les cuisses et que je lui lèche la chatte. Je voulais en finir, alors je m'y suis attelée.

Bunny s'est glissée sur Kay et l'a embrassée dans le cou, sur le visage, la bouche, jusqu'à redescendre sur ses seins. Une fois qu'elle avait pris ses pilules, Bunny devenait un vrai sex-toy, mécanique et caoutchouteuse. Quant à moi, fugitive par nature, je ne restais jamais longtemps dans la chambre. Je m'envolais, abandonnant mon enveloppe charnelle derrière moi.

Tout se déroulait comme prévu jusqu'à ce que Fred

décide de s'approcher de nous. Il a frotté contre moi sa chair mate et desséchée. On aurait dit du bois pétrifié. Il m'a attrapée par les cheveux, m'a tiré la tête en arrière si brutalement que j'ai laissé échapper un petit « Hé ! » qu'il a ignoré, et m'a enfoncé sa langue dans la gorge. Ses lèvres étaient aussi râpeuses que sa voix :

— Rosebud. Fais-nous l'amour.

J'ai failli prendre mes jambes à mon cou, mais je ne l'ai pas fait. J'avais envie de lui poser des questions sur l'état de sa peau. Je ne voulais pas le toucher sous sa serviette, ce n'était pas ce qui était prévu, mais il a saisi mon poignet pour diriger ma main sous le tissu ; pour me tester, pour voir comment j'allais réagir. Je l'ai retirée.

J'ai songé à m'enfuir. J'ai songé à siffler le verre de vin et à le fracasser contre la cheminée. Mais où serais-je allée ? Dehors, un chien hurlait. J'aurais pu aller m'asseoir dans la voiture et attendre Bunny, mais dans ce cas, je n'aurais pas mon fric. Je me haïssais d'avoir accepté ce plan merdique. Maintenant, je ne pouvais plus faire marche arrière, seulement aller de l'avant. En cet instant, j'ai compris pourquoi les tueurs déclenchaient des fusillades avant de se faire sauter le crâne et pourquoi les junkies rechutaient après des années d'abstinence. Le seul moyen de se soustraire à tout ça, c'était de déconnecter mon esprit.

Bunny est intervenue :

— Fred. C'est à notre tour de mater. À toi et Kay de faire l'amour. Ça nous excite. Allez, s'il te plaît…

Elle était gentille, moelleuse, savait désamorcer la tension. Une vraie pro. Reconnaissante, je lui ai fait un clin d'œil.

— L'idée me plaît. J'adorerais te voir baiser Kay, ai-je susurré à l'intention de Fred.

Bunny s'est éclipsée dans la salle de bains, sans doute pour aller pisser ou s'enfiler un comprimé. C'est le moment qu'a choisi Fred pour me refiler son numéro sur un bout de papier que j'ai planqué sous mon pied, au fond de mes escarpins rouges. Bunny est réapparue avec un gros gode rose barbe à papa tout propre qu'elle agitait fièrement, comme si elle venait de le gagner à la fête foraine en éclatant des ballons aux fléchettes. Elle était là pour donner du plaisir.

— Prête à jouer avec moi, chaton ?

Elle m'a décoché un sourire emballé et s'est approchée de moi. Chouette fille. Le rose était ma couleur préférée. Je me suis penchée en arrière en me pourléchant les babines.

Kay était ivre, ses mèches blondes humides lui collaient au visage :

— Regardons-les baiser pendant qu'on baise.

Bunny a plongé le membre rose en moi avec une sensibilité d'artisan, pas trop brutale, appliquée à bien faire son travail. Je m'en fichais ; à mes yeux, c'était tout sauf du sexe. Je me tortillais pour satisfaire un public, point barre. On ne partageait rien, c'était insignifiant, ça me laissait indifférente. Je frétillais sur le sol et, après quelques minutes qui m'ont paru des plombes, j'ai fait semblant de jouir violemment, j'ai même crié le nom de Bunny. Fred chevauchait Kay juste à côté de nous et s'acharnait bêtement sur elle, comme un chien. Elle a semblé avoir le même orgasme que moi, vide et théâtral, de longs gémissements sonores. Bonne fille, ai-je pensé.

Je sentais le tic-tac de l'horloge. Le temps c'est de l'argent, et il était temps d'y aller. Je me suis relevée, Bunny dans mon sillage. Après une douche et une couche de gloss vanille sur les lèvres, on était propres comme des sous neufs. On a rangé la collection de godes de Bunny ; Fred nous a raccompagnées le long de milliers de marches d'escalier. Il a tendu à Bunny une liasse de billets. Elle m'en a donné la moitié. Quatre cents chacune.

À la seconde où l'on s'est assises dans la voiture, Bunny a allumé une menthol. On est restées silencieuses pendant le retour jusqu'à la clinique. Le numéro de Fred me démangeait sous la plante du pied ; je savais que je l'appellerais la semaine suivante. J'ai cherché la pilule blanche dans mon sac à main. Du Valium ? J'ai baissé la vitre et je l'ai jetée dehors. J'ai laissé mon visage prendre le vent. L'odeur des chevaux m'a fait penser à maman.

29

— Je n'en peux plus, a pesté Ian devant son écran d'ordinateur.

J'étais dans la cuisine, à un mètre de lui, en train de faire la vaisselle. On était sur le point de nous couper l'électricité. Ian s'en moquait. Pas moi. On venait d'avoir notre Grande Discussion.

— Je me casse.

Les mots se sont échappés de ma bouche, mes pieds ont suivi. Je suis sortie de notre appartement et j'ai roulé sur Curson Street sous une pluie battante. J'ai fait trois fois le tour du pâté de maisons. Impossible de revenir en arrière ; sentiment terrifiant mais étrangement excitant. Je me suis garée sur le parking du supermarché Vons pour réfléchir à la suite quand mon téléphone a sonné. Une copine partait deux semaines faire du yoga à Hawaï et cherchait quelqu'un pour garder son chat.

J'ai demandé s'il était possible de stocker quelques cartons dans son appartement, elle m'a répondu que oui. J'ai rempli un nouveau camion de location avec mes affaires, j'ai embarqué avec moi Screech, le chat de Ian. On a tous les deux passé l'intégralité du trajet jusqu'à Silver Lake à sangloter. Les chats chiaient systématiquement sur le tapis chaque fois que je partais bosser. Ça m'amusait ; ramasser une crotte ne me paraissait pas cher payé pour vivre dans un appartement aussi chouette. Deux semaines plus tard, mon amie m'a rappelée pour m'annoncer qu'elle avait décidé d'emménager chez sa copine de yoga et qu'elle avait réussi à mettre mon nom sur le bail. Peu importe à quel point j'aimais quelqu'un, je finissais toujours par remballer mes affaires et partir. J'ai dû le faire cent fois. Parfois, c'est le plus bel acte d'amour.

30

Une amie m'a trouvé une place dans un cabinet d'avocats : j'étais chargée de répondre au téléphone et de classer des factures. J'ai gardé le numéro de Fred mais je ne l'ai jamais rappelé. J'écoutais les messages sur mon répondeur pendant ma grosse heure de route en regardant les joggeurs qui, pleins d'entrain, couraient dans le sens inverse pour rallier le plan d'eau du réservoir de Silver Lake. La voix de ma mère a jailli du téléphone :

— J'ai des billets pour le concert de Céline Dion !

Je détestais Céline Dion mais, depuis ma rupture, j'étais prête à tout endurer pour passer du temps avec maman. J'ai failli arrêter ma voiture, sautiller dans le soleil pâle du matin et courir après les joggeurs en criant, « Maman arrive ! » Au lieu de ça, j'ai descendu Beverly jusqu'à Wilshire Boulevard pour aller répondre au téléphone pendant huit heures sous la lumière des néons, à programmer des rendez-vous pour Dave Navarro ou Pearl Jam.

D'après l'horloge du micro-onde, j'avais dix minutes de retard quand je suis entrée dans la cuisine pour me faire du café. J'ai déchiré des sachets individuels de café moulu et j'en ai fourré quelques-uns dans mon sac à main. Pendant que la cafetière gargouillait, j'ai gagné mon bureau sur lequel s'empilaient des factures à classer, des dépositions à programmer, ainsi qu'une carte d'anniversaire à faire signer par l'un des associés. Les petits yeux carrés du téléphone clignotaient, mais je n'ai pas écouté mes messages. J'ai passé un coup de fil à maman.

— Prends l'avion jusqu'à Burbank, je te conduirai à Las Vegas. Allons-y ensemble.

J'ai envoyé un e-mail pour demander un congé.

Deux semaines plus tard, j'ai récupéré maman avec le pick-up gris métallisé que j'avais loué et je l'ai ramenée dans mon appartement vide. Je n'avais même pas de canapé sur lequel lui proposer de s'asseoir. On est allées dîner chez Netties, un restaurant du coin. Habituellement, maman était énergique et obstinée, mais ce soir-là, elle semblait perdue, à la dérive. En route pour Las Vegas, le lendemain matin, elle paraissait paumée et tendue :

— Tu conduis trop vite.

Ou :

— Je ne me souvenais pas que c'était si loin de L.A., c'est plus long que je ne le pensais.

Lorsqu'on est arrivées à l'hôtel Harrah's pour retrouver ses copines, elle s'est égarée sur le parking et a commencé à agiter la main comme une naufragée.

— Où est l'entrée ? a-t-elle crié.

— Maman, regarde, c'est juste là, en bas, tu vois ? Je pointais du doigt l'escalator.

— Mais comment est-ce qu'on descend ?

C'était étrange, dans sa bouche. Dans son monde, tout était classé, organisé, méticuleusement trié ; elle ne jurait que par les dossiers et les trombones.

Quelque chose ne collait pas. L'ambiance était

étrange. Céline Dion a annulé son concert à la dernière minute à cause d'une bronchite, alors à la place, on a dîné avec les copines de maman et on a joué aux machines à sous. Maman n'était pas elle-même. Sa chair était gonflée, boursouflée. Son corps avait changé, d'une manière que je n'arrivais pas à déchiffrer. Elle avait des mouvements d'automate, comme si elle était stone.

Quand j'ai voulu bouger une lampe dans notre chambre d'hôtel, elle a donné des coups de pied dans la porte de la salle de bains en me hurlant dessus.

— Ne la casse pas !

— Mais qu'est-ce qui t'arrive, maman ?

Elle s'est mise à sangloter.

— Je ne sais pas…

— Pourquoi t'es aussi tête en l'air ces jours-ci ?

C'était notre code pour évoquer Alzheimer, la plus grande frayeur de maman. Sa mère, ma grand-mère Ruby, avait commencé à en souffrir au début de la soixantaine. L'idée de perdre sa vivacité d'esprit la terrorisait.

— Ce n'est pas que j'oublie, mais je n'arrive plus à me concentrer.

Sur le chemin du retour vers l'aéroport de Burbank, elle n'a pas décroché un mot. J'ai fait la discussion, regrettant que Céline Dion ait dû annuler son concert. J'ai veillé à la déposer devant le comptoir de la compagnie et je l'ai suivie des yeux tandis qu'elle s'éloignait au-delà des portes automatiques vitrées, espérant qu'elle trouverait son chemin jusqu'à la bonne porte d'embarquement.

31

Un mois après notre virée à Vegas, maman est devenue jaune. Son mari n'a rien remarqué. Charlene, la voisine qui élevait des poulets, si. Maman m'avait laissé un message sur mon répondeur. J'avais déjà mes clés de voiture à la main quand j'ai commencé à écouter son accent de la campagne me parler d'une recette de soupe thaï, des poivrons qu'elle avait trouvés au marché, du collègue qu'elle ne supportait plus. Et là, sans crier gare :

— Tu ne vas pas le croire. Charlene a dit que j'étais jaune comme une banane. Bref, on va à l'hôpital de San Francisco pour…

Le répondeur a coupé là. Mes clés sont tombées sur le sol.

J'ai rappelé mais elle n'a pas décroché. Il était déjà tard, alors j'ai grimpé dans ma voiture et filé au boulot. Dans la cuisine, je regardais la cafetière gargouiller sans me soucier du standard qui sonnait. J'ai étalé du rouge sur mes lèvres et imaginé le foie enragé de ma mère attaquer sa peau cuivrée.

Avait-elle bu plus qu'à l'accoutumée ? Était-ce une cirrhose ? Allait-il falloir lui enlever le foie ? Pouvais-je lui donner le mien ? Dans le miroir, j'ai vérifié que mes cernes n'avaient pas jauni. Après tout, j'étais la fille de ma mère, ma peau était la sienne.

Je suis retournée à mon bureau. Ma supérieure m'y attendait :

— Vous pouvez venir une minute ?

Je l'ai suivie dans le couloir mal éclairé qui menait à son bureau exigu. Encore une erreur de facturation, j'ai pensé.

— Fermez la porte.

Elle a porté son mug Bugs Bunny à ses lèvres et l'a posé sur son bureau quand elle s'est rendu compte qu'il était vide. Les cheveux de Jan se clairsemaient prématurément, ce qui incitait les assistants juridiques à se moquer d'elle en la surnommant « la chauve-souris ». Elle portait son jean noir délavé préféré, ce qui signifiait qu'on était vendredi, jour où l'on avait le droit de s'habiller de façon décontractée. J'ai jeté un coup d'œil à ma jupe et à mon T-shirt froissé pour m'apercevoir que j'avais oublié de dissimuler mes tatouages. Elle a croqué dans sa viennoiserie et s'est essuyé la bouche.

— Je viens de faire du café.

Ma voix était plus aiguë que je ne le pensais. Sa tête s'est légèrement tournée vers la photo de son mari qu'elle gardait sur son bureau, un randonneur barbu. Il donnait l'impression d'avoir dix ans de moins qu'elle.

— Bon. On vous laisse partir, a-t-elle lâché sans quitter des yeux son ordinateur.

Elle a bougé des papiers sur son bureau, ouvert puis fermé un tiroir. Une bouffée de honte m'a réchauffé le cou. Tori Amos avait dû se plaindre quand j'avais oublié d'annuler son rendez-vous avec son avocat. Elle avait poliment feuilleté un magazine dans la salle d'attente avant que je me rende compte de ma boulette.

Jan a pivoté sur son fauteuil et éternué, postillonnant

sur les documents qu'elle avait posés sous mon nez. Mon contrat de travail. J'ai senti monter la panique.

— C'est à votre discrétion, a reniflé Jan, mais ça ressemblait à un grognement.

— C'est à cause de mes retards ?

— Pour l'ensemble de votre œuvre, a-t-elle répondu.

Est-ce qu'elle avait lu l'histoire que j'avais écrite sur l'ordinateur du bureau, celle de mon plan à quatre ?

— Vous pouvez débarrasser vos affaires et y aller ?

Ça sonnait comme une question, mais n'en était pas une.

C'était mon premier vrai travail de bureau. C'était aussi la première fois que je me faisais virer en face à face. Les stripteaseuses ne se font pas virer ; on s'éloigne petit à petit jusqu'à ce que l'on revienne, affamées, rongées par des besoins méprisables. J'ai envoyé un e-mail à mes collègues pour les saluer et me suis esquivée du bureau. Puis je me suis magné le cul pour rallier l'hôpital de San Francisco et prendre des nouvelles du foie de ma mère.

J'ai avalé les six cent quatorze kilomètres plein nord au son des guitares de PJ Harvey sans descendre en dessous des 140 à l'heure. C'était probablement une fausse alerte. Ma mère était en meilleure forme que les chevaux qui lui avaient cassé les dents quand elle avait dix-huit ans. Elle nous avait raconté qu'elle avait eu des points de suture sur ses lèvres meurtries et jaunies, ce qui signifiait que le sang affluait déjà vers les cellules endommagées pour les régénérer. Jaune, ça voulait dire en bonne santé, pas vrai ? Jaune, c'était bon signe ?

Lorsque je suis arrivée à l'hôpital, elle m'a souri et a baissé son magazine *Woman's Day*. Son visage et ses bras avaient la couleur des courges-spaghettis, bouffis, gonflés. Elle avait déchiré des recettes et les avait étalées sur ses genoux comme des confettis.

— Les docteurs ont trouvé quelque chose ? je lui ai demandé.

Mon beau-père a maugréé :

— Trop de whiskey dans l'estomac.

Le dégoût transpirait par tous ses pores.

— Ce n'est pas ça. Regarde, je ne tremble même pas.

Elle a tendu ses mains immobiles devant elle comme pour exhiber une preuve. Elle n'était pas alcoolique. Bien entendu, elle buvait. À sept ans, je lui préparais son thé : du Lipton avec une petite cuillerée de sucre blanc. À onze ans, je lui préparais des whiskey Coca. Avec trois glaçons. Elle avait absorbé tellement de liquide que son foie devait pouvoir faire des longueurs sans son abdomen. Mais ces médecins de San Francisco avaient sous-estimé ma mère, une dure à cuire qui remontait toujours en selle.

— Partons d'ici. Je meurs de faim, a-t-elle dit.

— Moi aussi.

On a laissé mon beau-père pour aller chercher à manger. Maman avait sa tenue habituelle : un pantalon et une veste marron, assortis, avec deux boutons en forme de coquillage. Ses jambes me paraissaient plus maigres et plus plissées que dans mon souvenir. Et elle avait le teint jaunâtre. On s'est esquivées par une sortie de secours, complices, après avoir descendu quelques marches.

Sur Fillmore Street, le soleil était clair et le vent frais. On est entrées dans une librairie. En plus d'être capable de taper soixante mots à la minute, maman était une lectrice vorace, elle a acheté *Easter Parade* de Richard Yates. On s'est assises sur un banc dans une boutique de bagels, derrière une grande vitrine à travers laquelle on regardait les passants. La brume se lovait comme de l'écume autour des toits victoriens. On a bu notre soupe à la tomate dans des bols en carton. Nos coudes se touchaient.

— Elle n'est pas aussi bonne que la mienne, a-t-elle constaté.

— Bien sûr que non.

— Trop salée. Et il lui manque mon délicieux basilic.

Tout au long de l'année, sa serre était une explosion rouge et orange de tomates anciennes. J'adorais m'emmêler dans leurs plants feuillus, épousseter les fruits mûrs en les frottant sur mon T-shirt pour les avaler tout crus, les sentir éclater sous mes dents. Je les ramassais par brassées pour les couper et les assaisonner avec la fameuse vinaigrette de maman. Elle faisait aussi pousser des courgettes longues comme des battes de base-ball, et des pommes vertes tombées de l'arbre encombraient son jardin. Celles qu'elle n'utilisait pas pour cuisiner des crumbles ou des tartes nourrissaient les chevaux. Les voisins arrivaient les mains vides et repartaient les bras chargés de sacs plastique remplis de fruits.

Je lui ai parlé des habitudes migratoires des cigales, de la manière dont elles délaissaient leur ancienne peau pour renaître, neuves. Elle me regardait, perplexe.

— Je me suis fait virer de mon cabinet d'avocats, j'ai avoué.

— C'est pas grave, ma chérie. Tu trouveras un autre travail.

— J'ai recommencé le striptease, ai-je ajouté même si ce n'était pas totalement la vérité.

Je savais que j'allais y retourner très bientôt.

Elle m'a caressé le dos comme on rassure un chat.

On a marché à travers le brouillard qui s'épaississait pour retourner à l'hôpital, où elle s'est déshabillée avant de remonter dans son lit. L'infirmière a croisé les bras.

— C'est pas un hôtel, lui a-t-elle reproché d'un ton sévère.

Maman a ri avant de s'adresser à moi :

— Je vais bien. Rentre chez toi.

Je l'ai serrée dans mes bras, j'ai pris le chemin de la sortie et retrouvé la fin de journée humide de San Francisco.

Sur la route du retour vers Los Angeles, ma cage thoracique ployait sous l'inquiétude. Pourvu qu'elle aille bien.

Je me suis mise à courir comme ces joggeurs que j'enviais tous les matins quand je prenais la voiture pour aller travailler au cabinet. Ça m'obligeait à respirer, sans compter que je ne pouvais pas pleurer et courir en même temps. Je n'écoutais pas de musique et j'évitais les podcasts. Le silence me permettait de compter : trois minutes d'échauffement à un rythme de 6 km/h. J'avais conscience du moindre muscle de mon dos. Mon genou émettait alors un craquement sec. Ne pas abandonner. Au bout de cinq minutes, je forçais mes jambes à accélérer jusqu'à 10 km/h. Au bout de dix-huit minutes, je relâchais mes épaules, détendais mon cou. Quarante minutes plus tard, légère et apaisée, j'aurais pu courir pendant des heures. L'inquiétude s'échappait de mon organisme comme des ondes radio. Des flaques de soleil resplendissaient à la surface du réservoir. Trois minutes de décrassage.

Quand le téléphone a sonné, j'ai foncé pour arriver à temps.

— Ce n'est pas mon foie, m'a annoncé maman.

— Ah oui ? j'ai ri.

— J'ai une forme de cancer si rare que j'avais moins de chances de me faire frapper par la foudre. Il n'est pas à un stade avancé. Quoi qu'il en soit, ils vont me faire une opération de Whipple.

— Tu veux que je vienne ?

— Dans deux semaines, quand je serai rentrée à la maison.

Elle était logique, organisée, pleine de sang-froid. Elle ne voulait pas me déranger.

— C'est quel genre de cancer ? ai-je demandé.

Mais elle avait déjà raccroché.

Whipple, ça sonnait comme une petite bestiole en peluche. Mais d'après Internet, c'était une opération de chirurgie effectuée sur les patients victimes d'un cancer des voies biliaires. Dans les faits, ça impliquait d'ouvrir le ventre de ma mère, de lui retirer ses intestins, de les déplier sur une table comme on déroulerait un ruban, d'en gratter le cancer, et enfin de lui refourrer le tout dans l'abdomen. Après une opération de Whipple, il n'était plus question de manger solide et les risques d'insuffisance cardiaque ou hépatique montaient en flèche. Tout va bien se passer, me suis-je répété d'un ton de défi, mais je tenais mes mains serrées fort sur mon ventre et la tension écrasait mes épaules.

Son traitement de chimio et radiothérapie a débuté. Ses messages sur mon répondeur ont cessé. J'ai reçu par la poste des recettes glanées dans des magazines, accompagnées de mots tracés de son impeccable écriture d'assistante juridique : « Super bon et facile à faire ! » Je ne cuisinais que des plats jaunes. J'ai perfectionné mes carrés au citron avec une croûte de sablé et travaillé mes blancs d'œufs fouettés pour mon soufflé à la banane. J'ai collé les Post-it qu'elle m'envoyait sur les placards de la cuisine pour m'inspirer pendant que je tamisais la farine et pressais les citrons. Le sol collait à cause du sucre en poudre. Sur le plan de travail de la cuisine s'accumulaient les desserts que je regardais se perdre.

32

Après cinq opérations abdominales, une chimio et de la radiothérapie, elle est revenue au département des élections, là où elle travaillait, dans la peau d'une super-héroïne.

— Désormais, ils me laissent faire tout ce que je veux, disait-elle.

Ma robuste maman était de nouveau en forme. Il allait y avoir des anniversaires à célébrer, un voyage au Costa Rica à organiser. Il allait y avoir un futur. Des sapins de Noël. De l'espoir et du temps. La rémission promettait des balades sur la plage, des virées au marché, des photos de couchers de soleil depuis sa belle terrasse de séquoia.

— Tous mes marqueurs tumoraux sont à zéro, a-t-elle conclu, gorgée d'espoir.

On a toutes les deux soupiré au téléphone. La rémission. On osait à peine y croire.

J'avais fait plusieurs allers-retours à Humboldt au cours de son traitement. Malgré son assurance maladie, les factures d'hôpital de maman asséchaient ses comptes bancaires. Elle envisageait de vendre sa maison – maison qui était censée être mon héritage.

Pendant cette période, j'ai auditionné pour une émission de téléréalité.

— Si je gagne, je te donnerai la moitié de l'argent, lui avais-je promis.

Je n'étais pas le genre de fille qui gagnait à la fin, mais j'imaginais sa fierté si j'y arrivais. Je me suis presque pissée dessus quand j'ai été retenue parmi les candidats en lice pour remporter vingt-cinq mille dollars.

— Je suis sélectionnée dans l'émission ! ai-je annoncé à ma mère.

— Tu vois ? Tu es capable de faire ce que tu veux.

J'attendais sur une chaise en coulisses. Huit membres du jury décidaient à qui attribuer le prix en fonction des réponses qu'on fournirait à leurs questions. Ils n'étaient pas autorisés à s'enquérir de la situation financière des participants, mais avaient le droit de nous interroger sur n'importe quoi d'autre, ou de nous éliminer sur un coup de tête. Les huit juges représentaient un panel venu de tout le pays. Les participants étaient considérés comme ayant un style de vie « extrême ». Il y avait un marionnettiste séropositif, une mormone enceinte de son neuvième enfant, un prêcheur du Michigan et une *Madame* de Las Vegas qui trimbalait un classeur avec des photos de son écurie de prostituées.

La productrice, une petite brune couillue prénommée Jen qui balançait des blagues toute la journée, m'a attrapé le coude pour me conduire face au jury pour la troisième fois ce jour-là. Ça se jouait entre moi et un autre gars, un gamin de Laguna Beach qui vivait avec son père pêcheur.

— Tu es sur le point de gagner beaucoup d'argent, m'a soufflé Jen.

Maman allait être si excitée. Je savourais déjà l'idée

de lui annoncer : « Maman, j'ai une excellente nouvelle. Tu peux garder la maison. »

Sur scène, les projecteurs étaient aveuglants.

— Pensez-vous que la prostitution devrait être légale ? m'a demandé un gay gringalet avec les cheveux en pétard.

— Bien sûr. C'est un crime sans victime, ai-je répondu en protégeant mes yeux éblouis de la main droite.

— Où avez-vous eu vos vêtements ? On dirait qu'ils viennent tout droit de Melrose Avenue.

Qu'est-ce que ça pouvait lui faire ? J'ai dit la vérité.

— Une fille me les a donnés pour avoir rangé son dressing.

Réorganiser des dressings était un de mes petits boulots. J'avais pu récupérer des super fringues dans des sacs-poubelle destinés à l'Armée du salut, petit avantage en nature trié parmi ce dont s'était débarrassée la cliente. J'avais eu le droit de fouiller dans les sacs et de prendre ce que je voulais.

— Alors quoi, les gens vous donnent des trucs, comme ça ? Votre chemise a l'air neuve.

Mais c'était quoi son problème, à lui ? Les lumières étaient si fortes que j'ai cru que ma peau allait cramer. Je n'arrivais qu'à distinguer les cheveux blonds hérissés de l'avorton. J'avais envie de le dégager de la surface de la Terre. L'autre candidat n'avait droit qu'à des questions bienveillantes pendant que je passais sur le gril.

— Les gens ne me *donnent* pas des trucs. Je travaille pour avoir ces trucs.

Une goutte de transpiration a coulé sur ma tempe. J'ai enlevé ma veste pour éviter de fondre sur place.

— Pourquoi est-ce que vous nous aviez caché ces tatouages ? a-t-il lancé.

— Vous les avez déjà vus. Ils sont partout dans mon portfolio.

Maman m'avait aidée à sélectionner les photos pour l'émission.

Il a haussé les épaules comme pour dire : *Vous voyez ? C'est une menteuse.* La culpabilité m'a envahie. Même quand on m'accusait à tort, je bouillais de colère et de honte. L'autre garçon a répondu à une question bateau sur le port de la fourrure. Le jury a offert vingt-cinq mille dollars à un gosse qui vivait chez ses parents et conduisait un van de surfeur, simplement parce qu'il refusait de porter de la vraie fourrure. Mon visage me brûlait. J'étais anéantie, et la maison de maman a été vendue.

Ma vie aurait pu prendre un tout autre tournant, quelques mois auparavant, lorsque Rico, un client régulier de mon amie Gina, m'avait invitée à déjeuner à la Casa Vega. Comme dans un stripclub, la Casa Vega était un endroit sombre et privé, idéal pour faire des affaires. Le bar était plein à craquer d'hommes qui en étaient à leur deuxième ou troisième scotch.

Je ne savais pas pourquoi Rico voulait m'y retrouver. Je ne l'avais rencontré qu'une fois. Il avait fait la connaissance de Gina grâce à la section adulte de Craigslist, après qu'elle avait posté des photos d'elle seins nus dans une tentative, inspirée par la méth, de mettre le grappin sur un vieux richard. Elle n'avait pas le choix. Elle était sous le coup de deux condamnations pour conduite sous l'emprise de stupéfiants et avait besoin de liquidités. Rico avait emmené Gina faire du shopping et claquer soixante mille dollars chez Versace, puis ils étaient partis à Saint-Barth et au Brésil. Mais Gina en avait payé le prix.

Il y a toujours un prix à payer.

Rico m'a fait signe du bar et a glissé à l'hôtesse un billet de cent dollars. Elle nous a escortés jusqu'à sa table personnelle, au fond de la salle. Je me suis abandonnée dans les fauteuils en feutrine rouge qui ressemblaient beaucoup à ceux des clubs que j'avais connus. Après un long silence, j'ai dit :

— Ma mère pense que je devrais retourner à la fac.

— Tu devrais. Décroche ce master pour ta mère. Je te le paierai.

Il sirotait un Coca Light avec une fine paille à cocktail rouge. Il a avalé ses quesadillas et plongé ses nachos dans la sauce. Quand il mangeait, il n'était pas du genre délicat.

— Je te le promets, a-t-il dit, et il m'a tendu mille dollars en cash sous la table.

M'a embrassé la joue.

— Faxe-moi la paperasse, a-t-il ajouté.

Je la lui ai faxée dix-sept fois, je l'ai rappelé dix fois. Je n'ai plus jamais entendu parler de Rico.

33

« Retrouvez-moi près du grand aquarium de l'entrée », disait le texto de Steve l'Astronef. Kara avait besoin d'une nuit de repos et moi d'argent, alors elle m'avait organisé un rendez-vous avec l'un de ses réguliers, un joueur professionnel qui était en veine au Commerce Casino. Elle m'avait dit qu'il dégageait une énergie telle que la fois où elle l'avait branlé, elle s'était sentie téléportée à un concert de Sheryl Crow, et c'est ainsi qu'il avait gagné le surnom de Steve l'Astronef. Je n'avais rien contre Sheryl Crow, alors j'ai accepté.

D'autant que maman m'avait rappelée :

— Je n'ai pas dormi de la nuit, mais je n'ai pas envie de retourner à l'hôpital.

— Tout va bien, maman. T'as juste passé une mauvaise nuit, ça arrive.

Elle en faisait des tonnes.

En bordure de l'autoroute, le casino me faisait de l'œil avec ses lumières criardes.

— Il faut que tu viennes me dire adieu, a-t-elle repris.

Je l'ai entendue se moucher.

— Maman, tu te sentiras mieux tout à l'heure. Fais une sieste.

— Quand est-ce que tu peux être là ?

Je me suis garée dans le parking sombre.

— Bientôt, maman.

Elle était à nouveau malade. Le cancer était revenu.

J'ai baissé les yeux sur ma tenue. Quelle conne. J'avais oublié les consignes de Kara. Quand on se prostituait, m'avait-elle expliqué, il fallait s'habiller comme une célébrité qui allait à la salle de gym un dimanche : jean déchiré, sweat à capuche, Converse aux pieds, queue de cheval négligée. Dans ma robe noire sexy qui dévoilait ma dentelle, avec mon soutif en strass et mes bas résille, j'étais le parfait cliché de la pute qui allait retrouver son micheton. Complètement idiote, pensais-je en marchant vers les portes vitrées coulissantes. Le courant d'air glacé de la clim a giflé mes bras nus. J'ai fait le tour du casino, sans but. L'endroit était rempli d'Asiatiques. Je me suis demandé à quel jeu de cartes ils jouaient. Au moment où je m'apprêtais à faire demi-tour en direction de la porte, j'ai repéré l'immense aquarium dans lequel nageaient avec indolence des poissons tigrés.

Un grand type blanc avec une casquette rouge était en train de tapoter sur son Blackberry. Il a levé les yeux.

— Steve ? ai-je discrètement demandé.

Il a acquiescé et m'a serrée dans ses bras comme le feraient de vieux amis.

— C'est par là, a-t-il dit en me guidant vers l'ascenseur.

On est montés jusqu'au quatrième étage et on a traversé un couloir bordeaux jusqu'à sa minuscule chambre qui se résumait à deux lits jumeaux.

— Vous passez une bonne soirée ?

— Pas mal, a-t-il répondu.

— Vous venez souvent ici ?

J'ai habilement fait glisser ma culotte.

— Lorsque je descends en ville… Deux cents, c'est ça ?

Il m'a tendu les billets. C'était un homme empâté avec des taches de rousseur et une tignasse rousse. Je me suis rapprochée, j'ai collé mes seins et mon ventre contre lui.

— Oh, j'aimerais aussi un vrai massage, si ça vous va.

— Bien sûr, j'ai répondu.

Merde. Steve l'Astronef allait exiger son heure complète.

— Est-ce que vous gagnez tout le temps ?

— Ça m'arrive, a-t-il dit.

J'ai tiré du lit la couverture bas de gamme à motifs aztèques et lui ai fait signe de s'allonger sur les draps. J'ai versé une noisette généreuse de mon huile d'amande douce à quatorze dollars la bouteille sur son dos boutonneux. Steve était déjà à poil, sur le ventre. Mes mains sont descendues jusqu'à ses mollets potelés avant de remonter à l'intérieur de ses cuisses. Le haut de son dos était constellé de boutons. Je n'avais pas envie d'y passer la journée.

Les fièvres de maman étaient de retour. Marqueurs tumoraux, nombre de lymphocytes T, DNR, intubation ou non, chimio, radios, infections, cinq opérations abdominales, GPE, rémission, métastases, septicémie, défaillance organique, soins palliatifs, perfusions de morphine. Tout allait recommencer.

J'avais dû aller voir maman, l'accompagner à sa chimio, lui tenir le seau pour qu'elle puisse vomir. Passer un gant de toilette chaud sur son visage en larmes. Prendre le relais de mon beau-père Chris, qu'il puisse souffler un peu. Le cancer des voies biliaires adore le cancer de la vésicule biliaire, qui lui-même adore le cancer du pancréas. Maman aimait les chevaux. Ils l'ont blessée d'une ruade. Elle est remontée en selle.

— Ça vous plaît ? me suis-je enquise tandis que mes doigts s'attardaient sur ses couilles pommadées d'huile.

Il s'est retourné, la queue comme une béquille. Je l'ai empoignée. Il a retiré ma main :

— Pas trop vite.

Moi, j'avais envie de passer la seconde. D'être certaine que maman allait bien.

— Je prendrai tout mon temps, promis.

Mes meilleurs souvenirs avec maman sont ceux passés dans une vieille bibliothèque qui sentait le moisi, j'avais huit ou neuf ans. De la cuisine, elle me criait : « T'es prête ? », et je descendais en courant avec mon sac de livres en velours orange. À la bibli, on prenait le temps de regarder les livres et d'en feuilleter les pages poussiéreuses. J'empruntais tous les livres de Judy Blume ou de Beverly Cleary que je pouvais porter et je les lâchais sur le comptoir.

— Tu vas vraiment lire tout ça ? me demandait-elle, incrédule.

— Mmmhm.

— Alors tu dois les porter toute seule.

Ses yeux gris pétillaient. Elle faisait exprès de m'embêter. Avec ceux qui ne rentraient pas dans mon sac, je faisais une pile que je portais dans les bras comme des bûches jusqu'à sa Volvo vert bouteille de 1974, et je lâchais le tout sur la banquette arrière. À l'époque, je ne savais pas encore ce que ces mots et ces histoires signifieraient pour moi. Je n'avais pas idée que de longs bras d'extraterrestres allaient leur pousser, qu'ils s'enserreraient autour de moi pour me soulever et me faire découvrir les cieux, la galaxie, et même au-delà. Les livres allaient faire de moi quelqu'un d'autre, me faire pleurer, se fondre dans mon crâne. Les livres m'excitaient. Ils étaient ma seule porte de sortie de cette petite ville minable, et ils étaient quelque chose que l'on partageait, maman et moi. On passait beaucoup de temps à la bibliothèque.

Ma main était sur la bite de Steve, occupée à le branler.

— Moins vite, a-t-il ordonné.

Il a placé mes mains sous son cul. Agacée, j'ai laissé mes doigts s'attarder sur ses couilles, je les ai massées. La chambre était étouffante, sombre, avec vue sur des buildings élancés. Une chambre qui savait garder les secrets.

Après sa première chimio, maman avait essayé de manger un steak et avait dû retourner à l'hôpital : son corps n'était plus apte à digérer de la viande. Elle avait eu de la fièvre, encore une autre infection. Il avait fallu l'intuber pour la nourrir. J'avais dû retourner la voir.

Il était temps que le concert de Sheryl Crow se termine. J'ai rajouté de l'huile sur la queue de Steve et j'ai resserré ma prise.

— Prêt à décoller ? j'ai demandé.

Et je l'ai fait jouir à fond. Le sperme a giclé partout sur sa bedaine. J'ai renfilé ma robe noire à dentelle et je suis sortie du casino pour retrouver l'air chaud et sec.

Impossible de me souvenir où j'avais garé ma voiture. J'ai erré dans le parking pendant un quart d'heure, hagarde. Exactement comme maman, quelques années plus tôt, à Las Vegas.

Sur le chemin du retour, j'ai fait comme si ce qui était en train d'arriver n'était pas en train d'arriver. J'ai jeté quelques vêtements dans une valise et je suis restée là, les yeux perdus dans le vague.

Avant de retomber malade, maman m'avait dit :

— Décroche ce diplôme, ma chérie.

Elle avait insisté pour que je retourne à l'université, ce qui me faisait l'effet d'un luxe improbable, un luxe que je ne méritais pas. Les autres étudiants avaient des familles et des boulots, ils étaient déjà écrivains ou enseignants. J'avais l'impression de venir d'une autre planète : trente-sept ans, jamais rien accompli dans la vie, aucun talent dans aucun domaine. Me replonger dans les livres ou passer tout mon temps à écrire me paraissait absurde. Peut-être que si je décrochais mon master, maman vivrait plus longtemps. Assez pour trinquer avec sa voisine Charlene ; elle porterait un toast : « Au diplôme de ma fille », fière de moi. Un diplôme de littérature ne me garantirait aucune carrière et ne me permettrait pas de trouver plus facilement du boulot, mais ça ferait de moi une travailleuse du sexe s'exprimant particulièrement bien. C'était déjà mieux que rien.

34

— Ça fait un mal de chien. Quand est-ce que tu arrives ?

La voix de maman sonnait comme si elle s'était bourré les joues de Kleenex : une voix étouffée, aux accents de renoncement. Il fallait que je la voie en tête à tête pour l'encourager à ne pas baisser les bras, mais j'étais sur l'autoroute 210, le pied sur l'accélérateur en direction du Pleasures, le seul bar topless de Pasadena.

— Bientôt, maman.

Je n'avais pas assez d'argent pour aller lui rendre visite. Merde, je n'avais même pas assez d'argent pour me nourrir. Tous mes boulots, tous mes plans s'étaient taris. Les gens avaient quitté la ville ou ils engageaient quelqu'un d'autre, moins cher. Bunny ne répondait plus au téléphone, Fred était en voyage. Le boulot semblait me fuir. À moins que j'aie bousillé mon karma. Il me restait en tout et pour tout un peu d'essence dans le réservoir et dix-huit dollars, dont dix que j'avais gaspillés en bouffe pour les chats.

— Une seconde, maman.

Je venais de repérer Pleasures, en face d'un concessionnaire auto. J'ai jeté mon téléphone sur les genoux le temps de me garer. Il était temps de se remettre au striptease, mais en années de stripteaseuse, j'étais une ancêtre. On m'avait affirmé que Pleasures ne serait pas trop regardant.

Le prix de l'essence était astronomique, il avait grimpé jusqu'à frôler les un dollar quinze le litre, or il fallait compter douze heures de route pour rallier Humboldt depuis Los Angeles. J'avais donc décidé de prendre l'avion, plus rapide. C'était nager ou couler, comme on disait, sachant que même les meilleurs nageurs finissent par se noyer. C'est la panique ou l'épuisement qui entraînent la mort, jamais le manque de technique. Le truc, c'est de rester calme et de bien respirer pour économiser ses forces.

— On se voit bientôt alors, maman.

J'ai raccroché. J'ai hissé sur mon épaule le lourd sac rose Victoria's Secret qui contenait le peu de tenues qu'il me restait et j'ai franchi une porte qu'une brique maintenait entrouverte. Il y avait toujours quelque chose de déprimant à entrer dans un stripclub alors que le beau soleil de L.A. étincelait dans le ciel. C'était comme porter une combinaison de ski sous quarante degrés ou plonger dans un jacuzzi avec un manteau de fourrure.

La chaleur me rappelait Vegas, et Vegas me rappelait le cancer. Le cancer de maman. Dans l'entrée du Pleasures, je me suis adressée à un petit gars qui faisait cuire de la viande. Plus tard, il essaierait de me vendre un exemplaire de son livre, *À l'assaut du pole.*

— Je viens pour l'audition.

Il a retourné le hamburger et attrapé une assiette blanche qu'il a posée sur le plan de travail en acier avant de couper une tranche de tomate blafarde et farineuse, d'y mettre une pincée de sel et de l'enfourner dans sa bouche. La viande grésillait. J'ai essuyé la transpiration qui perlait sur ma lèvre supérieure. Des petites gouttes de graisse éclaboussaient son avant-bras.

— Mets-toi en tenue et apporte-moi une pièce d'identité.

Le Pleasures était plus grand qu'il n'en avait l'air sur leur site Internet. La scène plantée d'une fine barre de pole dance rouillée se situait au milieu de la pièce, pas loin d'une table de billard et d'un long bar. Pour accéder à la loge, il fallait passer par la cuisine. J'ai serré mon sac rose contre ma poitrine afin de me glisser dans l'encadrement de la porte. Il a adhéré à mes bras en sueur et s'en est décollé avec un bruit humide quand je l'ai lâché sur le sol de la loge quelconque dans laquelle je venais de pénétrer. J'ai enlevé mon jean et entrevu mon corps vieux de trente-sept années, alourdi de sa graisse superflue, dans un vieux miroir piqué de taches. Ça faisait quatre ans que je n'avais pas fait de striptease. Quatre ans, et mes formes s'étaient arrondies. Mes hanches étaient enrobées dans une couche de cellulite. Voir mes défauts sous la lumière des néons m'a fait un choc. J'avais honte. Je suis péniblement rentrée dans le seul minishort à paillettes que j'avais conservé. J'avais déjà accompli ce geste un millier de fois, mais jamais après une si longue interruption. Pendant que maman rétrécissait, je m'étais empâtée. La rondeur de ma silhouette jurait avec mon état d'esprit : je me sentais acerbe, comprimée, le souffle coupé. Dans le reflet du miroir, j'étais encadrée par des gamines assez jeunes pour être mes filles.

Vexée, j'ai attrapé ma paire de talons transparents et leurs quinze centimètres de gloire puante et éraflée qui allaient m'aider à atténuer mon problème de poids.

Plus grande, on donne l'illusion d'être plus mince. Ensuite, j'ai mis un bikini rose terni qui sentait le vieux chewing-gum, emprunté à une copine.

Je n'étais pas seulement plus lourde que les deux autres danseuses, à qui leurs jambes fuselées et leurs fines chevilles conféraient un air de prêles des champs, j'étais aussi plus âgée, bien plus âgée. Peut-être frôlaient-elles les vingt-cinq ans, mais leurs fausses lunettes d'étudiantes, leurs chaussettes blanches remontées jusqu'aux genoux et leur minijupe à carreaux évoquaient les filles à peine majeures des films pornos. Rien que leurs pseudos (Hennessy, Bijou...) suintaient le sexe crado et l'interdit. L'une d'elles portait même un appareil dentaire. Elle a retroussé ses babines, dévoilant les élastiques couleur chair qui se tendaient dans son appétissante bouche humide. Là où une fille lambda aurait eu l'air repoussante en faisant ça, sur elle, c'était follement sensuel. J'avais envie de fourrer ma main tout entière dans sa bouche, juste pour qu'elle ne la referme jamais. J'ai peint mes lèvres en rose, mis du fond de teint sur mon visage pour dissimuler mes cernes. J'en ai appliqué sur les ridules creusées le long de mes tempes.

J'ai rejoint le petit gars dans un bureau, à côté d'un caisson de rangement en métal qui avait dû être récupéré lors d'un vide-grenier dans les années soixante-dix. Je lui ai tendu mon permis de conduire, il l'a photocopié.

— Si tu montes sur scène maintenant, tu pourras travailler ce soir.

Il m'a rendu mon permis, a jeté un coup d'œil à sa montre et s'est dirigé vers le bar. J'étais soulagée d'être l'une des seules filles à travailler à quatre heures de l'après-midi un lundi.

Je suis allée voir le DJ en souriant de toutes mes dents.

— Je suis Angelique.

Je me suis présentée et inscrite sur son planning, l'équivalent de la pointeuse à l'usine.

Il a hoché la tête.

— Va pour Angelique.

Et il s'est envoyé une gorgée de sa canette de Budweiser fraîche.

La cuisine du Pleasures sentait la crotte de souris et le hamburger surgelé.

La salle était déserte, je déambulais dans la pénombre, à la recherche de genoux sur lesquels me frotter. C'était comme si je n'avais jamais arrêté. Trois cents dollars et je pouvais faire ma valise dès le soir. Partir le lendemain matin. Prendre le premier vol pour San Francisco. J'ai bavardé avec un type chauve qui se faisait appeler le Vieux Joe. En buvant du whiskey pur, il m'a présenté un gars en fauteuil roulant :

— Lui, c'est Tripode.

— Pourquoi Tripode ?

— Parce qu'il a deux longs bras et une grosse gaule.

Tripode avait la polio. Je l'ai tout de suite bien aimé : il était snob, cabotin et bon vivant. Son odeur de bière de la veille était due à une beuverie qui avait commencé à Las Vegas et s'était terminée pendant mon premier passage sur la scène du Pleasures.

— Alors, Tripode, comment ça se passe ici ? j'ai demandé. Ça te plairait, une petite danse ?

— Fais ce que tu veux de moi, a-t-il répondu, un sourire en coin.

J'étais bien décidée à tirer cent dollars de Tripode.

— Passe dans mon bureau, alors.

J'ai poussé son fauteuil roulant jusqu'au salon

dédié aux lap dances. Le mobilier se résumait à des canapés criblés de vieux chewing-gums et à un tapis rouge couvert de taches d'huile. En voyant Tripode arriver parmi elles, les autres danseuses ont tordu le cou pour le dévisager. J'ai collé mes seins sur son visage en imaginant être à Humboldt, avec maman, au milieu des séquoias. Je me souvenais des étés passés ensemble, juste elle et moi, avec nos bouquins, à prendre des bains de soleil à Willow Creek, ne nous décidant à rentrer que lorsque nos ombres noires s'étiraient. Il fallait que je sois à ses côtés. Tripode allait m'y aider.

Après quelques chansons avec Tripode, je suis allée faire une pause pour compter mes billets. Je me suis planquée dans les chiottes pour échapper au boucan de la musique et décider combien de temps je devais encore rester au Pleasures. Dans la cabine d'à côté, une fille avec des chaussures à talons en plastique s'est vautrée, puis a sniffé je ne sais quoi.

— Putain, a-t-elle lâché.

Au Pleasures, les filles étaient vraiment dans un sale état. Sur la porte des chiottes était punaisée la photocopie du permis de conduire d'une danseuse, accompagnée d'une note griffonnée précisant qu'elle était morte dans un accident de voiture en état d'ivresse et qu'un service serait organisé en sa mémoire. Elle avait vingt-trois ans. J'ai observé de près ses yeux noirs et son petit nez en comptant mes billets. Ses traits étaient si flous que ça aurait pu être n'importe laquelle d'entre nous. Aucune des filles n'avait évoqué la disparue et elles se bourraient toujours autant la gueule avant de quitter le Pleasures pour rentrer chez elles en voiture.

Cent vingt dollars. Insuffisant. J'ai approché un type avec un T-shirt de Bob Dylan qui s'appelait McKenzie.

Il a titubé en se levant et s'est finalement écroulé dans la zone fumeurs. Je l'ai suivi.

— Sortons d'ici, a-t-il dit. J'ai un plan.

J'ai pensé à la douce voix de maman qui disait : « C'est à peine si je suis encore là. » Ma peau s'est mise à vibrer au rythme des basses qui cognaient. J'en avais marre, j'avais peur de ne pas réussir à rassembler l'argent nécessaire, alors s'il fallait aller plus loin, tant pis, je le ferais.

— Amène-toi, on va en parler le temps d'une danse.

J'ai tiré McKenzie vers un canapé en vinyle rouge dans lequel il s'est effondré. Il m'a tendu un billet de vingt tout froissé.

J'ai écarté ses genoux et je me suis tortillée entre ses cuisses.

— Parle-moi de l'endroit où tu veux m'emmener.

— J'ai les clés d'une école maternelle dans laquelle je fais des travaux, a-t-il bredouillé.

— Et elle est où, cette école ?

Je dansais autour de lui. Mes cheveux caressaient son visage.

— Retrouve-moi de l'autre côté de la rue, au distributeur en face. Je te filerai trois cents.

J'ai jeté un coup d'œil à la ronde, paniquée à l'idée que quelqu'un ait entendu notre discussion.

— L'école est à Glendale, à quelques kilomètres d'ici.

À ma montre, il était presque minuit.

— Encore une danse, j'ai dit.

Il fallait que je pèse le pour et le contre.

— Nan, je veux pas une autre danse.

Il m'a tendu soixante dollars.

— Retrouve-moi en face.

J'ai pris l'argent.

— Laisse-moi un quart d'heure, j'ai soufflé.

J'ai plié bagage et réglé mes frais de scène. Les décisions sur un coup de tête ne m'étaient plus si coutumières, un désespoir nouveau s'était installé dans mes os. Au volant de ma voiture, j'ai lentement traversé la rue jusqu'à un centre commercial où se trouvait en effet un distributeur de la Bank of America, et j'ai regardé à la ronde, nerveuse.

McKenzie fumait une cigarette. Il avait soudain l'air beaucoup plus sobre. Il a dégainé l'argent. J'étais près de lui, j'ai tendu la main pour prendre les billets. Il les a fait disparaître.

— Après.

Puis il a ajouté :

— Monte avec moi.

— Pas question.

Je rêvais de m'engouffrer dans la circulation en sens inverse, mais pas avant d'avoir revu ma mère.

— Suis-moi, alors.

Il a marché jusqu'à sa fourgonnette blanche. J'ai attendu de le voir passer et je l'ai suivi jusqu'à Glendale. Huit minutes de trajet. On a bifurqué dans une rue de banlieue tranquille où s'alignaient les voitures hybrides et où des fleurs de jacarandas jonchaient le bitume. Je me suis garée et j'ai surveillé la fourgonnette qui faisait son créneau devant moi.

Le conducteur est sorti de la fourgonnette blanche en me lançant un regard courroucé. Il a marché jusqu'au porche de la maison la plus proche, s'est retourné pour me toiser une dernière fois, poings sur les hanches, avant de disparaître dans la demeure en claquant la porte derrière lui. Seul hic : ce n'était pas McKenzie. Je m'étais trompée de fourgonnette. Je suis repartie avec mes cent quatre-vingts dollars du Pleasures, secouée par un fou rire au point d'en avoir mal au ventre.

Le lendemain, j'étais en train de mettre de l'eye-liner dans la loge du Pleasures quand mon téléphone a sonné. J'ai décroché.

— Qu'est-ce qui se passe ?

— Je suis à l'hôpital. C'est revenu.

Maman avait une voix d'outre-tombe.

— Qu'est-ce qu'on fait maintenant ? j'ai demandé.

Au fond de moi, quelque chose de sombre a explosé. Que tout le monde aille se faire foutre, à part ma mère.

— Ramène-moi à la maison.

35

Dans la petite ville de la côte californienne où je suis née, une tempête avait provoqué une panne d'électricité. Je roulais prudemment dans Arcata à travers la ouate formée par la brume. La visibilité était si mauvaise que je ne pouvais même pas discerner les fermes miteuses et les vaches paresseuses qui formaient habituellement mon comité d'accueil, alors j'ai regardé intensément le paysage jusqu'à deviner leur présence. La pluie claquait comme des coups de feu sur mon pare-brise, les mouettes volaient sous le déluge. J'ai songé que ces oiseaux blancs étaient peut-être, comme ceux qu'on voit sur les cartes de vœux, un bon présage, et qu'ils m'annonçaient sa guérison prochaine. Quand je suis arrivée à l'hôpital, il était à moitié plongé dans le noir à cause du générateur foireux qui l'alimentait. L'édifice était en piteux état, mal entretenu ; ça m'a mise en rogne. Sa chambre dégageait la même odeur que le Pleasures, eau de Javel et désodorisant, et il y avait un sapin de Noël rachitique avec un vague bout de guirlande dorée et des petites boules rouges qui pendaient sur ses branches. L'arbre a décuplé ma colère. Maman s'est illuminée en me voyant et m'a fait signe d'approcher.

— J'adore ta nouvelle montre, j'ai dit.
— Tu ne peux pas l'avoir.
— Pourquoi ?
— Parce que c'est la mienne, a-t-elle gloussé.
Avec la morphine, tout devenait hilarant.
Je me suis assise auprès d'elle et lui ai parlé de mes carrés au citron.
— Pas aussi bons que les tiens, ai-je conclu.
J'ai touché sa main. Elle a grimacé.
— Le moindre mouvement me fait un mal de chien.
Je me suis approchée du sapin, j'ai dégagé la guirlande déplumée et réarrangé ces boules à la con.
— C'est déjà mieux, j'ai dit.
Elle a froncé le nez. Mon beau-père Chris restait en retrait.
Elle a gémi en se redressant. À chacune de ses plaintes, mon cœur se serrait. Elle était incapable de tenir debout sans que je la soutienne. Pendant notre lente progression vers la voiture, elle m'a prise par le coude.
— Pas de couches, hein. Si je commence à me pisser dessus, tant pis. Promets-le-moi.
À la maison, sous une chaude couverture corail, dans la pièce qui lui servait autrefois de bureau, elle a passé la journée à vomir ses tripes. Son vomi orange fluo remplissait le seau que je tenais devant elle. Quand je n'étais pas en train de rincer le seau, je m'asseyais sur sa chaise de bureau et tapais sur son ordinateur.
— J'aime ce bruit, a-t-elle dit.
Chris fourrageait dans la cuisine à la recherche d'un briquet. Il est apparu sur le seuil de la porte.
— Ils lui ont donné beaucoup de morphine, a-t-il déclaré.
Je me suis dit que ça allait être à moi de trier les

photos de famille. On en avait discuté plusieurs fois au téléphone et on avait toujours remis ça à plus tard. Elle voulait feuilleter les albums une dernière fois, me révéler les secrets qu'ils renfermaient. Il y aurait des photos de péquenauds aux mains noueuses, au teint hâlé et au nez en patate. Au front aussi large que le mien. J'étais prête à l'écouter.

Chris a ouvert la fenêtre, allumé une Marlboro et s'est tourné vers le sable, l'océan, les champs. Il s'est penché dans l'air frais, ses yeux gris désemparés, puis a recraché sa fumée. Sur la table, à côté de maman, se trouvaient un verre d'eau glacée avec une paille pliée et une bougie violette dont la flamme vacillait. Ça sentait le talc pour bébé. Elle se balançait légèrement vers l'avant, comme engluée dans de la mélasse ; elle était méconnaissable.

— Y a pas moyen de la tirer de cette merde ?

Je me suis assise sur une table en face d'elle, mais elle semblait regarder à travers moi. Les albums étaient empilés par terre, ainsi que des sacs d'enveloppes pleines de photos, toutes soigneusement étiquetées et datées. J'ai pris une photo de maman en train de cueillir des fraises dans un jardin. Elle devait avoir seize ans, une bonne élève qui portait des lunettes à la monture décorée de strass. Ses cheveux châtains étaient coupés court, et ses dents blanches et régulières laissaient présager une haleine fraîche. Elle aurait pu être l'égérie d'une pub de chewing-gum. Elle se tenait près d'une barrière, une grosse fraise rouge entre les doigts.

— Regarde, maman.

Elle a observé la photo un long moment, sans reconnaître la fille qui s'y trouvait.

Maman était heureuse les mains dans la terre.

Elle adorait jardiner. J'ai passé mon enfance à cueillir des myrtilles, des petits pois, des tomates, des courgettes, des airelles. Je me rappelle les pots de confiture de mûres avec leur couvercle doré, le goût de la rhubarbe et du miel sur la glace à la vanille. Les étés s'écoulaient au milieu des arbustes, à glaner les petits pois et les baies. J'arrachais les tomates cerises de leurs grappes. Je suis tombée sur une photo de moi essuyant mes mains pleines de pépins sur mon jean. Je me revois encore croquer dans les fruits et m'en mettre plein le T-shirt.

— Ce n'est pas ma mère, ai-je affirmé en examinant ses yeux dans le vague, puis j'ai posé ma main sur la sienne.

— La douleur ne fait qu'empirer, a dit Chris.

— Ça ne peut pas continuer comme ça. Il faut qu'on parle.

Un long silence, puis :

— D'accord.

Il a soufflé un nuage de fumée, adossé au mur près de la fenêtre. On ne lui a plus donné de morphine pour le reste de la journée et la nuit qui a suivi. Ses gémissements m'ont empêchée de fermer l'œil.

Son ancien bureau n'avait pas changé : une petite pièce carrée aux murs couleur pêche, identique au rouge à lèvres que maman et moi commandions dans le catalogue Avon au début des années quatre-vingt. J'en choisissais toujours des rosés, qui portaient des noms comme « Bouchée de melon » ou « Brise sucrée ». Sur un mur était accrochée une photo de maman en tailleur marron, une écharpe en soie rayée autour du cou. Lorsque j'avais neuf ans, je restais à l'entrée de son dressing pour l'observer s'habiller avant d'aller travailler. Tout en faisant attention à ne pas rester dans ses pattes, j'étudiais sa logique mystérieuse. Son gilet en polyester taupe était parfaitement assorti à sa jupe ajustée de secrétaire. J'étais folle de ses jambes. Les miennes étaient épaisses, musculeuses, des cuissots tout juste bons à faire des claquettes, rien à voir avec ses mollets fuselés par l'équitation. Ses minces cuisses voletaient, s'étiraient, tandis qu'elle tourbillonnait devant le miroir en pied. On admirait toutes les deux ses jambes qui se tendaient, resplendissantes, dans les collants galbants de chez Hanes. Elle superposait deux rouges à lèvres, un brun et un rose, pour obtenir la bonne nuance de bronze. Je voulais avoir les lèvres de maman, alors je barbouillais ma bouche de rose, ce qui avait pour résultat de rendre mes lèvres orange. Elle pouffait : « Ça suffira comme ça », et me mettait un peu de fond de teint sur les joues avant de m'envoyer à l'école dans cet état. Je l'admirais tandis qu'elle ondulait soigneusement son épaisse chevelure pour former des vagues brunes. Ces matins-là, j'ai appris à être une fille.

Des cartes postales d'Espagne étaient punaisées sur un panneau de liège. Maman y était allée avec ses copines, et elle m'avait rapporté deux petits bols en céramique avec des fleurs bleues peintes à la main. À côté des images d'Espagne, des photos de ses chats, Willow et Sam, lézardant au milieu des plants de rhubarbe. En arrière-plan, deux chevaux racés à la robe brune ; l'un d'eux était aveugle.

De nouvelles marques avaient fait leur apparition sur la moquette foncée du bureau, là où on avait roulé la sonde d'alimentation qui bipait. Le bip était plus fort qu'un réveil, un son strident, insupportable. Le petit tube du robot pompait du liquide, entre le fuchsia et l'orange fluo, qui pénétrait dans l'estomac de ma mère par un trou rougi. Ses cils papillonnaient au-dessus de sa couverture corail, ses mains se crispaient sur sa poitrine. Elle portait son alliance. Elle portait sa montre. Elle portait des chaussettes en laine à rayures roses. Elle a voulu lire le journal, je le lui ai tendu.

Sur son ordinateur obsolète, j'avais traduit un poème finlandais qui parlait du printemps, d'une flûte mélodieuse et de l'amour. Ce n'était pas le printemps et je n'étais pas amoureuse : c'était un devoir pour la fac. Le prof nous avait envoyé des enregistrements de poèmes lus en finlandais qui tournaient autour de l'idée de *se réveiller la tête pleine de rêves*.

Réveillée, elle a demandé :

— Tu pourrais me donner à boire ?

J'ai tenu devant elle un verre de lait avec une paille assez longue pour qu'elle puisse boire sans effort. Je l'ai dépliée au maximum et me suis assurée que le lait ne lui coulait pas sous le menton. Ça l'aurait agacée, elle la maniaque. Peine perdue, ça a dégouliné, je l'ai tamponnée avec une serviette en papier.

Son visage était strié de veines en toile d'araignée, plus que dans mon souvenir. Ses cheveux avaient repoussé, gris et clairsemés. Ses jambes galbées s'étaient ratatinées jusqu'à ressembler à des cure-dents. J'ai tenu le verre bleu devant sa bouche, elle a bu le lait à petites gorgées.

— J'ai trop chaud.

Elle a repoussé l'édredon et vomi du lait caillé blanchâtre sur les draps. J'ai attrapé d'autres serviettes en papier. Passé un gant de toilette sous l'eau chaude du robinet avant de le poser sur son front. Ses cheveux étaient trempés de sueur. La fièvre était de retour. Sur le bureau s'entassaient des factures, de la paperasse. En bonne secrétaire juridique, elle avait l'habitude de ranger minutieusement ses papiers ; désormais, tout était en désordre. Le brouillard a voilé le soleil de l'après-midi. J'ai ouvert la fenêtre.

Elle était en nage. Les yeux à nouveau lucides, attentifs.

— Je suis en train de mourir.

— Je sais.

J'avais envie de pleurer, mais je me suis contentée de m'asseoir, raide comme un séquoia.

Le lendemain après-midi, pendant qu'elle dormait, je me suis faufilée dans la cuisine, j'ai ouvert le frigo, je me suis jetée sur un pot de crème fraîche allégée et m'en suis gavée avec les doigts jusqu'à ce que ma bouche déborde de mousse blanche zéro calorie. Je l'ai fait descendre avec un demi-paquet de pépites de chocolat. Puis je me suis attaquée à la tarte à la citrouille, encore dans son emballage. Je déteste la tarte à la citrouille. J'en ai englouti trois parts en quatre minutes. Je me sentais répugnante.

Je suis retournée dans le bureau où maman s'était assoupie et j'ai fait coulisser la fenêtre pour aérer la pièce jusqu'à ce qu'elle se plaigne du froid. Je me suis occupée des jonquilles que Charlene, la voisine, avait apportées, et j'ai changé les draps en espérant qu'elle ne remarquerait pas qu'elle avait pissé au lit. Je lui ai posé un nouveau gant de toilette, froid cette fois, sur le front.

— Est-ce que je me suis oubliée ? a-t-elle demandé d'un ton qui sonnait comme une accusation.

Elle a insisté.

— Réponds-moi.

Je voulais lui mentir, mais ses tristes yeux gris me connaissaient trop bien. Je lui ai lavé les cheveux dans l'évier de la cuisine avec du shampoing parfumé à la vanille. Malgré l'eau brûlante, elle n'arrêtait pas de frissonner. Dehors, ses chevaux renâclaient et frappaient la boue à coups de sabot.

J'ai enroulé une serviette sèche autour de sa tête, comme un turban, et je l'ai guidée jusqu'à son lit en tenant sa main osseuse.

— J'aimerais rester ta meilleure amie encore longtemps, a-t-elle dit.

— Moi aussi.

— Tu m'as promis.

Elle me rappelait notre accord, comme si je pouvais l'oublier. Je m'en sentais incapable. Je ne savais rien de la mort, seulement ce que j'en avais vu à la télé : le méchant se pliait en deux, touché par un coup de feu en plein dans le buffet, et esquissait quelques pas de danse au ralenti avant de s'effondrer lentement dans une mare de faux sang. On en était loin.

— Je ne veux pas mourir.

— Peut-être que tu ne mourras pas, maman. Peut-être que tu guériras.

Je lui ai dégainé mon plus beau sourire et me suis forcée à plonger mes yeux dans les siens, nimbés d'une solitude sans fond. J'ai réprimé mon chagrin, le gardant sous cloche pour un moment plus propice, où je serais capable de ressentir quelque chose. Je lui ai séché les cheveux. Elle s'est assise.

— Fais-le, mais sans me prévenir. Je veux m'endormir et ne plus jamais me réveiller.

— Chris est au courant ?

— On en a parlé.

Elle a repris :

— Je veux être incinérée. Note-le.

J'ai écrit sous sa dictée : vases en verre bleu roi, serviettes violettes et bleues. Iris, lys, carrés au citron, thé. Brownies aux pépites de chocolat. Face à la baie de Humboldt, dans l'après-midi.

— Laisse-moi dresser la liste des invités.

Je lui ai tendu le stylo et, de son écriture léchée d'assistante juridique, elle a couché les noms des amis à inviter et les titres des chansons à passer. En bas de la page, elle a écrit : « Sa force, c'était son cœur ». C'était une battante. Elle avait rédigé plus d'un discours. Elle avait su garder le contrôle de son chaos. Mon enfance avait été bien ordonnée, mes vêtements coordonnés. Maman m'avait appris l'équation simple de l'amour et de l'ordre, mais l'ordre n'avait plus cours, désormais.

J'ai tourné en rond pendant des heures, les yeux dans le vague. Chris m'a trouvée dans la cuisine, les flacons de morphine à la main.

— Tu es sûre de toi ?

Il fumait une Marlboro et a plissé les yeux, vidé, épuisé, en feuilletant un guide du Costa Rica.

— On avait prévu d'y aller dès qu'elle se sentirait mieux, a-t-il précisé.

On aurait dit qu'il n'avait pas dormi depuis des années.

— Est-ce qu'on a assez de morphine à la maison ?

— Assez pour tuer dix chevaux, oui. On ne pourra plus faire marche arrière une fois que ce sera lancé.

— Et si on se fait prendre ?

— J'ai parlé à son médecin, il ne fera pas d'autopsie, m'a-t-il répondu. Je n'en peux plus. On en a déjà discuté. Je vais tout perdre…

J'avais des fourmis dans les mollets. J'entendais sa voix dans l'autre pièce. Je pouvais entendre sa douleur empirer. La sentir éclipser toute la maison. Je restais silencieuse, mais ses gémissements devenaient de plus en plus forts. Elle était trop fière pour être maintenue en vie dans une flaque de pisse orange. Putain d'arnaque.

— Ça passera par la sonde d'alimentation. Directement dans son sang, m'a-t-il expliqué entre deux bouffées de cigarette. Faut appuyer là.

La seringue était grosse et transparente.

— Je ne veux pas en arriver à la détester.

Comment avait-il pu tenir aussi longtemps ? Il avait posé des semaines de congés pour l'accompagner lors des opérations et des traitements à San Francisco. Des semaines à entrer et sortir des hôpitaux pour s'asseoir à son chevet.

On est entrés dans la pièce où maman dormait. J'ai vidé une seringue dans la sonde d'alimentation, puis une deuxième, et il a posé sa main sur la mienne. Je n'ai pas croisé son regard. Mon autre main tenait celle de ma mère, repliée sur son ventre. Cette fois, elle n'a pas grimacé à mon contact.

Le bureau a semblé se rapetisser sous la chaleur de nos corps attendant la mort. Un moment s'est écoulé sans qu'il se passe quoi que ce soit. Chris a injecté une autre seringue dans la sonde. Et une autre, et encore une autre, si bien que nous avons vidé plusieurs flacons. On a scruté ses paupières, guetté sa respiration, mais son souffle continuait à soulever sa poitrine. Je lui ai fait écouter de la musique douce, pour qu'elle puisse se laisser aller, s'abandonner dans une des chansons qu'elle appréciait. Ça a duré longtemps.

À trois heures du matin, mon beau-père a dit :

— Si elle n'arrête pas de respirer, on lui mettra un oreiller sur le visage.

— Je ne peux pas.

— Elle mourra dans nos bras.

Je suis sortie de la pièce et me suis effondrée sur

le canapé marron où se devinait encore l'empreinte de son corps.

L'horloge indiquait 4:12 quand j'ai entendu mon beau-père dire :

— Elle ne respire plus.

Il s'est tordu les mains, a tourné en rond devant la cheminée, puis il est descendu dans la chambre à coucher qu'ils avaient partagée pendant dix-huit ans. J'avais besoin de voir une dernière fois les jambes de maman. Dans la pièce froide, j'ai remarqué qu'il lui avait ôté son alliance. J'ai passé la main sur ses pieds. Elle portait toujours ses chaussettes à rayures roses. J'ai posé ma main sur ses cuisses raidies et je les ai embrassées.

Elle était blanche comme le brouillard d'Arcata.

J'avais toujours pensé que je pousserais un hurlement et qu'il y aurait du sang partout. Qu'un éclair frapperait dans un grand fracas de cymbales. Que je lancerais une bouteille sur la fenêtre et qu'il pleuvrait des éclats de verre. Je me tordrais de douleur par terre, je courrais nue jusqu'à l'océan et je me jetterais dans l'eau glacée. Mais rien de tout ça n'est arrivé. Au contraire.

La mort ressemble plutôt à l'océan, rebattu, froid, écrasant.

J'ai emprunté le camion de Chris. J'avais besoin de sortir, de rouler, d'être seule ; je ne savais pas de quoi j'avais besoin, je n'en avais pas la moindre idée, mais je voulais maman.

J'ai fait demi-tour en coupant une ligne continue. C'est là que je me suis fait pincer.

Après le départ du flic, je me suis assise sur un rocher humide et j'ai attendu que l'océan me montre à quoi je ressemblerais sans ma mère. Allais-je me mettre à claudiquer ? Allais-je fondre en larmes ? Allais-je avoir l'impression d'être amputée des bras ? J'ai agité les bras en l'air. Non, rien n'avait changé, si ce n'est ce silence accablant qui m'enveloppait comme la brume. Pourtant, il m'en faudra, des années, avant de parvenir à digérer l'idée même de t'avoir perdue.

CINQUIÈME PARTIE

« Tire-moi de là. »

36

De retour dans mon appartement de L.A., je fouillais les vieux albums photos de maman à la recherche d'un souvenir joyeux à substituer à l'image d'elle vomissant son lait ou agonisant dans ses draps trempés d'urine. L'un des albums datait des années soixante-dix. Intitulé « Les étapes importantes de la vie de bébé : de la naissance à sept ans », il était seulement à moitié rempli de photos. L'autre moitié contenait des gribouillis d'enfant. Elle avait tout découpé, scotché et collé avec sa légendaire minutie. Elle avait même enroulé, de façon un peu sinistre, une mèche de mes cheveux blonds décolorés sur une page où elle avait noté : « Première coupe de cheveux ». De son écriture posée de secrétaire, elle avait aussi listé des remarques sur ma personnalité naissante, du genre : « Antonia est déjà très sournoise ».

À l'évidence, j'étais née sournoise, puisqu'on le relève déjà à mes six mois. Qu'est-ce que j'essayais de faire de sournois, à six mois ? Arnaquer ma peluche Piggy la cochonne ? Que pouvais-je désirer au point d'essayer de berner ma mère pour l'obtenir ?

Plus loin, à l'encre bleue, elle avait consigné mon poids, ma taille, et les vaccins que les médecins me faisaient chaque trimestre. Elle avait déchiré et collé un carré miteux de ma couverture beige de bébé. Elle avait inscrit ma glace préférée (au chocolat) ou mon premier mot (dada). Elle précisait que je ne pleurais pas beaucoup, même quand elle s'attendait que je le fasse, comme chez le médecin ou au cours de longs trajets. À six mois, j'avais déjà une mentalité de soldat, prête à encaisser des émotions fortes.

D'après ce qu'elle avait écrit, il avait fallu attendre neuf longs mois pour que je l'appelle enfin « maman ». Ailleurs, elle raconte que j'ai « pleuré très fort quand on m'a giflée ».

Au bout d'un an, elle a cessé de tout archiver. S'ensuivent des pages blanches, comme si j'avais disparu. La réalité, c'est qu'elle avait sûrement dû reprendre son travail à plein temps. Elle était assistante juridique et engagée dans trois associations féminines au moins : elle avait autre chose à faire.

Maman avait conservé, glissés entre les pages de l'album photos, mes bulletins de maternelle et de mes deux premières années d'école primaire. Mes répugnants cheveux de bébé se sont éparpillés un peu partout. En relisant les bulletins, j'ai découvert un autre trait de ma personnalité : ma faible estime de moi-même. Une bonne sœur avait écrit que j'avais « besoin d'être encouragée » et qu'il fallait que je « prenne confiance » en moi. Les maths me faisaient pleurer, mais c'était la religion qui me rendait le plus perplexe. L'essentiel de mon éducation, à cet âge, consistait à chanter des chansons sur le sang du Christ. Je tapais dans les mains en répétant en boucle des phrases sur les agneaux, le sang et les traîtres. J'aimais la messe, le bleu et le violet des vitraux, les bancs cirés en bois foncé. L'endroit était ensoleillé, apaisant. Parfois, l'homme en blanc qui brandissait une coupe m'effrayait un peu. En vérité, on n'était même pas catholiques. On fréquentait de temps en temps une église baptiste glaciale et remplie de personnes âgées, histoire d'être à la page des fêtes les plus importantes du calendrier. Je fréquentais les colonies de vacances chrétiennes ; avec les autres enfants, j'y fabriquais des structures bancales à l'aide de fils de laine et de bâtonnets de sucette. C'est là que j'ai embrassé mon premier garçon, un rouquin plus âgé que moi prénommé Roger.

Un autre album était consacré aux vacances qu'on avait passées à Hawaï, quand j'avais douze ans. Ce n'était pas seulement des vacances, puisque à l'époque, mon beau gosse de grand frère travaillait là-bas comme cuistot. Il y était très heureux, et avait été ravi de nous voir tous débarquer : tantes, oncles, et mes belles cousines, toutes pom-pom girls et major de promo. Le clan au grand complet. Des années plus tard, il est devenu accro à la drogue et a fini par passer le plus clair de son existence derrière les barreaux, ou dans un van avec sa petite fille. Un soir, à Hawaï, pendant que les adultes étaient en train de boire dans la maison de location, je m'étais éclipsée en douce. L'idée était de retrouver un gars du coin, un surfeur blond que j'avais rencontré sur la plage, pour aller lui rouler des pelles.

Je m'étais faufilée dehors, seule, et j'avais été étonnée de le trouver assis sur un rocher sous les étoiles, pieds nus, exactement là où il avait dit qu'il m'attendrait. Je n'avais aucune idée de son âge. La veille, il avait donné un cours de surf à mon frère. Je l'avais embrassé pendant un long moment, sans savoir ce qui était censé se passer ensuite. J'avais pris peur, alors j'étais rentrée en quatrième vitesse à la maison où toute ma famille roupillait.

Enfin, la photo que je cherchais. Maman, magnifique, bronzée, se prélasse sur un transat, elle lit sous un chapeau de paille bleu, ses grosses lunettes de soleil sur le bout du nez. Ses jambes sont fuselées, toniques. Je voudrais être aussi belle et intelligente qu'elle. Je suis frappée par ses traits : sa mâchoire solide, ses dents rectilignes, son nez droit. On se ressemble. Nos longs bras, nos mains fines. Notre pâle peau d'Irlandaise nuancée par les tons cuivrés des Algonquins bronze facilement. Je n'ai pas la chance d'avoir ses jambes. Mais j'ai ses yeux.

Sur les photos d'Hawaï, de face, je ressemble beaucoup à maman, à une différence près : je souris pour masquer mon malaise. Elle, elle sourit quand tout va bien.

37

De retour au Pleasures, j'ai agrippé la barre, je me suis hissée la tête en bas, croisant au passage mes yeux gris-bleu dans le miroir. Ils ressemblaient certes à ceux de ma mère, mais les miens bouillaient de rage. Je me consumais de chagrin. Jamais je ne reverrais ses jambes. Sa voix tournait en boucle dans ma tête. Elle était toujours présente, derrière la musique du stripclub, me défiant de continuer à vivre sans elle. J'ai lancé mon soutien-gorge sur scène avec l'envie d'envoyer se faire foutre la terre entière.

Au loin, je ne décelais qu'un vague amas de têtes, de cous et d'épaules d'hommes affalés dans leur siège comme s'ils avaient pris racine depuis des semaines, à siffler des pintes en nous matant. Leurs visages vaincus m'apaisaient. J'ai respiré l'odeur nauséabonde de détergent mêlée à la pêche des lotions Victoria's Secret, et je me suis laissée glisser vers le sol sur mes talons aiguilles noirs, avec l'impression d'être en équilibre sur deux pointes de stylos-billes. Tandis que je me dirigeais vers les rares clients, le tapis rouge crasseux semblait flotter sous mes pieds. L'endroit était mort, mais malgré toute la colère que je pouvais ressentir, je m'y sentais chez moi.

C'est là que je l'ai surpris en train de me regarder. Un gosse, pâle et grassouillet, vêtu d'un short beige et d'un ample T-shirt blanc. Il n'avait pas l'air assez âgé pour avoir le droit d'être au Pleasures – fausse pièce d'identité ? Il buvait un liquide clair accompagné de glaçons et m'a expliqué qu'il venait de Long Beach.

— Comment t'es arrivé ici ?

— Par le train.

Il m'a montré des photos de ses deux chats, m'a parlé du petit copain de sa mère, de leurs disputes, des joints qu'ils fumaient ensemble.

— Où est ton père ?

— Ici, à Pasadena.

Il a dit s'appeler Shawn et, éméché, a passé un bras autour de mes épaules. Sur scène, une Asiatique avec des cuissardes à talons et de fausses lunettes de vue tournoyait sur « Bold as Love » de Jimi Hendrix. J'admirais son habileté à pivoter autour de la barre. Mes cuisses collaient au siège. Je me suis rapprochée de lui et j'ai croisé les jambes.

— Je suis puceau, a-t-il confessé.

— Impossible.

J'ai serré son genou. Je le croyais.

— Non, vraiment, je le suis.

Il s'était enquillé trois vodka tonic. J'imaginais qu'il les avait commandées parce que ça lui avait semblé viril, ça sonnait comme ce que boirait Alec Baldwin dans une comédie romantique.

— Tu pourrais me montrer ? m'a-t-il demandé. Je paierai.

— D'accord.

C'était sorti de ma bouche malgré moi. Quelques danses et quelques verres plus tard, Shawn était saoul. Je lui ai donné mon numéro pour qu'on organise un rendez-vous. Il a proposé qu'on se retrouve chez moi pour que je lui apprenne à embrasser et à baiser. Il paierait pour la leçon. Ça ne représentait pas une grosse somme, mais ce n'était pas seulement une question d'argent. Il était question de vaisselle à rincer, de poubelles à sortir. D'une enfance passée à fouiller dans le sac à main de maman et à mâcher des tablettes rouges de chewing-gums Dentyne en chantant à tue-tête sur « The Tide is High » à la radio. Il était question de traverser le dernier hôpital pendant une coupure de courant, en quête de draps secs et d'une serviette chaude, exaspérée de devoir attendre. Allez tous vous faire foutre, j'ai pensé, bras croisés.

Maman m'avait inculqué que je pouvais faire ce que je voulais de mon corps. « Ne te sens jamais obligée d'avoir des enfants », me répétait-elle entre deux bouffées de menthols More, à attendre que le feu passe au vert pour démarrer. Je me demandais si elle s'était sentie prise au piège, ou contrainte, de m'avoir eue. Elle ne m'avait pas élevée pour que je vende mon corps, mais elle ne m'avait pas non plus élevée pour que je ne le fasse pas.

Shawn s'est pointé avec son vélo qu'il a monté dans mon escalier et posé contre le mur à l'étage. Il m'a tendu une enveloppe blanche fermée. Je l'ai déchirée, j'ai recompté les billets rigides. Trois cents dollars. Je me sentais bête dans ma robe à cerises : j'aurais dû mettre quelque chose de plus sévère, de plus autoritaire. Je l'ai allongé sur mon canapé et l'ai embrassé avec la langue.

— Comme ça, j'ai dit.

Les Black Keys jouaient en sourdine sur la radio nationale. J'ai enlevé mon soutien-gorge et fait glisser ses mains sur mes hanches nues. Je l'ai embrassé pendant trois chansons précisément, puis je l'ai entraîné dans ma chambre où brûlaient des petites bougies chauffe-plat blanches. J'ai déchiré l'emballage d'une capote et lui ai montré comment l'enfiler en faisant tout de même attention à ne pas trop ressembler à une hôtesse de l'air expliquant comment mettre un gilet de sauvetage. Il était allongé sur mes draps blancs immaculés, semblables à ceux du lit d'hôpital de ma mère quand elle a décidé, tremblante, qu'elle ne mettrait plus jamais de couches. J'ai baisé Shawn pour enfin ressentir quelque chose, et je me suis sentie foutue.

Cet après-midi-là, un énorme oiseau de paradis s'est posé devant ma fenêtre, me rappelant le gros plant de rhubarbe de maman. Elle avait beau le couper, il n'arrêtait pas d'envahir les fraises. Rien ne parvenait à stopper ses fleurs hérissées de violet et d'orange qui se courbaient vers le soleil de l'après-midi, avides de lumière.

Shawn n'a pas réussi à venir. Trop nerveux. La peur de la chair, spongieuse, trop frontale.

— C'est pas grave, l'ai-je rassuré, et je me suis servie de ma bouche et de ma main pour le stimuler jusqu'à ce qu'il soit dur à nouveau.

Il est finalement parvenu à jouir avec une main sur sa queue et l'autre sur mon ventre. Après quelques minutes, je me suis relevée pour aller lui chercher une serviette blanche, concluant ainsi notre première leçon.

— Je te ferai un CD avec de la musique que t'aimes, a-t-il dit.

Une étreinte maladroite plus tard, il était parti. J'ai fermé ma porte à clé et monté le volume de la radio. Fort. PJ Harvey chantait, *Little fish, big fish, swimming in the water*, et je songeais à nous toutes qui dansions dans les miroirs troubles et lézardés du Pleasures, filles de mères qui nous avaient appris comment un soutif à armatures pouvait maintenir notre 95C, comment enfiler nos bas résille de manière que la couture remonte sur nos cuisses – et comment sourire alors qu'on était désespérément tristes.

38

Pasadena avait une telle peur des tétons que cette phobie a fini par entraîner la fermeture du Pleasures pendant que j'y travaillais. D'abord, on nous a obligées à nous couvrir les tétons en permanence : on découpait des cœurs dans du papier peint fleuri qu'on se collait sur le bout des seins avant de monter sur scène. Deux semaines plus tard a été mise en place la règle de la ligne rouge : il nous était interdit d'être seins nus au-delà d'une certaine limite, matérialisée par une bande de scotch rouge, qui marquait la distance légale entre nos tétons et les clients assis devant nous. Pour finir, on nous a interdit d'enlever le haut dans le club, ce qui, techniquement, faisait du Pleasures un anti stripclub. Les Marines, les dealeurs et autres membres de la faune noctambule n'avaient plus le droit de profiter de leur bière, de leur table de billard, de leur steak trop cuit et de leur danse sexy dans un même lieu. Pour ça, il leur fallait désormais pousser jusqu'à Vegas.

Le temps que la ville de Pasadena remporte la guerre des tétons, maman était morte depuis plusieurs mois, et j'étais complètement paumée.

— Tu veux que je te refile certains clients de mes

massages sensuels ? m'a offert Kara. Ça reste le boulot le plus rentable.

Depuis la disparition de maman, j'étais incapable de me ressaisir et de passer la moindre audition dans un club. Mes migraines étaient plus carabinées que jamais. Je n'arrivais pas à me rappeler de racheter du dentifrice, et me l'écrire sur la main au feutre noir ne changeait rien. Même mes chaussettes étaient dépareillées. Kara m'a montré comment mettre en ligne des petites annonces et m'a donné de l'huile de coco. On a commencé à caler des rendez-vous.

Après Dennis et Steve, j'ai eu un rencard avec un dénommé Joe, qui voulait que l'on se retrouve dans le hall d'entrée de l'hôtel Little Tokyo. J'avais besoin de fric pour le loyer, pour mes chats, et d'un peu d'argent de poche.

— Ça te dirait qu'on se retrouve d'abord dans le hall pour boire un verre ? m'avait proposé Joe.

Kara m'avait briefée : toujours rester agréable, ne jamais paraître désespérée.

— Bien sûr. Je porterai une robe noire et une veste.

À 21 h 20, je me suis garée sur le parking et je suis entrée dans le hall de l'hôtel. J'avais envoyé une photo de moi à Joe par e-mail, il n'a eu aucun problème à me reconnaître. Un grand Latino, la trentaine, veste de motard noire, m'a fait signe. Sur sa table, une bouteille de bière et une coupelle de petits pois au wasabi. Il a tendu ses doigts épais pour en attraper deux qu'il a fourrés dans sa bouche.

— Vous en voulez une ?

Il a fait tournoyer le fond de sa Beck's avant d'en avaler la dernière gorgée.

— Non, merci.

Tout, chez Joe, était épais.

— Je suis marié, et il a levé sa main de géant pour exhiber son alliance.

J'ai haussé les épaules :

— Beaucoup de gens le sont.

— On pourrait se voir régulièrement.

— Super.

Son téléphone était posé devant lui sur la table. Il y a jeté un œil. J'ai fait de même.

— Vous faites dans le fétichisme ? a-t-il demandé.

— J'ai des clients qui aiment. J'ai pas mal de matos : corde, menottes, pinces à tétons, plug anal gonflable, tout ce que vous voulez.

S'il aimait les trucs bizarres, j'aurais aimé qu'il me prévienne au téléphone.

— Je ne veux rien dans mon cul.

C'était censé me faire rire, alors j'ai gloussé, regrettant d'avoir appelé Joe deux fois pour confirmer – chose que je ne faisais jamais normalement. Ne jamais pourchasser le client : c'est à lui de le faire.

— C'est noté, rien dans votre cul.

J'ai balayé la salle du regard à la recherche de l'heure, mais je n'ai rien vu. Mon téléphone était au fond de mon sac à main. J'avais probablement affaire à un de ces types vexés à l'idée de devoir payer pour sauter une femme, alors il voulait non seulement me baiser, mais aussi faire son malin. Une perte de temps.

— Alors, tu vas me faire un massage ?

— Mmhmm.

— Et tu vas me faire une branlette ?

— Ouais.

— J'ai deux cents pour toi, mais j'en ai plus, si tu le mérites.

— Okay.

Plus, ça voulait dire plus de temps, ce qui signifiait

qu'il allait falloir qu'on passe la seconde pour que je puisse me caler un autre rendez-vous en ville.

— Et si nous partions d'ici ? j'ai demandé.

— Faisons ça.

Dehors, sur le parking, deux types glandouillaient devant un van. Un chauve et un petit frisé à lunettes.

— Ces gars veulent te parler, a dit Joe.

— Quoi ?

Le chauve m'a ordonné de me retourner, il m'a menottée puis poussée à l'arrière du van.

— Sérieusement ?

— Tout ce qu'il y a de plus sérieux, m'a-t-il répondu en me montrant le badge épinglé sur sa poitrine.

39

— T'es une prostituée ? m'a demandé une belle Latina avec une queue de cheval.

Ses yeux bruns brillaient dans la morosité de la petite cellule de détention provisoire. Elle me rappelait les filles avec lesquelles j'avais fait du striptease à San Francisco, lorsque j'étais une lesbienne féministe au crâne rasé, un anneau dans le nez, prête à renverser le patriarcat avec ma rage moralisatrice barbante. Elle devait avoir à peine dix-huit ans.

— J'ai l'air d'une prostituée ?

J'étais assise sur un banc en métal, coincée entre deux autres femmes, coude à coude.

— Il y a cinq Noires, une Hispanique et toi. Donc t'es une prostituée.

Elle a pivoté, s'est hissée à la bordure de la fenêtre pour jeter un œil dehors, puis est revenue vers moi. J'ai acquiescé.

— Pourquoi tu te prostitues ?

Sa voix n'était qu'un murmure. Je me suis mordu les lèvres. J'ai relevé les yeux vers elle.

— Bonne question.

La féministe Andrea Dworkin m'aurait accusée d'avoir été conditionnée par le patriarcat et d'avoir succombé à la violence faite aux femmes. Sauf que je ne m'étais jamais considérée comme une prostituée.

Jusqu'à maintenant.

Je n'avais jamais été une tapineuse, ni même une call girl ; je n'avais jamais bossé pour une agence ou une matrone. J'avais fait un choix, quand j'avais une vingtaine d'années. À l'inverse de beaucoup de jeunes femmes, je n'avais pas été enrôlée de force par un maquereau. Ma famille ne m'avait pas vendue comme esclave sexuelle. J'avais choisi de baiser une fois ou deux contre de l'argent, mais j'avais aussi décidé d'arrêter. Je me cantonnais aux branlettes. Alors non, je ne croyais pas mériter cette étiquette. Travailleuse du sexe, oui. Prostituée, non.

Y avait-il une différence ? Je me souviens d'avoir songé : et si je fume du crack deux ou trois fois, est-ce que cela fait de moi une camée ? Les toxicos étaient prisonniers de leur addiction. Je n'étais pas prisonnière.

Jusqu'à maintenant.

La fille paraissait désolée pour moi, presque dégoûtée. Elle a haussé les épaules et tourné la tête.

Un lourd bourdonnement a retenti. La porte s'est ouverte. Une femme baraquée coiffée d'une longue tresse est entrée et a serré ma magnifique codétenue latina dans ses bras. Elles se sont embrassées, l'ambiance de la cellule a commencé à se réchauffer. Les amoureuses avaient été impliquées dans une bagarre au bar et étaient couvertes de gaz poivré.

Ma gorge s'est mise à me démanger. Les autres femmes ont eu des quintes de toux, elles ont dû placer leur tête entre les genoux pour respirer. Une fille bourrée s'est accroupie au-dessus des chiottes et a balancé une serviette hygiénique à travers la cellule. Elle a éclaté de rire en la voyant s'écraser contre le mur et glisser jusqu'au sol.

Les filles noires qui avaient été arrêtées pour prostitution m'ont conseillé de faire une demande de libération sur parole : vu que c'était la première fois que j'étais arrêtée, je pourrais sans doute être libérée sans caution. Elles paraissaient à l'aise, connaissaient les ficelles, maîtrisaient les procédures. L'une d'elles a passé un coup de fil pour moi afin de se renseigner sur ma libération.

— Tu devrais pas être ici, m'a-t-elle assuré. Ils risquent de te garder tout le week-end.

Elle a posé sa tête sur mes genoux et s'est endormie.

Des heures plus tard, on a été escortées à l'étage où on nous a demandé de nous aligner contre le mur sous la lumière jaunâtre. On nous a distribué des couvertures rêches comme des serpillières. La gardienne m'a confisqué mes bas noirs et les a fourrés dans une poche en plastique, pour éviter que je me pende avec. J'ai été emmenée dans une nouvelle cellule. Une femme dormait sur la couchette du bas. Ses chaussures de stripteaseuse transparentes, identiques à celles que je portais quand je dansais, étaient posées sur le sol, à ses pieds.

J'ai grimpé jusqu'à la couchette du haut. Sur le mur, quelqu'un avait griffonné : « Je t'aime, maman ».

Merde. Il avait évidemment fallu que j'hérite de la cellule avec un « Je t'aime, maman » tracé au vernis à paillettes. Je n'aurais pas pu avoir celle avec « papa », plutôt ? Ou juste un nom de mac à la con, « J'aime Rico, mon gros chéri pour toute la vie » ? Non, raté, c'était maman, et je n'avais pas d'autre solution que de rester coincée là à penser à elle. J'avais envie de revoir ma mère. Cela faisait un an qu'elle était morte.

La seule lumière provenait d'une fente qui ressemblait à celle d'une boîte aux lettres et éclairait le centre de la cellule. Tout ce que j'apercevais, c'était un téléphone à pièces et des femmes qui faisaient la queue pour aller se doucher. Un haut-parleur égrenait les noms convoqués au tribunal, sans que le mien soit jamais cité. Je captais d'autres bruits : des cris, des bourdonnements, des quintes de toux, des néons qui s'allumaient ou s'éteignaient. Impossible de fermer l'œil. J'ai bondi jusqu'à la porte. J'ai tambouriné dessus. J'ai trouvé un bouton au-dessus des toilettes, j'ai appuyé mon poing dessus, hors d'haleine.

— Je suppose que toi aussi, tu vas rester tout le week-end, a lancé ma compagne de cellule depuis sa couchette.

— Non.

Je me suis effondrée près de ses chaussures de stripteaseuse sales, honteuse de ce que j'étais devenue. Prisonnière.

40

— Arrêtez de sonner ou je vous abandonne là tout le week-end ! a aboyé une gardienne dans le haut-parleur.

Je me suis allongée sur le dos. Les minutes devenaient des heures. Je me suis concentrée sur le message inscrit au mur. Le mot « maman » m'a laissé un arrière-goût de cendres et de vanille dans la bouche, ainsi que l'envie de l'appeler. Qui allais-je appeler ? Ma respiration était heurtée. Malgré l'arrière-goût, j'ai articulé les mots du mur sur un ton de prière. Incapable de dormir, je sentais le parfum de sueur vanillée des aisselles de ma veste, résurgence lointaine du riz au lait de maman qui me hantait.

Le petit-déjeuner nous est parvenu par la fente de la boîte aux lettres, comme on nourrirait un chien errant. C'est en tout cas ce que j'ai ressenti quand j'ai grignoté les boulettes de chair à saucisse avant de m'endormir un peu, enroulée dans ma veste. Mes rêves de répondeur téléphonique étaient revenus. La voix de ma mère qui me demandait de faire un détour : « Tu as pris le mauvais virage, ma chérie. Tourne à gauche à la prochaine. Tu as vu la taille de ces courges-spaghettis ? »

La femme en dessous de moi s'est agitée en marmonnant :

— Merde. Merde.

J'ai doucement sombré. Mes chats n'allaient pas être nourris. Ma voiture allait finir à la fourrière. Je n'allais pas pouvoir payer mon loyer à temps. J'étais en cage.

J'ai pensé à mon frère Alan qui, à force de menus larcins, avait multiplié les allées et venues en prison. On lui écrivait des lettres quand il était à San Quentin. Lorsqu'il était derrière les barreaux, il passait des diplômes, faisait la cuisine et jouait les pompiers. Maman lui envoyait des colis avec des chaussettes et de l'argent pour les cigarettes, mais elle était tout de même triste et déçue par lui.

Je n'avais pas envie de la décevoir, mais je savais que ç'aurait été le cas. J'étais au point de bascule que j'avais toujours redouté, le moment où ma vie risquait de partir en vrille. Une série de mauvais choix jusqu'à finir perdue et ne plus jamais reprendre pied. Derrière les barreaux, je n'étais même plus humaine ; plus bas qu'un animal, parce que les animaux mangeaient, buvaient, dormaient et chiaient. Je n'avais rien fait de tout ça.

Au bout de quelques heures, on a été conduites dans une autre cellule munie de bancs en ciment. La gardienne a désigné une femme arrêtée pour avoir fumé de l'herbe dans sa voiture :

— Vous avez de la visite.

Puis elle s'est tournée vers moi.

— Vous aussi.

— Quoi ?

Je ne comprenais rien.

Agacée, la gardienne m'a lancé un regard sévère avant de répéter lentement, comme si j'étais attardée :

— Vous-avez-de-la-visite.

J'ai emboîté le pas à l'autre femme et j'ai fait la queue. Quand je suis arrivée à la lucarne du parloir, je me suis trouvée face à Kara. J'ai posé ma main sur la sienne, de l'autre côté du verre, et j'ai éclaté en sanglots.

— Je vais te sortir de là, a-t-elle dit.

Ma bouche était si desséchée que je n'arrivais pas à prononcer la moindre syllabe.

— Tu mérites pas d'être ici.

Elle a gloussé gentiment. Secoué la tête.

— Tu es la plus innocente des prostituées.

J'ai fini par articuler :

— Je croyais qu'ils t'avaient eue, toi aussi…

On m'a raccompagnée dans la cellule en ciment avec les autres, et j'ai tiré sur moi la couverture rêche en attendant que la nuit tombe. Une fille s'était évanouie sur le sol, mais la plupart des autres femmes étaient assises sur les bancs en ciment glacés, jambes repliées contre elles, à attendre.

J'ai dû m'assoupir, parce que brusquement, la gardienne a crié :

— Toi, c'est bon : sur parole.

J'étais poisseuse, j'empestais, je crevais de faim, j'étais exténuée, j'avais honte, mais je savais ce que ça signifiait. J'étais libre.

Mes chats affamés m'ont accueillie en miaulant. J'ai retiré toutes les annonces de massage sensuel que j'avais mises en ligne. T-Mobile, mon opérateur, menaçait de me couper le téléphone si je ne leur réglais pas deux cents dollars dans les vingt-quatre heures. J'étais trop effrayée, encore sous le choc, pour oser caler des rendez-vous avec des clients. Mon appartement était sens dessus dessous. J'avais reçu des e-mails vexés du client que j'aurais dû rencontrer plus tard ce soir-là, un financier de Palm Beach. Kara était tout aussi tétanisée que moi. On avait fait un paquet de séances de massage ensemble sans se méfier des flics. On pensait qu'il y avait assez de crimes violents à Los Angeles pour les occuper. Erreur. M'est revenu en mémoire un junkie des AA, braqueur de banques dans sa jeunesse, qui m'avait confié qu'une fois qu'on s'était fait arrêter, on l'était sans cesse. Je ne pouvais pas briser le cœur de ma mère comme l'avait fait mon frère. Mon frangin, assez idiot pour braquer notre boutique de beignets préférée, le Fresh Freeze, où on venait, gamins, sur nos vélos, s'asseoir à l'une des tables de pique-nique et boire des milk-shakes au chocolat en grignotant des sandwichs au poisson bourrés de mayo. Il avait pris trois ans ferme. Je refusais de gâcher ma vie avec un délit de prostitution dans mon casier judiciaire. Je ne pouvais pas lui faire ça, à elle. Même morte.

Pourtant, une fois encore, c'était bien la tribu des travailleuses du sexe qui m'avait aidée à m'en tirer en prenant soin de moi, et en m'expliquant quels coups de fil passer. Ce sont elles qui m'ont appris que je pouvais être libérée sur parole et que ce n'était pas normal que je me retrouve sous les verrous, absolument pas normal.

41

Je partais en morceaux, et ma vieille Nova merdique m'imitait. Elle m'a définitivement plantée devant le Cheetahs, sur Hollywood Boulevard, où je me faisais une centaine de dollars par soirée au milieu de stripteaseuses branchées à la dégaine punk. La crise économique prenait de l'ampleur et les choses allaient de mal en pis, je pouvais le deviner au regard las des clients du bar. Ils tétaient leur Budweiser pendant des plombes, le menton posé sur le poing, le regard perdu vers les matchs des Lakers diffusés sur l'écran installé au-dessus des bornes d'arcade Pac-Man. La tension financière rendait les filles grincheuses. Elles passaient de table en table en roulant des mécaniques et se défiaient du regard quand elles s'attaquaient aux rares clients présents. Il y avait Larry, qui ne payait jamais pour une danse privée à moins qu'il ne tombe amoureux de la fille et tente de la saouler : si elle lui promettait de sortir avec lui, il était capable de lui lâcher six cents dollars dans la soirée. On croisait aussi ce voyou russe qui n'aimait que les jeunettes maigrichonnes, blondes et sans poitrine. En tant que rousse mastoc couverte de tatouages, je n'avais pas la moindre chance, surtout que je ne buvais pas. Bref, la fréquentation était en berne, mais il fallait malgré tout être en tenue – c'est-à-dire en sous-vêtements – dans la salle à sept heures pétantes. Une fille élancée, le crâne barré par une crête, a quitté sa partie de cartes pour venir presser sa joue contre le torse velu de notre manager d'étage.

— On crève la dalle, Vinny. Tu veux pas nous commander une pizza ?

Il a grommelé quelque chose à propos de sangsues et s'est éloigné. Le sourire hollywoodien de la fille s'est fissuré de désespoir. Elle s'est cramponnée au sac à main Hello Kitty qui renfermait sa coke.

Le Cheetahs avait beau être le reflet de ma hideuse solitude, je ne trouvais pas la force de m'en éloigner. Pour vingt-cinq dollars, j'étais capable de dire n'importe quoi. Je ne vendais pas simplement des danses privées, je les faisais fondre en vendant ma solitude : je faisais des promesses en l'air, je leur donnais mon numéro de téléphone, je leur jurais que je les retrouverais pour dîner, jouer au tennis, filer à Vegas ou s'envoler au Mexique.

— Si tu ne m'épouses pas, je te tuerai, m'a lancé un mec un soir.

Je lui ai assuré que je me marierais avec lui.

Faire du striptease n'était pas seulement compliqué émotionnellement.

À Los Angeles, la règle qui séparait alcool et contact physique posait problème. Les lois locales et nationales concernant la nudité et le contact dans les clubs changeaient régulièrement. Désormais, quand il y avait de l'alcool, il était interdit de toucher. Lorsque Willy Brown était maire de San Francisco, dans les années quatre-vingt-dix, l'argent de la bulle Internet coulait à flots. On payait nos droits de scène et les lap dances avec contact étaient autorisées. Mais à L.A., les bars topless n'étaient même plus topless. Toucher était devenu un délit, et les proprios avaient peur de perdre leur licence.

Ce qui explique pourquoi j'avais été convoquée dans le bureau du manager.

— Pourquoi tu les laisses te toucher ? m'a demandé Vinny en pointant son écran de surveillance. Comment tu sais que ce gars n'est pas un flic sous couverture ? Tu veux qu'ils fassent une descente ? Si tu veux te faire toucher, t'as qu'à aller bosser au Bunny Ranch, à Vegas.

Mon genou avait frotté l'intérieur de la cuisse d'un client. Je l'avais laissé mettre sa main sur mes hanches. Mes cheveux lui caressaient le visage. Mes lèvres avaient touché son cou. Mes jours étaient comptés.

J'ai reçu un message de Christine, une copine qui dansait à La Nouvelle-Orléans : « Tu devrais venir au Visions. C'est cool ici. »

Il aura suffi d'un texto pour me tirer des griffes de Los Angeles : j'ai acheté un aller simple pour filer là où l'on pourrait me tripoter sans que je me fasse virer.

Sur-le chemin de l'aéroport, je réécoutais les vieux messages vocaux de maman, encore et encore : « Il faut que tu décroches ton diplôme. Reste à l'université. Si j'avais ton âge et que je n'étais pas mariée, je passerais mon temps à la fac. »

Je pouvais continuer de faire mes devoirs depuis La Nouvelle-Orléans. Le truc bien avec l'écriture, c'est qu'on peut la pratiquer n'importe où.

42

Lorsque vous tombez, il faut bien échouer quelque part – de préférence seins à l'air dans un endroit mal éclairé où il pleut des billets verts, où le contact physique est autorisé lors des danses, où les lois sont lâches et le tourisme florissant. Pour résumer : ce n'était pas à Bourbon Street que je risquais d'être arrêtée à cause d'un numéro sein nu.

J'ai pris l'avion pour La Nouvelle-Orléans avec douze dollars en poche.

— La température est de trente-trois degrés et le taux d'humidité de 90 %, a annoncé l'hôtesse de l'air.

Les autres voyageurs ont pesté, mais moi, j'étais prête à me laisser étreindre par la touffeur du Sud. À la sortie de l'aéroport, la chaleur m'a frappée de plein fouet. La Nouvelle-Orléans est une chatte trempée qui vous colle au visage, imprègne votre peau et s'y cramponne toute la nuit.

— Au Visions, j'ai indiqué au conducteur.

Au même titre que les coiffeurs et autres garants des règles occultes de La Nouvelle-Orléans, le chauffeur de taxi savait parfaitement où aller.

Le Visions se situait à vingt minutes de l'aéroport, loin de la frénésie de Bourbon Street. Au bout de Downman Road, on ne trouvait rien d'autre qu'un Domino's Pizza, un magasin d'alcool fermé et une voie ferrée. Aucun panneau publicitaire n'annonçait le Visions, juste une pancarte sur le bâtiment : « Visions : là où se retrouvent les gens du coin. »

De l'extérieur, le Visions ressemblait à un fast-food qui aurait cramé. Un grillage métallique tâchait de contenir les mauvaises herbes et le lierre, mais la végétation passait à travers et colonisait le gravier. Sur le pare-chocs d'un camion stationné dans le parking, un autocollant proclamait : « La Nouvelle-Orléans : fier de nager dans mon jardin. »

Je suis descendue du taxi avec ma valise à roulettes, mon sac de sport et mon ordinateur, déjà dégoulinante de sueur. De grands chênes s'élançaient vers le ciel et projetaient leur ombre déformée de l'autre côté de la rue. L'averse s'est soudain arrêtée, autorisant le soleil à percer les nuages. J'ai monté une volée de marches en ciment et je suis entrée. L'endroit était aussi sombre que l'enfer : un donjon empestant la clope qui promettait des araignées, des nichons et de la bière.

Ma copine Christine ne travaillait pas ce soir-là, je n'avais donc personne pour faire les présentations. Elle m'avait dit de m'adresser au manager de nuit, Rick. Un type bien, d'après elle.

— Je cherche Rick, je suis ici pour une audition, ai-je annoncé à un boiteux à la grosse tête blafarde.

Il a croisé les bras et fixé ma valise.

— Il est pas là. En plus, on est vendredi, tu peux pas monter sur scène ce soir.

J'ai compris que je n'allais pas me faire engager : trop vieille, trop grosse, trop tatouée. Il a pourtant semblé hésiter :

— Attends au bar.

J'ai traîné mes bagages jusqu'à un tabouret et j'ai aperçu les filles de l'équipe de jour passer le relais à celles de la nuit.

Dans la pénombre, assaillie par la température tropicale, je retrouvais un univers familier : un lieu enfumé où se planquaient les solitaires et où des filles coriaces trémoussaient leur cul. J'ai composé le numéro de maman pour entendre sa voix sur son répondeur et me porter chance, mais le club était trop bruyant. J'ai à peine distingué son bonjour enjoué. Les filles qui dansaient seins nus sur le bar portaient des strings qui se résumaient à deux bouts de ficelle stratégiquement placés. Leurs cuisses charnues se tortillaient au rythme de « Can't Say No » de Jimmie Vaughan. S'ils s'asseyaient au bar, les clients avaient obligation de boire un coup et de donner des pourboires aux filles, c'était la règle ; sinon, on leur demandait de partir. Une voix masculine préenregistrée le répétait chaque minute pour décourager les squatteurs.

J'ai été soulagée de remarquer l'hétérogénéité des silhouettes et l'habituel regard morne des filles qui voltigeaient sur leurs talons en plastique. C'étaient de vraies filles, avec des hanches arrondies, des vergetures, des dents de traviole, et pourtant leurs jarretières débordaient de billets verts. Elles se faisaient du fric. J'espérais pouvoir les imiter.

Une heure s'est écoulée. Mon vol m'avait fatiguée. Ma tenue n'avait rien de sexy et je n'avais nulle part où aller. Christine était partie à un festival de jazz, impossible de la joindre.

Le boiteux arpentait le club le sourire aux lèvres. Les mecs comme lui avaient le pouvoir de vie ou de mort sur les jolies filles qui les rejetaient à l'époque du lycée. Les gérants de stripclub étaient toujours des caricatures ; pour ma part, je me sentais comme une version fanée, exsangue, de moi-même.

Rick a fini par montrer le bout de son nez. Il respirait cette lassitude que seuls les gars dont les journées commencent et se terminent dans les clubs de striptease connaissent. Il m'a fait signe d'entrer dans un bureau de la taille d'une baignoire où se tenaient les deux managers, dans le noir.

— Comment t'as entendu parler du Visions ? s'est renseigné Rick.

Il manipulait une de ces machines à compter les billets de banque. Elle s'arrêtait à chaque centaine. Aussi bruyante qu'un sèche-cheveux.

— C'est Christine qui m'en a parlé.

— Fais voir ton corps.

J'ai soulevé mon T-shirt, ôté mon soutif, baissé mon jean jusqu'aux chevilles. Il a passé une main dans ses cheveux sales et grisonnants, et de l'autre, il a attrapé mon cul et en a pincé le lard. Il y avait de quoi faire.

— T'as des tatouages ailleurs, ou seulement sur les bras ?

— Seulement sur les bras.

— T'as besoin de filles pour la journée ? a demandé Rick au boiteux.

— Nan.

Le boiteux rangeait des papiers. Ses yeux brillaient dans le noir. La machine crachait des billets et de petits chiffres rouges lumineux affichaient le décompte. Le clac-clac de talons en plastique a annoncé l'arrivée d'une stripteaseuse blonde, cigarette au bec. Mes yeux me piquaient.

— Essaie dans le centre. Va à Bourbon Street, a-t-il ajouté.

Ils prenaient un malin plaisir à leur petit numéro de

bizutage, ils étaient ravis de me foutre dehors. Le gentil Rick a serré une bande élastique autour d'une liasse de billets. J'ai soulevé mes seins pour les coller l'un contre l'autre et incliné la tête sur le côté, l'air implorant. Il fallait que je les convainque de mes aptitudes à gagner du blé. Un seul créneau de nuit m'aurait suffi à faire mes preuves, mais j'aurais pu arriver tout droit du manoir Playboy après avoir sucé Hugh Hefner, ils ne voulaient pas de moi au Visions. J'ai remonté mon jean et rattaché mon soutif. Le boiteux s'est esclaffé en secouant la tête. Rick a jeté un coup d'œil à sa montre. Mon audition était terminée.

— Attends une petite heure. Si on a besoin de filles, tu pourras rester, a dit Rick.

J'ai tiré ma valise dans la loge parmi les filles nues qui jacassaient dans leur téléphone, claquaient les portes métalliques de leur casier, se tartinaient de mascara et se grillaient une énième clope. Une fille bourrée avec une frange noire à la Cléopâtre s'est effondrée sur le sol. Ses yeux roulaient dans ses orbites.

— Mon frère est mort… Est-ce que mon frère est mort ?

Une rousse menue avec une minijupe à carreaux l'a attrapée par la taille.

— Tu devrais rentrer chez toi, ma belle, répétait-elle à la fille qui tentait de se relever mais retombait immanquablement sur le sol.

Rick est apparu et s'est approché d'elle :

— Rhabille-toi. Tu rentres chez toi.

Il a sorti de sa poche un coupe-boulon et a ouvert son casier.

— Mon frère. Il est mort ?

Elle s'est adossée au mur sans prêter attention aux

autres. La fille à la minijupe à carreaux a levé les yeux vers moi.

— Passe-moi ses affaires.

Je me suis approchée du casier numéro 29 et j'ai réuni ses effets.

Les stripteaseuses sont liées par une solidarité tacite. Peu importe ce qui se passe, si une danseuse a des ennuis, les autres filles lui donnent un coup de main, ou au moins, elles regardent ailleurs, selon la situation.

On l'a habillée puis on a commandé un taxi. Les autres stripteaseuses sont retournées à leurs rituels vaudous – paillettes, lotion pour le corps, gloss. J'ai rangé mon sac dans le casier 29 et j'ai su que j'avais retrouvé ma tribu : une association de femmes-pirates qui se comprenaient entre elles. On avait toutes le même objectif. En cas de coup dur, c'était nous contre le reste du monde. Rick a rangé le coupe-boulon dans sa poche arrière et s'est tourné vers moi :

— Bienvenue au Visions.

Un cow-boy m'a soupesée de la tête aux pieds comme si j'étais du bétail.

— T'as quel âge, ma beauté ?

— Combien tu penses que j'ai ?

Il a pris ma mâchoire dans sa main rugueuse et l'a fait pivoter pour observer mon profil.

— Eh ben, t'as pas dix-neuf ans.

Il a croisé les bras sur sa bedaine qui a rebondi quand il a ri :

— La plupart des filles ici ont vingt-trois ans.

Il a braqué ses yeux sur moi, à la recherche d'un indice pour confirmer mon statut de stripteaseuse de l'âge de la pierre.

— Et la plupart des filles te mentent, j'ai répliqué.

La majorité d'entre elles dansaient suspendues à une barre depuis dix ans, avaient un mari ou un petit ami, et trois mioches à la maison avec la baby-sitter. Elles avaient arrêté l'école au collège, avaient les traits ravinés et les dents de travers. Cela résumait bien la raison pour laquelle j'aimais Visions : c'était la crème épaisse des stripclubs, et je m'y sentais comme un poisson dans l'eau. Tant que je planquais mes tatouages et que je la bouclais sur mes études supérieures, je passais pour une fille de la campagne.

Le cow-boy a descendu sa Bud Light et a louché sur moi à travers la fumée. J'étais à deux doigts d'être jugée grabataire. Je lui ai quand même souri, parce que après plusieurs verres, il s'en foutrait. Il me demanderait quelques danses et je repartirais avec une poignée de billets de vingt.

— T'as raison de penser que j'ai pas dix-neuf ans, ai-je continué en sirotant mon Coca Light. Je viens de fêter mes trente-trois ans, autant dire que j'approche à grands pas de ma maturité sexuelle. Tu devrais investir sur moi maintenant, tant que t'en as encore l'occasion.

Et je me suis collé une claque sur le cul pour ponctuer ma phrase. J'avais bien besoin de cinq cents dollars.

Et toi, t'as quel âge ? La stigmatisation de l'âge ne s'appliquait jamais aux hommes – ce qui me donnait envie de lui vider mon Coca sur son entrejambe plutôt que de m'y frotter. Je me suis rapprochée des volutes exhalées par son cigare pour étudier son visage. Il aurait pu avoir entre quarante et cinquante-cinq ans. Les hommes du Sud vieillissent plus vite que les Californiens. Ils se gavent de poisson-chat en friture, de pralines, et préfèrent aller pêcher plutôt que de s'inscrire dans une salle de sport. Ils fument clope sur clope, ce qui ajoute encore des rides à leurs traits adipeux. Moi, il suffit que je regarde un biscuit pour que mes cuisses se dilatent, que je sente le parfum d'un cupcake pour prendre un centimètre de tour de taille. La prochaine fois, je veux me réincarner en un homme grand et dégingandé, sec comme une trique. Maman, experte en pâtisserie, m'a appris à vénérer le sucre. Je l'ai suppliée de lécher les plats des cookies qu'elle préparait dès que j'ai pu parler. Je n'arrivais pas à ingurgiter autant de sucre que je l'aurais voulu.

Lorsque son corps s'est mis à fondre à cause de son premier cancer, j'ai commencé à faire du tapis de course. C'était devenu l'endroit où ma rage pouvait marteler le sol sans blesser personne. Je courais pour fuir le cancer.

— T'as combien de gamins ? a sondé le cow-boy.

— Zéro.

J'ai secoué la tête. Au Visions, le temps s'écoulait mollement, on aurait dit du beurre de cacahuète. Je jouais les décontractées alors que je comptais mentalement les chansons en attendant le moment stratégique pour faire des affaires. Il était encore trop tôt.

J'attendais qu'il ait vidé sa deuxième Bud Light. Zoey était sur scène. Une blonde pas bien grosse avec des couettes, des chaussettes remontées jusqu'aux genoux et une jupe blanche. Elle dansait sur du Bonnie Raitt. Contrairement aux clubs de Bourbon Street qui abusaient des conneries entraînantes du Top 50, comme les Kings of Leon et cette Lady Gaga à la con, au Visions, on avait le droit de danser sur ce qu'on voulait, on avait le droit d'oser. Je m'étais déjà effeuillée sur tout ce qui existait, de Skinny Puppy à Ike Turner.

Le cow-boy a englouti sa dernière gorgée.

— T'aimes les chips Zapp ?

— Pourquoi ? Tu trouves que je sens l'oignon ?

Il a gloussé. Son bras s'est enroulé autour de mes hanches.

— Je crois que c'est ton jour de chance, a-t-il dit.

Tu m'étonnes. Vu la richesse de notre conversation et le fait que je n'avais pas de fusil à portée de main pour le faire taire, c'était notre jour de chance à tous les deux.

J'ai jeté un regard à la ronde. À côté des machines pour jouer au poker, squattées par deux types qui fumaient comme des pompiers, se dressait le distributeur, illuminé de jaune et de vert.

— Je crois qu'ils vendent cette marque au distributeur. T'en veux ? j'ai proposé.

— Pas besoin. T'as devant toi le fondateur des chips Zapp, s'est-il rengorgé en bombant le torse, fier comme un paon.

— C'est pas vrai, ai-je souri en me retenant de lui fracasser sa bouteille de bière sur le crâne. Eh bien, Mister Zapp, faisons plus ample connaissance.

J'ai fait un geste en direction des salons VIP. J'allais enfin pouvoir me faire un peu de beurre.

— Je viens juste de me marier, et j'aime la chatte ! a-t-il lancé.

Puis le paon m'a suivie dans la pièce où je l'ai chevauché en lui collant mes tétons sur le visage comme si je lui fourrais des M&M's dans la bouche.

— Tu devrais emménager dans ma caravane.

J'ai étudié cette proposition, visualisant une caravane sordide avec des rideaux vichy aux fenêtres, au beau milieu des marais.

— Y a le wi-fi dans ta caravane ?

Christine me laissait dormir chez elle, dans la chambre qu'elle louait à Algiers Point, à la barmaid rousse d'un célèbre débit de boissons de Bourbon

Street. Elle m'avait présentée à la famille de la rousse, j'avais fini par louer l'endroit à la semaine pendant qu'elle logeait chez son copain, dans les quartiers résidentiels. Non seulement sa piaule avait le wi-fi, mais elle possédait aussi une Chi-Machine : un engin en plastique qui se branchait dans le mur et me massait les chevilles. Maman aurait adoré la Chi-Machine. C'était hypnotique, relaxant, et ça me soulageait les lombaires. Mon corps se complaisait peut-être dans le gras, mais, comme toute athlète proche de la retraite, je m'étais mise à suivre un régime strict et un programme d'exercices précis : je soulevais des poids et vidais des sacs et des sacs de sel d'Epsom, tout en me privant de sucre. J'ai imaginé Mister Zapp se pointant pour réclamer son dû en échange du loyer de la caravane.

— Non, merci, j'ai déjà un logement.

Je me tenais sur le canapé en vinyle rouge gluant perforé de trous causés par les talons aiguilles, ma chatte à quelques centimètres du nez du cow-boy. Sa solitude se heurtait à la mienne. Ça me rendait malade et en même temps, ça me paraissait être la meilleure chose du monde.

Mister Zapp a été le premier d'une longue série de nababs du Sud à me parler de son boulot et de ses parties de golf, à me triturer les tétons, à essayer de fourrer ses doigts dans ma chatte et à claquer des centaines de dollars pour mon corps. Chaque soir, au Visions, j'amassais entre trois cents et mille dollars. Plus mes danses devenaient entreprenantes, plus mes limites s'étiolaient. Je persuadais les clients que je croyais en ce que je faisais, que j'étais investie, accessible. En vérité, c'était le cas. Cette partie de moi qui les autorisait à être épris de ma personne pour vingt minutes ou une heure était joyeuse et libre. Parfois, je les laissais se complaire dans le trou béant que maman avait laissé en moi. Mais dès qu'ils avaient quitté le Visions, je les effaçais de ma mémoire en appelant mon répondeur pour écouter sa voix réconfortante : « Ils essaient de me tuer. Il faut que je sorte d'ici. Tire-moi de là. »

Dans le quartier d'Algiers, je courais sur la digue, celle qui n'avait pas été détruite par l'ouragan Katrina, au son des cigales qui craquetaient au bord du fleuve. L'humidité était chaude et étouffante. Je ne courais plus aussi vite, mais, en nage, je couvais des yeux les bateaux qui glissaient sur le Mississippi en sachant combien maman aurait adoré la vue.

43

À cinq heures de l'après-midi, quand j'ai ouvert le casier 29, il faisait une chaleur assommante. Je me suis débarrassée de mon jean rendu collant par la transpiration et l'ai troqué contre une jupe bleu clair qui ressemblait plus à un vieux napperon effiloché. Je me suis approchée du grand ventilateur en métal qui soufflait sa poussière sur mon visage moite. C'était ma troisième nuit consécutive au Visions. Surexploitées, mes cuisses étaient carbonisées. À quarante ans, mes jours de stripteaseuse étaient comptés – et ce depuis une bonne décennie. Pourtant, je me faisais plus de fric que jamais. J'étais la Brett Favre du striptease : comme le célèbre quarterback, j'étais tiraillée par l'âge et les blessures mais je refusais de raccrocher les crampons. Pour moi, le vent pourrait vite tourner.

Le « coaltar de la stripteaseuse » ressemble à une gueule de bois sans drogue ni alcool. Les quelques heures de sommeil que vous réussissez à vous accorder ne vous reposent pas : dormir de quatre heures du matin à midi n'a aucun effet réparateur. En découlent un corps courbatu, une nuque raide et un mal de tête qu'aucune quantité d'ibuprofène ou de café ne peut apaiser. Les jours que je passais dans le coaltar de la stripteaseuse, j'étais debout jusqu'au lever du soleil. Une fois rentrée, je tirais les rideaux pour compter mon fric en mettant l'argent destiné au loyer et aux factures dans des poches plastique que je planquais dans un compartiment secret de ma valise. Je prenais une douche pour calmer la tension, puis j'écrasais comme après une soirée de beuverie. Je ne prenais plus de Xanax pour mieux dormir, même si j'en avais envie. Quand je me réveillais, la lumière était si vive que j'avais peur que mes yeux s'embrasent. Les migraines m'assaillaient quand j'étais crevée – soit de plus en plus fréquemment. Mes seins étaient meurtris à force d'être malaxés, j'étais obligée de les enduire d'une pommade homéopathique très grasse jusqu'à ce qu'ils collent à mon T-shirt. La crème réduisait les bleus et soignait les mamelons irrités par les moustaches et les barbes. Mon entrejambe était brûlé d'être quotidiennement rasé.

Je mettais plus de temps qu'avant à récupérer. Le coaltar de la stripteaseuse nécessitait repos et réhydratation ; des litres d'eau et des milliers de milligrammes de vitamines C. Je m'immergeais dans des bains au sel d'Epsom jusqu'à ce que l'eau soit froide, soulagée par un cocktail de Coca Light, Red Bull sans sucre et Excedrin. Mes genoux étaient couverts de bleus de la taille d'un jeton de poker, résultat des huit heures par jour passées à ramper sur une scène en bois. Le mal de dos ne me laissait plus tranquille ; pas étonnant quand il faut, du haut de talons de quinze centimètres, s'arc-bouter d'un mouvement qui n'a rien de naturel pour que des étudiants d'une quelconque fraternité d'Alabama puissent claquer des billets verts dans ma jarretière. Je pliais mes hanches en avant, et après des heures de danse, me pencher devenait un supplice. Après, le simple fait de m'asseoir devenait un supplice. Et pour finir, même m'allonger pour dormir s'avérait pénible.

Pourtant, si j'arrêtais, le striptease me manquerait. Alors quelques heures plus tard, je retournerais au Visions sur la banquette arrière d'un taxi, direction Downman Road, même si tourner la tête me faisait un mal de chien, même si une douleur lancinante me tiraillait de l'épaule au coude à force de me balancer, une barre au bout du bras. Je m'achèterais un grand café frappé au Café Beignet, poserais mon gros sac de sport rose sur mes genoux en me demandant combien de temps encore j'allais pouvoir tenir.

Le temps d'arriver au Visions, le soleil était bas dans le ciel et la chaleur avait collé mon T-shirt à mon ventre en sueur. Dans la loge, j'ai fait une toilette rapide avec des lingettes pour bébé et, comme j'avais oublié ma serviette, j'ai tiré des serviettes en papier râpeuses du distributeur au-dessus du lavabo pour me sécher.

— Hé mais qui voilà, cette salope avec sa drôle de coupe de cheveux !

Chloe, une stripteaseuse du coin avec sa clope dans une main et sa bière dans l'autre, a claqué la porte de son casier à côté de moi. Entre son accent louisianais et son taux d'alcoolémie, je comprenais à peine ce qu'elle racontait mais j'étais toujours heureuse de la retrouver. Elle avait des jambes arquées et une jolie gueule, avec des pommettes bien dessinées et un sourire moqueur.

— Comment ça se passe aujourd'hui ? j'ai demandé.

— Je sais pas trop quoi penser de ce luau. Ils sont tous complètement bourrés mais ils lâchent pas un rond.

— Pire public possible.

Elle a marmonné quelque chose avant de regagner la

salle. L'été, La Nouvelle-Orléans était une ville morte. Sans compter que c'était la saison des ouragans. Alors pour aider les affaires, le Visions accueillait un luau, un festin hawaïen.

Je me suis glissé dans les cheveux une barrette ornée de fleurs turquoise, prête à jeter mes jambes par-dessus ma tête et à me trémousser pendant les sept prochaines heures. Le Visions avait une réputation douteuse, mais c'était de loin mon club préféré. Mon refuge, testé et approuvé. On n'attendait pas de moi que je touche une bite ou que les clients me le demandent, même si le grand public croit toujours que c'est la norme. Le Visions était un bar à nichons réservé aux gens du coin, et son côté sordide jouait en notre faveur. Je suis entrée dans l'arène d'un pas assuré, comme si j'étais la fière propriétaire des lieux. Mais Chloe a accidentellement renversé sa bière sur moi et je suis redevenue cette « salope avec sa drôle de coupe de cheveux » au milieu du porc effiloché, des dés de fromage et du jambalaya disposés dans des plateaux sur les tables de billard, comme pour un buffet, à l'occasion du luau.

Les trois barmans s'affairaient. L'endroit était bondé de mecs de la région qui buvaient un truc rose dégueulasse avec du rhum à moitié prix, ce qui expliquait pourquoi mes chaussures collaient au sol. J'ai happé trois raisins violets en regardant deux clients qui avalaient des dés de fromage sur une serviette en papier devant leur machine à sous. Je suis allée saluer Eddie, mon DJ préféré, qui était toujours en train d'arrêter de fumer. Il jouait « Just Like Putty » de Jimmie Vaughan et mâchonnait du chewing-gum.

— T'as encore arrêté de fumer ?

— Et comment… Encore trois filles et c'est ton tour, Candy.

— Je suis d'humeur Black Keys et Led Zeppelin, j'ai dit en jaugeant la foule à la recherche de potentiels fans de rock.

Il savait que ça signifiait que je voulais « Lies » et « Whole Lotta Love ». Pendant les sept minutes que durait ma prestation, les fans de Led Zeppelin se sont rapprochés de la scène et m'ont balancé des dollars en secouant la tête en rythme. La scène était lisse, mes talons réduits à deux stylos-billes. Un grand échalas blanc avec une casquette de base-ball s'est approché. J'avais remarqué qu'il préférait les nanas plus âgées comme Promise, une Noire bien roulée qui était à l'école d'infirmières et ne portait pas de maquillage, ou Marianne, une grande brune mince avec une crinière de sirène et trois gosses. Promise l'infirmière a froncé les sourcils quand le type m'a abordée, mais je lui ai décoché un grand sourire. J'avais bien compris qu'il fallait marcher sur des œufs avec les filles du cru, la jouer fine et leur filer des coups de main de temps en temps. Sans ça, elles auraient pu me mettre des bâtons dans les roues en racontant des saloperies sur moi aux clients. Je les avais vues éviter les étrangères et je me considérais comme chanceuse d'être passée sous leur radar. La direction m'avait d'ailleurs informée que je ne pouvais pas travailler le jeudi soir, parce que seules les filles du cru étaient programmées ce soir-là.

Sur scène, j'ai gardé les yeux braqués sur le grand échalas à casquette. Son visage rayonnait. Ses petits yeux bleus me reluquaient derrière ses verres en culs de bouteille. Je me suis baissée pour ramasser des dollars en plaçant mes pieds de chaque côté de sa tête, mes talons sur ses épaules, puis j'ai poussé mon bassin vers le plafond. Trop exténuée pour faire d'autres tours de barre, je me suis mise à quatre pattes sur la scène. J'ai entrevu les écrans au-dessus du bar et constaté que les Saints, l'équipe de foot locale, avaient repris l'avantage, ce qui rendait extatiques les clients du Visions. L'atmosphère était à l'euphorie. Les Saints se surpassaient, je tâchais de me montrer à la hauteur. Un élancement dans la nuque m'a fait grimacer : mieux valait que je me balance autour de la barre et que je m'envole la tête en bas, c'était plus facile dans mon état. Sur scène, je ressentais toujours cette bouffée de bonheur, couplée à un soulagement monumental, en prenant conscience que les hommes me désiraient. Certes, c'était totalement puéril, ce n'était même pas le monde réel, mais c'était le monde dans lequel je passais le plus de temps.

Après mon show, j'ai foncé dans le bureau des managers pour gober trois Advil avant d'exécuter les danses requises sur le bar.

Une grande blonde tout en rondeurs, avec une fleur noire dans les cheveux et une chemise blanche d'homme trop grande pour elle, dansait toujours sur du Michael Jackson ou du Madonna. Elle avait une expression sournoise et des jambes à se damner. Elle faisait ce truc avec ses seins où, en contractant ses pectoraux, elle arrivait à les secouer indépendamment l'un de l'autre. Je l'ai suivie le long du bar où on était censées danser devant chaque mec, ce qui pouvait prendre vingt-cinq minutes. Si chacun d'eux lâchait un ou deux dollars, on pouvait gagner quatre-vingts dollars en un rien de temps. J'aimais me servir de mon passage sur scène pour harponner les mecs, les amadouer afin de les persuader de raquer pour une lap dance privée. Ce soir-là, j'étais agacée de devoir suivre la blonde. Elle était saoule. Elle s'accroupissait devant tous les mecs, leur taillait une bavette. Elle y passait des plombes. Et elle faisait son truc avec les nichons. Elle m'énervait, il fallait que je trouve un moyen de lui faire accélérer la cadence.

J'ai tendu le bras et caressé son sein de ma main droite en souriant au gars devant elle.

— Je t'ai jamais embrassée, m'a-t-elle dit, désarçonnée, sans plus se soucier des clients.

Je l'ai embrassée pendant un moment, avec la langue et tout. L'alcool lui donnait un goût sucré surprenant. Les clients assis au bar nous ont gardées pendant plusieurs chansons. Puis on est passées aux suivants et on a réitéré notre numéro de roulage de pelles.

La blonde savait y faire. Ça faisait un bail que personne ne m'avait embrassée. Je n'avais jamais percuté à quel point j'étais désespérément seule. Dévastée, et éperdument seule. J'aurais embrassé un alligator. La blonde a désigné les gars devant nous :

— Pas avec eux. C'est des ploucs.

J'ai fait confiance à son intuition et je me suis mise à danser pour eux, j'ai attrapé les barres au-dessus de moi pour garder l'équilibre et j'ai tournoyé, cambrée, offerte, le cul dressé. Pliée en deux, j'arrivais à toucher le bar avec mes paumes. Une main a touché mon mollet. Dans quelles autres circonstances pourrais-je me faire cinq ou six cents dollars un vendredi soir, ailleurs qu'ici ? Où des inconnus me diraient que j'étais intelligente et merveilleuse, ailleurs qu'ici ? Comment pourrais-je ne pas pratiquer le striptease ?

La Nouvelle-Orléans m'a appris comment appréhender la mort. Lors du Mardi gras, les habitants de la ville font de la mort une parade, ils tapent dans les mains, dansent sauvagement dans les rues, couverts de perles et de plumes. J'avais besoin de sauter dans les bras de la mort pour célébrer le cycle de la vie. J'ai sillonné des cimetières et déposé une offrande (un flacon de vernis à paillettes) sur la tombe de Marie Laveau[1]. J'avais besoin d'un miracle pour reprendre pied, alors j'ai marché parmi les morts, les ossements blanchis des *hillbillies* dans le carré des indigents. À La Nouvelle-Orléans, la mort était un spectacle élaboré qui incitait les gens à souffler dans des cuivres et à se dandiner. Les fanfares et les Indiens de Mardi gras envahissaient les rues. J'ai plongé tête la première dans la cohue.

En ce Mardi gras, La Nouvelle-Orléans était grise, le temps couvert. Je me suis rendue à pied dans le Vieux Carré français pour rejoindre mes amis qui, eux, étaient des habitués de la fête. À trois heures de l'après-midi, entre les fanfares et les milliers de gens bourrés affublés de chapeaux festifs, les rues étaient déjà noires de monde. On criait du haut des balcons, on se jetait des perles vertes, violettes et dorées qui scintillaient. La foule était immense, on y décelait seulement les stands de hot-dogs, ainsi que des policiers à cheval qui vadrouillaient en tentant de garder un œil sur la nuée. Mais ce n'était qu'une façade : l'ordre n'a pas sa place ce jour-là, le jour où tout devient possible. Les perles jonchaient l'asphalte de Bourbon Street et s'accumulaient dans les flaques boueuses devant le Bruiser, où je travaillerais bientôt.

1. Marie Laveau (1801-1881), surnommée la « Voodoo Queen », était une voyante et prêtresse vaudoue créole. Son immense renommée a perduré après sa mort, en Louisiane et dans tout le pays. Sa tombe, au cimetière Saint-Louis, est devenue un lieu de pèlerinage, notamment lors des festivités du Mardi gras.

Je me suis abandonnée à la foule. J'ai plongé et me suis laissé porter par le flot.

Mon âme appartenait à La Nouvelle-Orléans, mais pour le reste, la Californie me manquait. Toutefois, pour pouvoir rentrer, il fallait que je suive un programme de déjudiciarisation afin que mon arrestation soit rayée de mon casier. Après un mois de danse, j'avais envie des oranges et des figues de mon jardin, de tomates cerises bios, du jus de carottes fraîchement pressées et du jus d'herbes des cafés de mon quartier. Sans compter que la Californie, c'était ma mère. Je la sentais, cachée parmi les branches de séquoias, comme la brume. Quel autre choix avais-je ? M'installer définitivement à La Nouvelle-Orléans et jouer les stripteaseuses du troisième âge ? J'étais incapable de couper le cordon avec la Californie ; je ne pouvais pas abandonner ma mère. Je suivais toujours les cours de la fac et j'écrivais des articles. Je préparais un exposé et améliorais mon manuscrit, déjà épais comme un livre, pendant mes jours de repos. Je lui avais promis de décrocher mon diplôme et il me restait six mois pour y parvenir. Il fallait que je reprenne les cours au prochain trimestre. Mon deux-pièces à Silver Lake me manquait, de même que l'énorme avocatier qui se dressait devant l'entrée. Ses puissantes racines avaient déchiré le trottoir, elles avaient déplacé le sol sous moi, tel un tremblement de terre.

J'ai lu William Faulkner, Lorrie Moore et Mary Gaitskill. J'ai appris qu'en anglais, quand on fait une citation, la virgule se place toujours à l'intérieur des guillemets. J'ai appris que la tension d'un passage tient à deux personnages qui disent non. J'ai dévoré les nouvelles de Barry Hannah, Steve Almond et Richard

Yates. On m'a demandé de travailler la structure de mes phrases. J'ai étudié avec des professeurs dont l'apport et les conseils ont eu une profonde influence non seulement sur mon écriture, mais aussi sur ma vie. Ils gagnaient leur vie en lisant des histoires et en écrivant des livres pendant que j'affrontais la quarantaine en dansant seins nus à La Nouvelle-Orléans pour payer mon loyer de Los Angeles.

J'ai fait mon sac et pris l'avion du retour, sachant que je pouvais vivoter un petit moment avec l'argent que j'avais gagné, et que tant qu'il me resterait assez pour me payer un vol vers La Nouvelle-Orléans, je pourrais toujours revenir en gagner plus.

44

J'avais rendez-vous à onze heures au Programme de justice alternative de L.A. pour essayer d'éviter une peine de prison et un casier judiciaire. Avant ça, j'avais besoin de courir. À huit heures, le soleil était déjà incandescent. Sa lumière flamboyait sur l'eau où barbotaient une poignée de canards nonchalants. Sur mon parcours, je me suis extasiée devant des bambins dans des aires de jeux, j'ai aperçu leurs mères à la queue de cheval stricte qui faisaient du yoga et s'étiraient sur des tapis. Un homme d'environ trente-cinq ans parlait au téléphone en portant un bébé. Je me suis demandé à quoi ça ressemblait, d'avoir un bébé, et si je n'étais pas passée à côté de cette chance.

Lors de mon échauffement matinal, mes genoux et mes hanches crissaient. Le premier tour, c'était comme la première tasse de café. Il fallait attendre le deuxième pour que des « Bonjour » sortent de ma bouche, à l'intention de ceux que je croisais. Après plusieurs jours d'averse, la pluie avait cessé, alors les sportifs étaient de sortie. Je courais en évitant les flaques d'eau et la boue.

J'avais conscience de ma chance. Quelques années auparavant, quand j'allais bosser dans mon cabinet d'avocats du quartier de Century City, au cours de mon interminable trajet matinal, je jalousais les joggeurs matinaux. J'aurais donné n'importe quoi pour courir tous les jours au réveil.

J'ai retrouvé mon jeune avocat juif à son bureau, dans le centre.

— Vous jouez avec le feu, m'a-t-il avertie.

Il m'a demandé d'arrêter d'écrire sur le travail du sexe jusqu'à ce que j'aie bouclé mon programme de déjudiciarisation. Je ne comptais pas jouer avec le feu. Je comptais arracher les couilles de la police de Los Angeles et les bouffer avec des pâtes sans gluten. Je voulais lui hurler d'aller se faire mettre. Mais je ne tenais pas à retourner en taule, où une gamine de dix-huit ans s'était assise sur mes genoux et m'avait confié en tremblant :

— Mon papa aussi est ici, et mon copain vient également de se faire gauler. Je me prostitue depuis que j'ai douze ans.

Je repensais à la fille qui avait enlevé sa serviette hygiénique pour la balancer contre le mur. À ce chœur qui psalmodiait : « Quand est-ce qu'on passe en jugement ? Quand est-ce qu'on passe en jugement ? » La prison sentait le chenil. On m'interpellait : « Pourquoi tu te prostitues ? » pendant que la gardienne gueulait : « Arrêtez de sonner ou je vous abandonne là tout le week-end ! »

Je me suis garée dans le parking. Mes annonces n'étaient plus en ligne mais j'avais toujours des clients. Un voiturier a sorti un véhicule d'une place étroite avant de le confier à son propriétaire. Mon portable a sonné. Bien que j'aie déjà huit minutes de retard, j'ai quand même décroché. Une femme avec un fort accent hispanique m'a demandé :

— Est-ce que vous le faites avec les couples ? Vous êtes dispo tout de suite ? Je suis transsexuelle. Ça vous pose un problème ?

Je pouvais presque sentir la méth à travers le combiné. Je n'avais jamais fait de session avec une transsexuelle auparavant, mais non, ça ne me posait aucun problème. Pourtant, ça ne me disait rien qui vaille. Au creux de mon estomac, je sentais poindre les ennuis.

— Je ne suis pas dispo tout de suite. J'ai mis en place un processus de sélection avant de rencontrer les gens. On pourra en rediscuter demain.

Je savais très bien que mon interlocutrice ne serait pas ravie de devoir en passer par là.

Douze minutes plus tard, j'ai pénétré dans un hall sombre d'où j'ai gagné un ascenseur qui sentait le moisi – comment un ascenseur pouvait-il avoir moisi ? J'ai trouvé la bonne porte, sur laquelle était affiché un message en anglais et en espagnol : « De retour dans cinq minutes. Veuillez patienter. » Une Latina a fini par arriver en poussant un chariot chargé de cartons.

— On est en train de déménager les dossiers.

Je suis entrée dans le bureau, je l'ai regardée porter les cartons dans la pièce puis faire glisser le dernier sur le sol. J'ai pris un magazine et je me suis assise.

— Il faut que j'aille aux toilettes, alors je dois fermer la porte à clé, a-t-elle dit.

Je n'ai pas bougé.

— Vous ne pouvez pas rester ici, a-t-elle insisté, agacée.

À ses yeux, je n'étais qu'une criminelle. Une prostituée. Une perte de temps. Une bête sauvage. Un surplus de paperasse. Un dossier de plus à ranger dans des cartons qu'il faudrait stocker et décharger. Je suis retournée dans le couloir en attendant son retour.

— Vous pouvez entrer, maintenant, a-t-elle dit.

Elle a rempli un formulaire et m'en a donné une copie en arrachant une feuille rose de son bloc. Son écriture était belle, tout en boucles, comme celle de ma mère. Toute personne nantie d'une calligraphie aussi soignée mériterait d'obtenir une promotion, peu importe le nombre de fois où elle laisse son affichette « De retour dans cinq minutes » sur sa porte.

Elle ne m'a pas posé la moindre question sur mon affaire mais m'a complimentée sur mes bottines en cuir noir. J'ai lâché la somme correspondant à l'amende : trois cent cinquante dollars, en grande partie empruntés à des amis. Elle m'a tendu les papiers.

— Bonne chance, a-t-elle dit sans lever les yeux.

Mes trois cent cinquante billets m'ont donné droit à un DVD et un livret d'exercices intitulé *Réfléchissez-y* : quarante pages de QCM niveau CE2 à remplir chez soi, avec des questions du genre : Comment éviter les comportements violents ? Réponse : Faites de la musculation ou allez courir. Ne vous en prenez pas à votre oreiller en vous mettant à la boxe.

J'ai refusé les clients tant que je n'avais pas honoré plusieurs rendez-vous avec l'administration. Quelques réguliers à qui je faisais des massages avec finition m'appelaient tous les mois. J'ai serré les dents et j'ai postulé pour un job dans un bar à jus. Je me demandais comment changer de vie. Je craignais que la tournure qu'avaient prise les événements n'affecte mon existence pour toujours. Je me suis remémoré ces mains qui, lorsque j'avais commencé à faire du striptease, crapahutaient sur mon corps comme des crabes, ces gros doigts calleux qui s'aventuraient sous mon string. J'avais besoin d'argent. J'étais amoureuse de ma petite copine qui dealait du speed. Parfois, je pleurais. Ça ne s'était jamais résumé à une simple question d'argent. J'observais les autres filles sur scène, elles me paraissaient à la fois puissantes et sexy, comme si elles possédaient une carapace qui leur permettait d'affronter le jugement implacable des hommes. Je sniffais un pochon de méth par jour, j'avais besoin d'argent tout de suite, alors j'avais appris à mettre sous cloche mes émotions : personne ne paie une danse topless avec une stripteaseuse en larmes. Je passais d'homme en homme sans tenir compte de ce que je ressentais. Malgré les taches sur mes tenues, les doigts sales sur mes seins et l'haleine de bière sur mon visage.

Il m'arrivait de regretter de ne pas avoir fait un choix différent quand j'étais fauchée, combative et célibataire. Mais on ne peut pas revenir en arrière. J'avais sué sang et eau pour devenir la danseuse la plus acharnée qui soit. J'avais appris à transformer le plomb en or. J'avais appris l'art de la dissociation. J'avais lâché les drogues et l'alcool, développant en contrepartie une dépendance au travail du sexe. Comment en sortir ? Mon amie Kara m'avait suggéré d'aller faire un tour dans un salon de massage où les filles filtraient les clients et où la sécurité était très stricte. Elle connaissait la femme qui gérait l'endroit et m'avait conseillé de lui envoyer un message.

De retour à la maison, je suis tombée sur un presse-papiers avec une photo de ma mère à l'intérieur. Maman devait avoir à peu près huit ans. De légères taches de rousseur parsemaient ses joues et son visage joyeux ressemblait à une fraise qu'on aurait envie de croquer. Des rubans rouge et blanc nouaient ses longues tresses. Elle était si mignonne…

45

— Lenny Bruce a épousé une stripteaseuse, a insisté Adam.

On descendait Hillhurst Avenue sous des trombes d'eau. Jamais, avant Adam, je n'étais sortie avec un homme qui portait des vestes à coudière.

— Lenny Bruce est mort d'une overdose dans le couloir de son appart, ai-je rétorqué.

— La stripteaseuse n'y était pour rien.

J'avais rencontré Adam lors d'une réunion des AA. Il m'avait invitée à parler de ma vie de travailleuse du sexe dans son podcast.

— Tu es une personne intéressante, avait-il déclaré.

C'était un intello grande gueule qui lançait des vannes dès qu'il l'ouvrait pendant les réunions. Les alcooliques en difficulté se plaignaient d'être sans emploi, suicidaires, sur le point de rechuter, tandis qu'Adam restait scotché sur son Blackberry.

Ses yeux verts aux reflets dorés ont jaugé le restaurant français bondé. Il a consulté sa montre. Une blonde au bout du rouleau nous a conduits à la dernière table pour deux disponible près de la fenêtre.

Quelques heures plus tôt, j'avais vu un de mes réguliers, Blake, qui avait la maladie de Parkinson.

J'ai parlé de lui à Adam, je lui ai raconté comment Parkinson avait fait de cet ancien nageur de haut niveau un être pantelant qui ne parlait plus qu'en chuchotant. Je lui ai aussi parlé de Dennis, mon client qui rapportait toujours des élastiques roses pour que je les serre autour de sa queue. Je lui avais proposé d'utiliser des anneaux péniens, mais il préférait ses élastiques crasseux. Pendant les dix dernières minutes de notre session, il suffisait que je frôle les poils de ses cuisses pour que Dennis vibre de tout son corps. Je tenais à être complètement honnête avec Adam, lui raconter ce que je faisais et ne faisais pas avec mes clients.

— Est-ce que tu considères que tu leur viens en aide ?

— Je l'espère. Les gens sont terriblement seuls.

Son genou s'est agité.

J'ai pris des petites bouchées de pain frais tartiné de beurre onctueux.

— Pas d'émission ce soir, t'es libre ? me suis-je enquise.

— Ma vie est un peu compliquée.

— Ça n'est pas compliqué du tout. Je te tends une perche. La perche de l'amour. Tout ce que tu as à faire, c'est la saisir, j'ai dit.

Sous la table, ma main s'est approchée de son genou. Le restaurant est devenu plus bruyant.

— Je suis allergique aux perches, a-t-il coupé, la bouche pleine.

Dehors, la pluie tombait doucement. La buée masquait les vitres.

Nos steaks sont arrivés. J'aurais aimé expliquer à Adam que même si beaucoup d'hommes me payaient pour les toucher, j'avais quand même envie d'intimité et de passion. Lui dire que le travail du sexe était mon jardin secret. Ma manière de tout envoyer chier. Mon acte de bravoure désespéré. Ma façon de montrer que je n'avais besoin de personne, que je n'en avais jamais eu besoin. Je pouvais me sentir désirée et être rémunérée pour ça, et je m'en sortais quand même indemne. Ça m'avait aidée à payer mes factures, à être farouchement autonome, à rester absolument seule. J'avais trouvé refuge dans des clubs où je pouvais me dissimuler dans la pénombre, peser le pour et le contre, rester en retrait, ne pas me défoncer. Je pouvais encaisser l'argent et exposer sans risques mes secrets les plus enfouis. Ça me rendait désirable. Ça me rendait puissante. Je m'étais construit un personnage de séductrice, et le corps qui va avec. J'avais appris à tenir des conversations fluides sur une variété de sujets : le football, les livres, la politique, l'art, la musique, le cinéma. Je m'étais entraînée à rester douce et agréable même quand j'étais habitée par la peur et la colère. J'avais appris à être forte et inflexible lorsque je me prenais les pieds dans le tapis ou que j'échouais dans des crevasses. Je m'étais entraînée à dire non. Non, je ne veux pas vous retrouver plus tard. Non, je ne vais pas vous baiser. Non, on ne sortira pas ensemble. Je ne suis jamais, jamais sortie avec un client. Je ne pratiquais pas la fellation, mais Adam continuait de m'en demander systématiquement.

Plus je m'ouvrais, plus il s'éloignait.

— Ton honnêteté est suspecte, disait-il.

Adam a écorché ma peau et m'a mise à nu comme jamais les clubs ne l'avaient fait. Je me suis étouffée dans ma vulnérabilité. Je l'aimais férocement, courageusement, stupidement. Je me suis mise en danger.

Lui s'est noyé dans ses propres échos. Il a testé ses théories sur moi et il est devenu l'homme amer et hostile que son public attendait, pendant que je me transformais en une brute tremblante et jalouse, ce qui nous a tous les deux surpris.

— Écoute, j'ai dit. Je veux bien être attentive à tes sentiments, mais pour ça, il faudrait que je les connaisse.

J'ai pris une bouchée de mon steak. J'avais toujours menti sur mon travail de peur d'être laissée pour compte, de devoir me compromettre. Mais avec lui, je voulais être honnête.

Il a fait signe à la serveuse. L'honnêteté était comme un couteau entre mes mains : elle taillait mes défenses en pièces.

— Tes sentiments, donc ?

J'ai serré mon couteau. Mon cœur s'est enfoncé dans ma gorge comme une pierre chaude.

— Pourrait-on avoir de l'eau gazeuse, s'il vous plaît ? a-t-il demandé.

La serveuse a apporté une bouteille de Sanpellegrino et deux verres à vin remplis de glaçons.

— Tu me fais peur, a-t-il lancé.

— Quoi ?

Je ne pensais qu'à une chose : la baise. Je lorgnais ses lèvres sévères, ses mains potelées et ses tétons appétissants, porte d'entrée vers sa bite bien dure. On avait passé tellement d'après-midi à regarder brûler le soleil après quatre heures, quand le ciel prenait une teinte rose orangé. On avait baisé. On avait baisé. On avait baisé.

La pluie a cessé.

Baisée. Je voulais le protéger de mes côtés les plus effrayants, de ma part hideuse que personne ne pourrait jamais aimer. Mais je ne voulais pas non plus vivre dans mes secrets. J'avais rempli mes poches de billets trempés de sueur. J'étais venue, j'étais repartie. J'avais mis de l'essence dans mon réservoir et payé mon loyer.

— Tu vas devoir me laisser un peu de temps, a-t-il dit.

J'ai reposé mes couverts, appuyé mon menton sur ma main droite et laissé mon regard vagabonder. J'y voyais enfin clair malgré la vitre embuée.

— Qu'est-ce que c'est censé vouloir dire ?

Il a fait signe à notre jolie serveuse blonde d'apporter la note. J'ai rougi, mal à l'aise. Il a jeté un coup d'œil à son téléphone. Il a payé, il s'est levé, on est partis.

On a marché vers sa voiture et j'ai songé aux petites choses que, dans ma quête de totale transparence, je lui avais cachées. Comme cette fois où il m'avait appelée de Montréal pendant que j'avais un client menotté au lit, les chevilles ligotées, un gode dans la bouche. J'avais lancé au client : « Il faut que je décroche », et je l'avais planté là, saucissonné, pour aller répondre sur le balcon. Une légère brise caressait la pleine lune orange, comme une citrouille hors d'atteinte au-dessus de l'eau. L'entendre m'avait procuré une telle joie que j'avais failli en pleurer.

— Tu as l'air si loin, j'avais dit.

— Je ne suis pas si loin.

Je m'étais laissé emporter par le flot de ses paroles, j'avais inspiré le parfum entêtant du jasmin et j'avais terminé ma séance, à nouveau capable de ressentir quelque chose.

Puis il avait commencé à m'appeler pour me décommander de ses émissions. À annuler des rendez-vous à la dernière minute. Il n'appelait pas pendant des jours et ses textos, quand il se donnait la peine d'en envoyer, ressemblaient à des posts Facebook destinés à ses fans.

Mieux que personne, j'aurais dû savoir que les histoires ne se terminent jamais au *happy end*.

46

Je grimpe les cinquante-cinq marches qui mènent à la porte d'entrée du temple tantrique, vêtue d'une robe moulante en jersey souple, d'un legging léopard et d'une paire de tongs. Une tenue à la fois confortable et affriolante qui porte la promesse d'épaules dénudées, de positions de kundalini et de moments ensoleillés. Mon sac en bandoulière contient des serviettes propres, des draps, taies d'oreiller, et mes tennis encore humides des huit kilomètres que j'ai parcourus autour du réservoir ; dans l'autre sac, une bouteille d'huile de pépins de raisin bio à quinze dollars, un sachet de mini-carottes, du houmous épicé, ainsi que mon ordinateur. J'ai mangé mes blancs d'œufs. Je sens le savon à la vanille et l'adoucissant.

À la quarantième marche, celle qui correspond à mon âge, je marque une pause. J'envisage un instant de balancer les serviettes dans la poubelle en contrebas et de prendre mes jambes à mon cou. J'ai décroché mon diplôme mais je n'ai pas écrit de livre, je n'ai pas d'agent ni de poste d'enseignante. Je continue à escalader les marches. Mon loyer ne va pas se payer tout seul.

Monsieur Tout-le-monde pourrait croire que les services décrits sur le site Internet du temple (« travail corporel tantrique », « travail corporel du temple sacré », « corps de la félicité »…) relèvent des cours de yoga ; ce sont en réalité des euphémismes pour des massages à l'huile avec *happy end* effectués par des poupées dans le plus simple appareil arborant des boucles d'oreilles à plumes.

Sur l'ultime marche en bois, ma nuque se met à palpiter sous l'effort. Je prends une grande inspiration. C'est le quatrième jour d'affilée que je branle des mecs douze heures de suite, de dix heures du matin à dix heures du soir, par tranche de cinquante minutes. Je pose mes sacs le temps de pêcher les clés du temple – en fait, un modeste loft dans une rue résidentielle de Silver Lake. Je lève les yeux vers le ciel. C'est presque fini.

Je déverrouille la porte d'entrée et pénètre à l'intérieur. La femme qui m'a engagée se trouve dans la cuisine commune, un grand couteau à la main. Elle coupe une papaye en morceaux avant de les verser dans un mixeur en verre et de les mélanger à une pâte verdâtre.

— Bonjour, lance-t-elle. Jay la Libellule vient te voir dans vingt minutes.

Tous les clients se voient attribuer des surnoms afin que leur véritable identité ne s'affiche pas quand on vérifie nos rendez-vous sur l'iPad du temple.

— La Libellule ?

Je me demande ce qu'il a pu faire pour mériter ce surnom, mais le mixeur vrombit et elle est déjà partie répondre au téléphone.

Avant d'arriver au temple, quand j'étais encore à La Nouvelle-Orléans, j'avais rencontré une femme qui faisait des branlettes à L.A. Elle m'avait donné l'e-mail personnel de sa manager, et cette dernière avait accepté de me rencontrer lors d'un dîner dans un restaurant à la mode de Sunset Boulevard.

Elle avait les cheveux courts, des yeux vert olive et de longues jambes fines. Son gilet en cuir laissait voir ses seins. Ils étaient menus et n'avaient pas été refaits, contrairement à la plupart des stripteaseuses avec lesquelles j'avais travaillé. Je l'avais interrogée pendant qu'elle buvait de l'eau pétillante dans un verre à vin.

— Que se passe-t-il au cours des séances ?

Le rire qu'elle a laissé échapper ressemblait à un pépiement d'oiseau.

— Chaque séance est différente.

Je me suis demandé ce que ça pouvait signifier. Je voulais aussi parler d'argent.

La gardienne du temple a jeté un regard à mon tartare de thon comme si elle n'avait jamais dû sauter un repas ni s'inquiéter du coût du dîner. Quand sa salade est arrivée, elle a fermé les yeux et prié, les mains jointes. Je la regardais, honteuse d'avoir besoin d'argent, parce que d'un point de vue New Age, j'étais loin d'avoir atteint l'équanimité. En vérité, je n'étais qu'une crève-la-faim, une paria, une bouche à nourrir.

J'ai attrapé un bout de poisson que j'ai avalé tout rond. Elle a écarquillé les yeux.

— Qu'est-ce que vous faites exactement dans les salons privés ?

— Le massage sensuel et sacré de la félicité, qui se termine par une libération manuelle, m'a-t-elle expliqué, déjà lassée par notre discussion.

Elle venait de rentrer d'une retraite spirituelle et préférait de loin rire du petit Bélizien qu'elle s'était tapé là-bas plutôt que parler boutique, mais moi, je ne pensais qu'au fric. Il fallait qu'elle m'ait à la bonne.

Qu'elle me fasse suffisamment confiance pour me laisser entrer dans son temple, que je puisse enfin arrêter de poster des annonces sur Internet et inviter chez moi des inconnus qui utilisaient ma douche et souillaient mes draps. J'en avais besoin, pour ne plus faire de l'aquaplaning sur mes pneus lisses en conduisant jusqu'à Camp Pendleton avec cinq dollars sur mon compte en banque juste pour branler deux Marines ivres et agressifs sur un lit de la taille d'une serviette hygiénique ; pour ne plus me retrouver seule avec un client qui me clouait au sol et m'enfonçait sa langue dans la bouche après que j'ai dit que ça allait « plus loin que ce que je voulais » ; pour que je n'aie plus à hurler dans un appartement aux murs couverts de traces de griffures quand un client avait joui trop vite, qu'il me demandait de le rembourser et que personne ne savait où j'étais. Pour que je ne me fasse pas arrêter à nouveau.

Au temple, il y avait toujours des filles qui travaillaient dans les autres pièces et les clients étaient filtrés via Google ou LinkedIn.

— Combien paie-t-on pour la maison ? ai-je bafouillé.

— Quatre-vingts dollars pour une séance d'une heure.

Le temple prenait 40 % sur chaque massage. Les clients payaient au moins deux cents dollars l'heure, ça dépendait du type de massage. C'était de la branlette de rupins.

Les femmes avec qui je travaille sont danseuses, musiciennes ou pratiquent la méditation transcendantale sexy. Ce sont d'anciennes stripteaseuses qui ont préféré les retraites silencieuses à Lady Gaga, et le rassemblement de Burning Man aux vacances au camping. Elles ont tendance à rejeter le mascara et les soutiens-gorge, et ne restent jamais longtemps au même endroit. Elles maîtrisent la danse du ventre, la respiration du feu et savent marcher sur des échasses. Elles parlent chakras et pratiquent le Om. La police de Los Angeles ne leur fait pas peur puisqu'elles n'ont jamais été menottées ni poussées sur le siège arrière d'un van dans le parking d'un hôtel après avoir accepté de branler un gars pour deux cents dollars. Elles sont persuadées d'aider les hommes à atteindre leur moi supérieur en leur badigeonnant les couilles d'huile de coco pour les faire jouir.

J'ai rapidement appris que le temple proposait toute une variété de branlettes. Il y a les branlettes avec des gongs qui résonnent, les branlettes accompagnées du Om, les branlettes assorties à de la méditation guidée, les branlettes associées à des exercices de respiration. Jay la Libellule avait réservé une séance standard, dite du « corps de la béatitude ». Pour deux cents billets, elle incluait un moment de contemplation, un léger câlin et… la respiration du feu. La respiration du feu est un exercice de yoga dans lequel il faut tendre les bras en l'air, retenir son souffle, avant de le recracher en brèves expirations violentes. Il est censé activer l'énergie kundalini ce qui, en termes de yogi New Age, décrit une puissante force libidinale en sommeil qui trouve sa source près du coccyx et qui, une fois éveillée, est supposée décupler les orgasmes.

Je branle des mecs dans une pièce sombre dissimulée derrière une lourde porte coulissante grise. Garder cette pièce dans un parfait état de propreté est devenu pour moi un rituel. Je balaie les fleurs séchées et les cheveux qui s'amassent dans les coins poussiéreux, pulvérise du détergent dans le lavabo et de la javel dans la douche jusqu'à ce que les vapeurs me prennent à la gorge.

Je m'étais mise à fétichiser les rituels à l'école catholique lorsque, agenouillée sur les bancs en bois, je levais les yeux vers les vitraux pour mater les cuisses nerveuses et les tablettes de chocolat de Jésus. Je chantais des chansons qui parlaient de sang et d'agneau pendant que des adultes, dans leur pantalon au pli bien marqué, acceptaient le corps chaud du Christ.

Ici, l'autel consiste en une étagère chargée de dizaines de bougies avec, à la place de Jésus, une statuette du dieu hindou à tête d'éléphant Ganesh qui me regarde du haut de son perchoir orange. Je soulève Ganesh et essuie le foulard sur lequel il est assis avec une éponge. L'eau laisse une trace humide.

Dans le monde des stripteaseuses, j'étais la reine des sacs plastique. Je coordonnais les couleurs de mes tenues et je les rangeais dans des sacs hermétiques : les imprimés animaux d'un côté, le rose et le blanc d'un autre, le noir avec le noir. Les colliers et bracelets en strass étaient soigneusement séparés des T-shirts en résille pour qu'ils n'y fassent pas d'accrocs. Cette maniaquerie m'avait été léguée par maman qui avait l'habitude de ranger chaque tiroir par couleur et d'organiser le chaos à l'aide d'étiquettes, de classeurs et de surligneurs. L'apaisante routine de l'ordre.

Mon client va arriver d'une minute à l'autre, il reste des bougies à placer dans de petits récipients en verre et des huiles à réchauffer dans la mijoteuse. Il faut que je me dépêche. Je pousse du pied un pot de lingettes antibactériennes sous la table de massage, hors de vue. Je pense aux ongles d'orteils sales, à l'eczéma, aux raies des fesses en sueur et aux couilles poilues qui sentent le chien mouillé. Je consulte ma montre et j'ôte mon legging.

Le client me passe un coup de fil en gravissant les escaliers qui mènent à l'entrée. J'allume la douche et plie les serviettes, douces et bien alignées, dans un panier. Le nœud familier qui persiste sur le côté gauche de ma nuque me fait mal. Sur le palier, Jay la Libellule ressemble au président Obama : un avocat svelte, poivre et sel, avec des traits élégants et une posture droite.

— Salut, moi c'est Athéna.

Je le serre dans mes bras en prenant garde de ne pas mettre de rouge à lèvres sur sa chemise blanche. J'attrape sa main, la sienne est douce, et l'entraîne dans la pièce du fond. Il enlève ses chaussures noires cirées devant la porte.

— Votre douche vous attend.

— Je viens d'en prendre une, mais après ces escaliers, je crois que j'ai bien besoin d'en prendre une autre, plaisante-t-il.

Son ton est rassurant. Lorsqu'il déboutonne sa chemise bien repassée, mes yeux tombent sur la paire de tétons supplémentaires qu'il dévoile. J'ai beau avoir vu beaucoup d'hommes dans ma vie, et beaucoup de tétons, c'est la première fois que je vois quelqu'un qui en possède quatre. Je détourne le regard. Dans le métier, ce n'est jamais une très bonne idée d'avoir l'air surpris quand un client se déshabille. J'élargis encore un peu mon sourire.

J'enlève lentement ma robe et mes sous-vêtements, comme dans les films. Jay la Libellule disparaît dans la salle de bains pour en émerger quelques minutes plus tard. Je l'invite à s'allonger sur le ventre en désignant la table de massage.

Plus je passe mes journées au temple, moins j'ai le temps d'écrire ou d'assister à des cours. Pas si facile d'écrire avec une bite à la main.

Mes mains huilées étirent les longs bras imberbes de Jay et le massent des épaules jusqu'à la paume. Un son de percussion apaisant emplit la pièce. Je fais le tour de la table jusqu'à être entre ses jambes. Là, je me couche sur lui, nue, mon ventre contre son coccyx. Mes bras sont écartés au-dessus des siens, comme si on volait. Je lui pétris les cuisses, les mollets, les pieds et le dos avec entrain. Coup d'œil à l'horloge. Vingt-cinq minutes se sont écoulées, alors je glisse la main entre ses cuisses et lui caresse légèrement les couilles, histoire de le chauffer un peu. Je me coule hors de la table et frappe une cloche en or avec un maillet de bois. Léger son de gong. Je lui masse la tête, ma bouche frôle le lobe de son oreille.

— Prêt à vous retourner ?

— Bien sûr.

— Aimeriez-vous un oreiller ?

— Ce serait parfait.

Je fais couler de l'huile dorée sur les cuisses de Jay comme si je versais du sirop d'érable sur un pancake au pain d'épice. Je me tiens près de sa tête et tends les bras au-dessus de son visage pour titiller ses tétons additionnels. J'ai lu des choses sur cette anomalie de naissance. Habituellement, les gens n'ont qu'un seul téton supplémentaire, mais Jay la Libellule en a deux. Il est atypique.

— Vous avez des sensations avec ceux-là ?

Il ouvre les yeux, deux piscines sombres.

— Oui, mais pas autant qu'avec les autres.

Son regard croise le mien. Son expression est aussi douce que les serviettes que j'ai empilées dans le coin de la pièce.

— Vous devriez vous amuser avec ceux-là. Vous pourriez les percer.

Je refais le tour de la table et je grimpe dessus, accroupie entre ses jambes que je pétris.

— Je ne suis pas si aventureux.

Je me demande s'il est marié, et, si oui, si sa femme lui suce ses autres tétons ou si elle les évite.

Le temps qui s'écoule me serre la gorge. La porte grise est fermée à clé et les rideaux bordeaux rétrécissent la pièce.

Je déverse de l'huile sur sa queue et la serre entre mes paumes en un geste de prière. Il sursaute. Je malaxe l'intérieur de ses cuisses pour faire monter la tension, puis le caresse lentement. Il gémit. Des poils noirs frisés tombent sur les draps dorés et collent à mes mains lubrifiées. Je soupire, sachant que tout à l'heure, je les retrouverai sur le sol que je devrai balayer et astiquer, mais que j'en manquerai un ou deux qui iront se nicher dans les recoins humides. Quand il jouit, mes jambes sont sous ses jambes et mes seins sont pressés contre ses cuisses. Son dos se tend, ses quatre tétons sont durs comme des noyaux de cerise.

Je me coule hors de la table et je mets à tremper les serviettes chaudes dans la mijoteuse remplie d'huile de lavande. Les serviettes marquent la fin de la séance. Je les place sur son ventre, essuie son foutre et planque les serviettes sales sous la table.

— Je reviens tout de suite, dis-je après avoir placé une taie d'oreiller sur son visage.

Il va somnoler pendant que je me douche, puis ce

sera à son tour de se laver. Exactement cinquante minutes se seront écoulées.

Sous l'eau chaude, je frotte l'huile sur ma poitrine avec du savon liquide orange et, du bout du pied, je pousse les minuscules poils perdus dans l'évacuation de la douche. J'entends de légers sanglots dans la pièce voisine. Je me mets à genoux et je frotte, je frotte, je frotte.

47

Je ne suis pas le genre de fille que l'on a envie de sauver à la fin. C'est peut-être pour cette raison que les récits de stripteaseuse ou de prostituée me déçoivent tant. Ils se terminent toujours de façon trop nette, trop propre, trop hétéronormée, trop bien ficelée. Ils finissent à la *Pretty Woman*, la bague au doigt, quand la fille cabossée par la vie rencontre finalement Monsieur Parfait : ils vécurent heureux et eurent beaucoup d'enfants. Monsieur P la guérit de ses maux, lui achète une maison et un chiot, alors elle lui écrit une belle lettre de remerciement sur du papier à lettres chic.

Je ne m'y reconnais pas.

Je ne suis pas le genre de fille qui souhaite être sauvée, mais, si j'étais une fille fragile qui aspirait à atterrir en douceur dans les bras de Walt Disney, voilà à quoi ressemblerait ma fin :

Tu as une grande estime de toi et désormais, tu ne te déshabilleras plus jamais. Tu n'y penseras même plus. Tu as balayé et planqué sous le paillasson de l'entrée les restes de cette partie de toi qui était à vendre. Ton disque dur psychosexuel et transactionnel a été effacé. Tu t'en convaincs en arrachant ton cœur de stripteaseuse. Tu le jettes dans le broyeur à ordures où il hurle, et tu espères que Monsieur P n'entendra pas le boucan causé par ce cœur massacré dans ta belle cuisine design.

Aux égouts : la nuit dans ce club de San Francisco où tu as désapé et baisé pour cinq cents dollars un jeune dealeur de coke avec des tatouages sur le cou et un casque de moto, juste parce que tu en avais envie.

Aux égouts : la fois où cette femme t'a bouffé la chatte pendant une demi-heure sous les yeux de son mari jusqu'à ce que tu jouisses. Après, tu es rentrée chez ton copain et tu l'as baisé.

Aux égouts : les centaines de mensonges sur l'endroit où tu te trouvais, ce que tu faisais, avec qui tu étais.

Et quid de ces moments qui ont alimenté le feu entre tes cuisses, si difficile à éteindre ?

Aux égouts.

Tu te dis que rien de tout cela n'est arrivé. Tu t'extirpes de ces souvenirs comme si c'était une autre peau. Les amies avec lesquelles tu t'es tenue épaule contre épaule dans les clubs ou les hôtels pendant toutes ces années ? Tu les effaces de ta mémoire.

Tu leur tournes le dos, avec tes ongles manucurés et la carte American Express de ton mari en poche et tu oublies comment tu as joui à grandes eaux quand, une liasse de billets de cent imprégnés de sueur serrée dans le poing, tu ondulais sur la trique d'un homme qui fantasmait sur toi en imaginant son gland entre tes lèvres trempées, te sondant sur un rythme de stroboscope au point de faire vibrer ta colonne vertébrale.

Tu nies que leur désir t'enivrait.

Tu sprintes vers la sortie de secours. Dans ton sillage, tu abandonnes les bars topless. Te voilà sauvée du grand méchant loup de l'industrie du sexe. Tu as recouvré ton amour-propre. Tu as trouvé l'amour. Ton sac à main est du meilleur goût. Tu t'es drapée dans des tissus haut de gamme. Tu es Blanche-Neige, désormais. Tu es vierge. Immaculée.

Et maman, oh maman est fière de toi. Nous nous rendons visite, nous cuisinons ensemble ; pas la peine de me parler des albums photos tout de suite, rien ne presse. Elle m'appelle tous les deux jours : « Tout est en fleurs ! Tu devrais voir la taille des courges. Même mes lys se portent à merveille cette année et le jardin est couvert de fleurs de cerisier et de pommes. Mon cytise à grappes est tellement chargé de fleurs que j'ai peur qu'il se renverse. »

Mon histoire ne se termine pas comme ça. La fin de mon histoire, la voici :

Des barres de pole dance sombres apparaissent dans mes rêves. Elles me brûlent, me laissent des cloques et des marques, exsudent à travers mes pores telle une armée d'insectes qui remontent dans ma gorge, fourmillent dans mes hanches, échauffent mon sexe jusqu'à menacer de me submerger. Elles ont colonisé mon sang pour y ériger leur campement.

J'ai quitté le club. Lui ne m'a jamais quittée. À l'épicerie, j'aperçois le cou d'un homme et j'aimerais lui grimper sur les genoux et lui lécher l'oreille. Je l'observe ouvrir son portefeuille et par habitude, je compte ses billets. Il croise mon regard puis détourne les yeux, mais les miens restent braqués sur l'argent. Quatre-vingts dollars. Cent. Je combats l'envie de me pencher en avant et de lui rentrer dedans.

Le parfum des lotions coco ou des chewing-gums m'évoque des lèvres rouges, des poitrines, des mamelons bruns, des piercings au nombril, une fille qui empoigne son cul sur scène au rythme de la musique. Celle dont le casier est voisin du mien, dont les pupilles sont deux grosses planètes sombres et dilatées. Elle s'est fait deux mille six cents dollars en une soirée. Un cul qui danse. Si seulement j'avais un cul qui dansait. Vanille, chewing-gum, lotion coco, dollars de la danse.

Les fins à la Walt Disney ne sont pas seulement écrites par des poupées de luxe venues du bas de l'échelle ; j'ai noté les mêmes inflexions dans les mémoires de prostitués masculins. Les fins frustrantes sont balayées d'un coup de torchon, et tout finit en thérapie de groupe. Les garçons sont admis dans des centres de désintox chics ou des écoles privées comme on tremperait un bon gros donut américain périmé dans un glaçage d'hypocrisie.

Rien n'est vrai. J'ai quarante ans et je continue de me désaper ou de faire des branlettes pour payer mon loyer. Je n'ai aucune idée de la manière dont on quitte l'industrie du sexe pour entrer dans le monde du travail. C'est ça, mon monde du travail. La sortie, c'est l'entrée, qui elle-même est la sortie.

Je me dis souvent que tout cela finira dans le noir, à lutter pour ma survie avec trois dollars en poche, agrippée à une barre de pole dance dans un rade miteux d'Hollywood. Ou alors, je me ferai arrêter de nouveau. J'ai suivi à la lettre le programme de déjudiciarisation, j'ai décroché mon diplôme, pourtant, je ne suis toujours pas près de décrocher un poste d'enseignante. Voilà où j'en suis : je m'acharne. Je vais m'échapper d'ici, la fenêtre est entrebâillée, mais je ne sais pas quand.

Sous le soleil de Los Angeles, mes journées commencent dans la verdure. Je cours autour d'une étendue d'eau calme qui scintille, je me pâme devant les chiots et les canards qui fainéantent. C'est l'heure d'aller au boulot. Je m'enfonce dans mes coussins léopard. Le soleil darde sa lumière dorée sur mes jambes nues. Assise, j'attends, j'écris, quand mon téléphone se met soudain à vibrer. Je m'illumine. Je chuchote à l'homme au bout du fil, mes yeux tombent sur la casserole de riz brun qui mijote. Je lui donne l'adresse et le code de la porte. Après notre séance, on lui confiera un mot de passe et un pseudo, qui lui feront office de laissez-passer.

CODA

Des salopes comme nous

Mon livre se termine comme il commence : je suis une travailleuse du sexe qui officie dans une paix relative au milieu d'autres travailleuses du sexe, bravant une société qui ne fait rien pour encourager notre autonomie sexuelle et financière. Après avoir joué les prostituées et enchaîné les branlettes pendant deux ans, j'ai fini par en avoir marre de céder presque 40 % de mes revenus à la tenancière sans raison – exactement comme je l'avais fait dans les stripclubs durant des décennies, mais sans l'adrénaline et la puissance sexuelle que m'apportait la scène. J'ai recommencé à faire du striptease tout en donnant des cours à des jeunes étiquetés « à risque » pour étoffer mon CV, en espérant un jour décrocher un poste d'enseignante. Ces dernières années, l'écriture, ainsi que les cours d'écriture que j'ai donnés, a complété mes revenus, mais le seul boulot qui m'a vraiment permis de payer mes factures reste le sexe. Ce qui soulève cette question : quelles options nous laisse réellement la société ?

Les stripteaseuses – et autres travailleurs du sexe de manière générale – ont vu leur industrie mourir du jour au lendemain quand la pandémie a surgi. Comme d'habitude, nous sommes abandonnées par le gouvernement, systématiquement bannies par les applications ou les sites Internet, et rackettées, et assassinées, et stigmatisées. Notre réponse ? Imaginer et développer de nouveaux genres de show en ligne, ainsi que de nouvelles formes d'entraide et un activisme encore plus radical. Nous avons travaillé plus dur pour faire entendre nos propres voix et construire de nouveaux espaces où nous retrouver. Les travailleurs et travailleuses du sexe sont, par nature, révolutionnaires et pleins de créativité, ils réinventent sans cesse leur métier et le vocabulaire qui s'y rattache, creusant des tranchées afin d'assurer la survie de notre communauté.

Pour ces raisons et bien d'autres, jamais je ne cesserai d'œuvrer à l'organisation des travailleurs du sexe. Jamais je ne prendrai ma retraite. Je continuerai sans relâche à bâtir un arsenal de connaissances à partager, pour prendre soin des travailleurs du sexe et promouvoir leur sécurité.

Le travail du sexe a fait de moi ce que je suis.

Les gens me demandent souvent comment s'est déroulé notre combat à l'époque du Lusty Lady. Je leur réponds généralement que c'était à la fois excitant et effrayant, comme être emportée dans une tornade de paillettes, pendant qu'une stripteaseuse chauve en bustier vous lisait *La Salope éthique*[1] avant de retourner s'enfiler des godes en public. C'était ça, mais c'était

1. *The Ethical Slut*, de Dossie Easton et Catherine Liszt (alias Janet Hardy), paru en 1997, est l'un des livres de référence du mouvement polyamoureux. Il a été traduit en français par Céline Robinet et David Le Guillermic en 2013 aux éditions Tabou, sous le titre de *La Salope éthique : guide pratique pour des relations libres sereines*.

aussi beaucoup plus significatif que je ne l'avais cru sur le coup. En ce temps-là, en 1997, la création de l'Union des Danseuses Exotiques était une victoire sur laquelle il était difficile d'avoir du recul. Comment aurais-je pu avoir confiance et croire en quelque chose que je n'avais jamais pensé possible ?

À l'époque, lorsque je mentionnais notre victoire syndicale dans les autres clubs de striptease, mes consœurs semblaient perplexes, voire agacées. À leurs yeux, les clubs étaient tous les mêmes : si l'un d'eux vous emmerdait ou vous arnaquait, il vous suffisait de traverser la rue pour aller bosser dans la boîte d'en face. La chance, les privilèges, la confiance, le courage et un bon timing peuvent suffire à faire son trou, et l'on ne pense pas automatiquement à planifier un débrayage massif pour protester contre les injustices flagrantes des clubs. En ce sens, notre triomphe au Lusty Lady ressemblait plus à un miracle qu'à un mouvement de fond. Mais avec le temps, les choses ont changé.

Celles qui l'ont vécu le savent : quelles que soient les sommes d'argent investies en propagande antisyndicat pour réécrire notre histoire, le collectif syndical du Lusty Lady a existé, c'est-à-dire qu'une main-d'œuvre profondément stigmatisée s'est organisée afin de lutter pour de meilleures conditions de travail. Et nous avons gagné. Nos efforts d'organisation ont été impressionnants et ont porté leurs fruits.

Comment se fait-il alors que, dans les vingt-cinq années qui ont suivi, les conditions de travail n'aient cessé de se dégrader ? La réponse se trouve dans la banalisation des conditions de travail abusives, mais aussi dans le manque de cohésion des travailleurs. Gagner beaucoup d'argent n'a pas résolu – et ne résoudra jamais – les problèmes d'agression, de racisme, et il nous faut toujours payer pour avoir le droit de travailler. Le travail du sexe est trop souvent exclu des débats sur l'emploi, ce qui entretient la stigmatisation dramatique et honteuse des travailleurs et travailleuses du sexe. Il est crucial de s'approprier nos propres récits et de donner plus d'écho à nos problèmes, tout en renforçant la solidarité entre nous.

Actuellement, les travailleuses du sexe, et les stripteaseuses en particulier, se produisent dans un environnement numérique éphémère, tandis que l'ambiance, à l'intérieur des bons vieux stripclubs, reste souvent néfaste et violente. Les fusillades, les meurtres, les agressions, la discrimination, le racisme à l'embauche et le siphonnage des salaires sont monnaie courante, ce qui fait courir de grands risques à des milliers de stripteaseuses, aux États-Unis et dans le monde entier.

Les lois du travail ont changé, certaines ont même été pensées en notre faveur, mais la façon dont les employeurs les appliquent se fait toujours à notre désavantage. Sans mesures de sécurité sur place, les clubs et les bars ne font pas grand-chose pour protéger les danseuses qui sont nombreuses à rencontrer leurs clients en tête à tête – ce qui les rend d'autant plus vulnérables aux agressions, aux arrestations, et maintenant à la Covid-19.

Je me demande souvent quand éclatera la prochaine révolte de stripteaseuses. J'espère qu'elle sera massivement suivie. J'espère aussi que ce sera une victoire si grande qu'on mettra du temps à en appréhender les conséquences, qui seront tangibles. Si je pouvais léguer aux travailleuses du sexe d'aujourd'hui un seul cadeau du passé, ce serait cette certitude viscérale, à graver au plus profond de leur chair, que les salopes comme nous améliorent leurs conditions de travail merdiques quand elles s'organisent. C'est aussi simple que ça. D'une simplicité déconcertante. Le collectif du Lusty Lady a existé. Il peut exister à nouveau.

Antonia Crane,
Los Angeles, le 29 mars 2021

REMERCIEMENTS

Ce livre est né il y a des années, sous la forme d'une fiction merdique et prétentieuse au programme d'un master à l'université d'Antioch, où mes brillants et bienveillants mentors m'ont poussée à écrire de la non-fiction. J'aimerais remercier Rob Roberge, professeur extraordinaire, écrivain et ami, pour ses conseils et l'inspiration qu'il m'a fournie. J'aimerais également remercier mes autres enseignants d'Antioch, Dodie Bellamy et Leonard Chang, pour leurs remarques et leurs encouragements, ainsi que Jim Krusoe du SMCC pour son humilité et sa patience. Je voudrais remercier les Citrons pour avoir partagé avec moi leur courage, leurs réussites et leurs difficultés pendant les sept années de cours de troisième cycle peu fréquentés du dimanche, et particulièrement : Xochi-Julisa Bermejo, Jonathan Berzer, Melissa Chadburn, Seth Fischer, Aaron Gansky, Rachel Kann, Trish Paulson, Tisha Reichle, Tina Rubin, Diane Sherlock et Judy Sunderland. À vous de jouer, les Citrons !

Merci à toute l'équipe de la branche littérature de Rare Birds pour avoir donné naissance à ce livre et toujours assuré mes arrières : Julia Callahan, Angelina Coppola, Tyson Cornell, Alice Marsh-Elmer, ainsi que mon éditeur de rêve, Seth Fischer.

Je suis tout spécialement reconnaissante envers les amis qui ont cru en moi et en ce livre même lorsque moi je n'y croyais plus, et qui m'ont offert leur espoir et leurs encouragements tenaces : Greg App le roi du Pleasure, Katya Askar, Shannon Barber, Bella Blue, Laura Bogart, Gayle Brandeis, Hank Cherry, Chiwon Choi, Brittany Davis, Gina Corso, Joe Donnelly, Steve Erickson, Evonne Esparza, Marilyn Friedman et sa tablette graphique, Jennifer Grant, Marya Gullo, Silas Howard, Laura Jackson, Linda Jeffers, Bill Jones, Josh Klausner, Heather Luby, Kate Marayama, Anna March, Josh Mohr, Lexie Montgomery, Marty Morgan, Mary Moses, Ruth Nolan, Patrick O'Neil, Lucy O'Reilly, Billy Pitman, David Rocklin, Zoe Ruiz, Jill Soloway, David Spalding (mon cerveau sur pattes préféré), Anna Joy Springer, David Henry Sterry, Romy Suskin, Marya Taylor, Michelle Tea et Lidia Yuknavitch.

Los Angeles possède une communauté d'écrivains follement talentueuse à laquelle je dois beaucoup. Bien que certaines personnes ne soient pas nommées ici, beaucoup d'entre elles font partie de ce livre. En parlant de ma communauté d'écrivains, j'aimerais remercier en particulier Steve Almond, Steve Da Jarnatt et Jerry Stahl d'être de si bons modèles, et de tels hommes. Je suis également reconnaissante envers la générosité de Dieter Hartmann et envers Kevin O'Quinn, pour ses remarques initiales. Merci à vous, Sy Safransky et Luc Saunders du Sun. Ça arrivera. Clin d'œil. Merci au Radar Lab et la Squaw Valley Community of Writers de m'avoir accueillie. Un gros câlin aux White Girls, dont Brande Jackson et Rachel Kaminer, qui m'ont appris à toujours dire aux adolescentes qu'elles étaient géniales, parce qu'on ne leur avait peut-être jamais dit jusqu'à présent. Dites-leur.

Je remercie les Rumpus pour leur enthousiasme intarissable et leur soutien indéfectible, notamment Isaac Fitzgerald qui a défendu mon travail depuis la première ligne, ainsi que les Rumpus Women, dont Julie Greicius qui a tenu la corde de l'autre côté du fleuve, en criant : « Saute ! » J'aimerais aussi remercier Stephen Elliott et Cheryl Strayed d'être si géniaux, si incroyables, si gentils.

Merci à La Nouvelle-Orléans de m'avoir maternée quand j'étais brisée, et de m'avoir donné l'occasion de travailler aux côtés de tant de femmes complexes, intelligentes et magnifiques au Penthouse Club, au Ricks Cabaret et au Visions.

Je remercie le comté de Humboldt et les membres de ma famille qui y vivent encore, en particulier Chuck DeWitt, pour m'avoir montré que l'on peut changer les parties les plus effrayantes et les plus horribles de nous-mêmes, et pour incarner ce changement dans le monde.

Merci d'avoir aimé maman et d'avoir fait preuve de miséricorde à son égard, car sans miséricorde, ce livre n'aurait jamais existé.

Merci, maman.

Pour plus d'information :

#lisez! engagé

www.lisez.com

Imprimé sur du papier issu de forêts gérées durablement.

10/18 – 92 avenue de France, 75013 PARIS

Imprimé en France par CPI

N° d'impression : 3051005
X08158/01